窥视
印度

妹尾河童／著

姜淑玲／译

烈日下的耆那神庙 …… 276

发现于一八一九年的印度奇迹 …… 291

湖上王宫饭店 …… 311

粉红城市斋蒲尔 …… 325

飘雪的斯利那加 …… 341

后记 …… 357

目录

加尔各答………4

圣河………20

圣牛………33

性的欢愉——卡朱拉侯的神庙………44

"世上最美丽的陵墓"——泰姬玛哈陵快车………56

首都德里………73

种姓制度………81

再访德里………93

孟买………108

始于一八九七年的藩王宫——迈索尔宫………127

巨石环绕的城镇——海德拉巴………147

南印度最大的城市——马德拉斯………165

神庙之城——"甘吉普拉姆"与"马哈巴里普拉姆"………182

在"马杜拉"鸟瞰………198

铁道之旅………213

印度大陆的最南端………229

在科钦吃鱼·观舞………245

260

加尔各答

在加尔各答机场领取行李时,赫然发现相机的闪光灯,还有闹钟,被偷了。

该不会是在曼谷换机的时候被人给摸走了吧……没有任何证据显示东西是在加尔各答遗失的,所以就不要把这解释成"印度式的迎宾之道"吧。

行李箱中的东西在机场不翼而飞是常有的事。虽然在罗马、伦敦时都曾经历过,但我还是把前车之鉴给忘得一干二净,这回又带了同一个背包,把贵重物品乱塞在既没有锁、开关又方便的边袋里。是我自己粗心大意。

抵达时已接近深夜,机场巴士都下班了。只见帮计程车拉客的人蜂拥而上,七手八脚地拉扯着旅客的行李。

我一边想甩掉他们的纠缠,一边走向机场的银行。而他们仍然紧跟在后头,还一边争吵着:"这是我的客人!""是我的，我比你早摸到行李！"

真是喧哗的一行人。热得我直冒汗。

我将美金兑换成印度卢比之后，一看，果然名不虚传，纸钞上印有十四种不同的文字。

根据一九六一年的国势调查，细分起来印度有一千六百五十二种语言。据说这多到超乎想象的数字连印度的政府当局都大吃一惊。

印度独立之后，舍弃了英语，并且曾经试图以北印度语为国语，可是遭到激烈反对，最后便决议采用十四种语言为官方语言。结果便产生了其他国家见都没见过的珍奇纸币。

我这好奇宝宝，马上就询问银行行员，纸钞上的文字各是什么语言，结果最多只看懂三种。问海关关员，所得到的答案也是一样。到处问人还是无法得到完整解答。

我心里想，"回去后一定要尽快问个清楚！"回国后再请教印度驻东京大使馆好了。

等我回过神来，才发现刚才那一群揽客的人也许是等得不耐烦了，全都不见人影，只剩下一位。

直到上车前，我跟这位一直不放弃的拉客先生还在讨价还价。"到饭店二十六卢比（六百五十日元）？"结果是"OK"。就在我坐上车的同时，不知从哪里又冒出一个人，大摇大摆钻进车里。结果前座总共坐了三个大男人。问他是谁，说是"我弟弟，顺道要回加尔各答市内"。也不知是真是假，只觉得车子疾驶在一片漆黑的街道

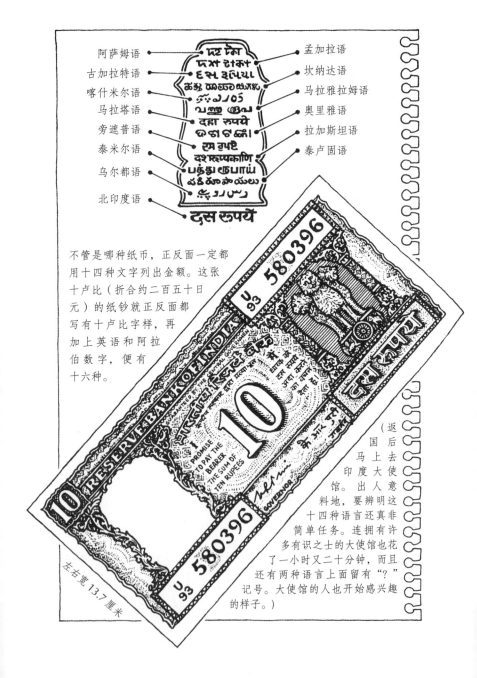

阿萨姆语
古加拉特语
喀什米尔语
马拉塔语
旁遮普语
泰米尔语
乌尔都语
北印度语

孟加拉语
坎纳达语
马拉雅拉姆语
奥里雅语
拉加斯坦语
泰卢固语

不管是哪种纸币，正反面一定都用十四种文字列出金额。这张十卢比（折合约二百五十日元）的纸钞就正反面都写有十卢比字样，再加上英语和阿拉伯数字，便有十六种。

左右宽13.7厘米

（返国后马上去印度大使馆。出人意料地，要辨明这十四种语言还真非简单任务。连拥有许多有识之士的大使馆也花了一小时又二十分钟，而且还有两种语言上面留有"?"记号。大使馆的人也开始感兴趣的样子。）

上，司机不停按喇叭。车灯前突然冒出行人和牛只，司机也不紧急刹车，反而喇叭按得更凶。按他们的说法是："如果踩刹车等他们通过的话，会等到天亮。"

拉客的那位一直很积极地找话说；但突然很暧昧地冒出车资是二还是六等等的话，很诡异。于是我特别提醒："说好是二十六卢比的喔！"对方却回我："不，我是说两百六十卢比。"这时候便深深地体会到"嘿，真的是到了印度"。这种手法在阿拉伯国家也常碰到。现在外面黑漆漆的，抵达饭店之前还是别为车资跟对方起冲突，于是赶紧转移话题。对方的英语同我一样也是破得可以，倒是能通。

快到饭店时，对方停下车，"那就是 Park Hotel"，并伸出手来，"两百六十卢比。"我回他："怎么不开到门口？等我问问柜台从机场到这里大概多少公里，再付钱。不然去找警察也可以啊。"结果马上变回二十六卢比。

虽然牛仔裤皱巴巴的，背的又是登山包；但我总还是个初来乍到的日本人，所以被当成肥羊。加上住的又是高级饭店。不过，也别就因此对"印度"太早下定论。

这次的旅行在出发前就把饭店全部预约好——我原本可不是这样打算的。当然都是些高级饭店。但不这样，可就无法成行。原因是，自从我宣布"今年要到印度去！"家人朋友就开始担心这担心那，最后被迫答应："到了那儿不喝生水。不吃街上卖的东西。全部先预约好可以让人安心的饭店，而且一

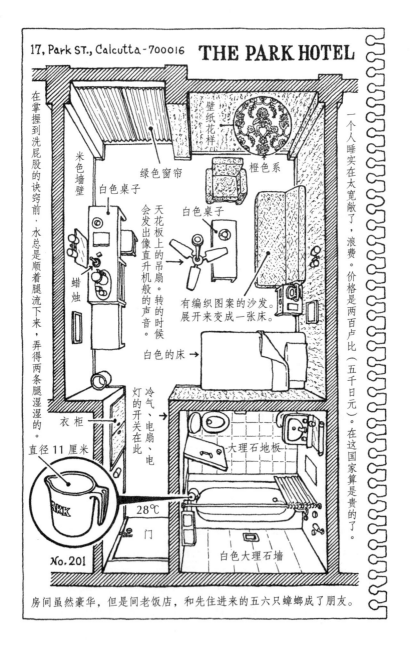

在印度博物馆的各个展览室当中,最多人聚集并引发热烈讨论的就是食物展览室了。有精彩雕刻与考古学资料的展览室往往安静无声;相较之下,展出从古至今的谷物标本、以迷你模型呈现农耕史等的食物展览室里有来自各地的访客,显得颇为热闹。

可见"食物"是印度人最关心的一件事。

"虽然和印度人吃一样的东西,不见得就能了解印度;但与其什么都不碰,还是喝喝看、吃吃看,多少可以……"我编出一些听来冠冕堂皇的说法,为自己不得已打破出发前所做的承诺找借口。

结果,就这么踩不住刹车,路边卖的饮料、食物样样都想尝尝看。其中有些是得先有心理准备才能入口的。

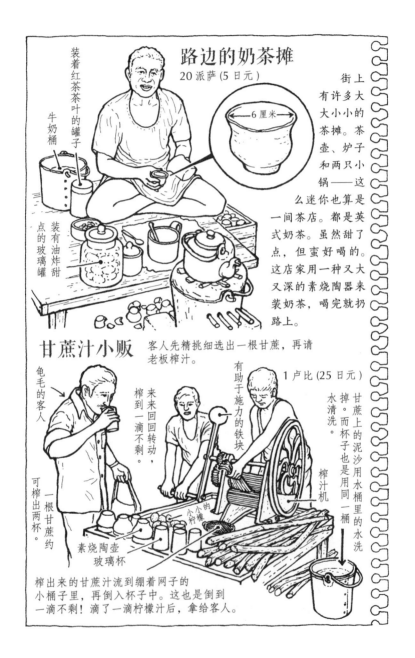

对方说，瓮里的白色液体是"优酪乳"。他看来不像小贩，可是我刚露出点感兴趣的模样，他马上回应："喝喝看吧！"这瓮上的污渍看起来真吓人，但还是舀了一勺尝尝。因为他说："喝了这个，就不会泻肚子。可以拿来当肠胃药。"喝起来水水的，而且很酸。

印度人不只把优酪乳当饮料，也经常用在糕点和料理上，连咖喱里头都加。

优酪乳
搬运工

烟贩 有的店家也贩卖 "pan"

Pan 的价钱是依里面包的香料而异。

据说具有药效。

也有零卖一根香烟（10 派萨，2 日元 50 钱）的店家。对老爹所挑选的牌子不中意时，可以退钱，改到别家去买。

另有一种 "pan"，类似咀嚼式烟草，是用叶子包裹槟榔和客人挑选的各式香料，嚼起来又涩又苦，非常不习惯！整个嘴里变得红通通的，连牙齿都染成红色。

从 20 派萨(5 日元)到 3 卢比(75 日元)都有。

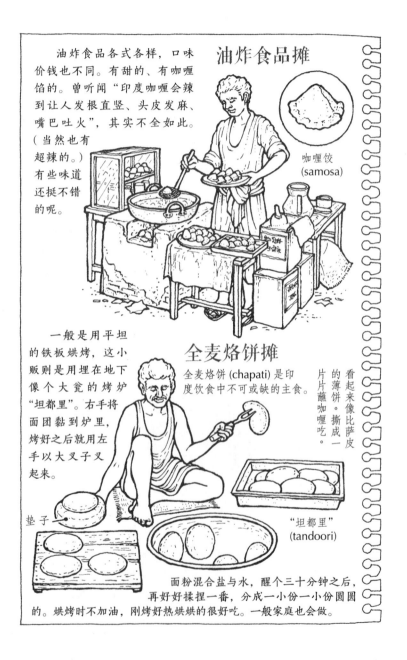

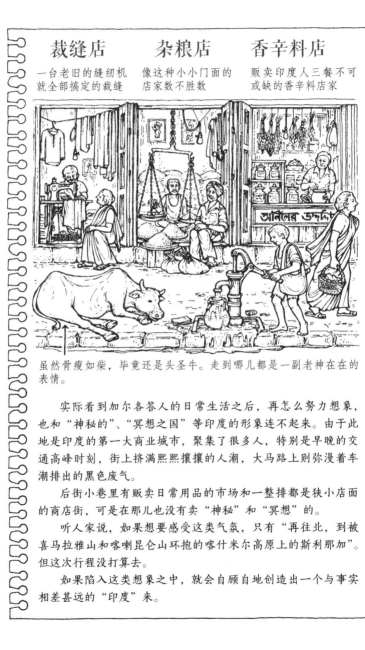

裁缝店
一台老旧的缝纫机就全部搞定的裁缝

杂粮店
像这种小小门面的店家数不胜数

香辛料店
贩卖印度人三餐不可或缺的香辛料店家

虽然骨瘦如柴,毕竟还是头圣牛。走到哪儿都是一副老神在在的表情。

实际看到加尔各答人的日常生活之后,再怎么努力想象,也和"神秘的"、"冥想之国"等印度的形象连不起来。由于此地是印度的第一大商业城市,聚集了很多人,特别是早晚的交通高峰时刻,街上挤满熙熙攘攘的人潮,大马路上则弥漫着车潮排出的黑色废气。

后街小巷里有贩卖日常用品的市场和一整排都是狭小店面的商店街,可是在那儿也没有卖"神秘"和"冥想"的。

听人家说,如果想要感受这类气氛,只有"再往北,到被喜马拉雅山和喀喇昆仑山环抱的喀什米尔高原上的斯利那加"。但这次行程没打算去。

如果陷入这类想象之中,就会自顾自地创造出一个与事实相差甚远的"印度"来。

凉鞋店

锅店
锅子的价钱是以斤两来论

茶馆
这家店有茶杯也有椅子,算是不错的茶馆

印度人好像吃东西很怕烫。大多数的人都是把茶倒到碟子里放凉了喝。

为防止牛只啃食街树,用砖块、铁桶、铁丝网等围起来。

虽然说起来,每个国家都是如此,不过印度这国家拥有特别多种的样貌。

瞧瞧他们的纸钞就知道,这是个各种东西都不统一、而且就照原样吸纳进来的国家。

首先,国土超级宽广。

不论民族或风土,实际上都是多种多样,各州各地区的风俗习惯也大不相同。光用"印度"两个字是无法涵括的。不过,感觉上,这种无法归纳的"混沌"就是"印度"吧。

加尔各答也是印度。由街上房屋的排列来看,这儿的确是印度的一部分。

既然如此,一个旅人唯有就其俯拾"眼前所见"来判断啰!虽然,得到的仅是些无脉络可循的片段而已……但是说不准在哪儿就和"印度"接上了呢。

寄物处

随处可见让人寄放贵重物品的寄物处。寄物柜就置于房间里,外面还有两层栅门保护着。

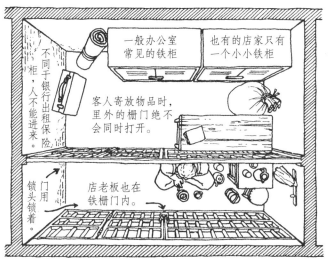

位于路旁(店铺宽约 1.8—2.5 米,各种规模都有)

街上有各式各样像是印度才会有的店家,但其中最吸引我的是"寄物处"。第一次看到的时候颇为吃惊,因为竟然有人关在铁门里头,一时间还想,怎么拘留所就设在商店街正中央哩?没在其他国家看过这种店铺。"可不可以拍张照呀?"对方摇摇头说:"Achchha",其实是 OK 的意思。我们是摇头表示 NO,所以习惯之前,每次都有点反应不过来。

我一开始素描,对方就露出感兴趣的样子,打开门说:"进来画吧!"我才踏进门,老爹就将铁门铿锵一声关上,还用一把大锁头锁起来。这可让人有点怕怕的。老爹开玩笑地说:"现在你出不去啰!"

我边喝着老爹泡的茶,边透过铁门仔细观察路上行人,就这样过了大约一个小时。

这之间有一位客人前来寄放一个皮箱。收费五卢比。老爹说:"价钱依物品而异。"

定要住预约好的饭店。绝不变更行程。"等等。刚好又遇上印度发生霍乱。药剂师朋友带来了成堆的药丸，多到简直可以在印度开间药局了。出国前我是绝对不能违逆大家的意思的；不过，"到了印度，可就看我的啦！"

我在饭店的浴室里发现一个塑胶小水桶，是排便后用来汲水洗屁股的。虽然有卫生纸，还是马上以左手试试看。果然如同这国家的人所说，"左手是不洁的"。因为就算洗干净了，还是觉得指甲缝里怪怪的。在印度，吃饭等等都只用右手。从现在起，一切都采行印度模式。

即使同样是加尔各答，从生活与观光客无关的市民身上，以及搭乘观光巴士浏览时所得到的印象，由于接触点不同，会有很大差异。

我也去搭了观光巴士看看。巴士每在主要名胜停下来时，总有成群小孩拥到车窗边，伸出一只只瘦瘦的小手，嘴里喊着："一卢比！""一卢比！"一下车便会被他们团团围住。如果施舍给其中一人，其他人便一转而向给钱的人，各显所能好吸引注意力，并高喊着："也给我！也给我！"

纪念品小贩则是把东西塞到你眼前喊着："很便宜！很便宜！"实际上，价钱通常是商店的三到四倍。就算狠狠杀价砍到只剩一半，高高兴兴付了钱后，才发现还是买贵了有一倍之多。

第一次来印度的人几乎都会遇到这种状况。因此认定"这就是

双层巴士

看来像是中古的伦敦巴士。

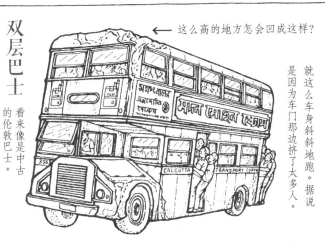

← 这么高的地方怎会凹成这样？

就这么车身斜斜地跑。据说是因为车门那边挤了太多人。

巴士到站时虽然放慢了速度，却不会停下来；所有的人都是用跳车方式上下车。我当然也跟着小跑步跃上了车，不过心里还是七上八下的。车资分段计算，15 派萨 (3.75 日元) 到 25 派萨 (6.25 日元) 不等。

奔驰在加尔各答繁华的侨林基 (Chowronghee) 大道上的电车和巴士不仅班班人满为患，而且车身大都凹凸不平。不过只要还能跑，就运输工具的功能来说已经够了。有这种想法的当然不只印度，埃及的巴士和计程车等也是如此。其实不用一一指出哪些国家有这种情形，三十年前的日本也是相差无几。发现自己对那段只顾得填饱肚子活下去的年代感觉已经淡薄了，不禁让我觉得惊惶。

战后在日本街上到处跑、称为"人力计程车"的三轮脚踏车、人力车，现今在这里仍可见到，是比计程车便宜的交通工具。

我先是跳上公车，然后又搭另一班公车折回去，一位年轻人见到我的怪行便来搭讪。"昨天也看到你在巷弄里画画，想瞧瞧你的大作。"他兴致盎然地翻着我的素描本，"明天我休息，开车载你四处逛逛吧。"用这种方式接近、再自我推荐当导游的人有很多。

孟加拉巨榕　果然是象征印度的巨树。

←气根

树龄一百七十岁，高约二十五米，一棵树的占地幅宽有四百米。

"我不是导游，所以不用钱。只是想跟着你到处晃晃而已。车子是公司的，不过明天会空下来。"

正暗忖着不知是真是假，没想到果真一早九点就到饭店来接我——天还下着雨呢……

他名叫阿布都拉，二十六岁，职业是司机。其实我几乎已看遍加尔各答的主要名胜，但他知道我还没见过植物园的孟加拉榕（banyan），马上就说："一定要带你去看看。这可是印度的象征。"滂沱大雨中，傻头傻脑且燃起熊熊好奇心的我就这么坐着阿布都拉的车前往植物园。

没什么人的植物园里果然有棵孟加拉榕。这真是棵怪怪的树。从树枝垂下来的气根连到地面后，长成像榕树干一般，看起来有数十根树干，实际上却是出自同根。我素描时，那年轻人就一直待在身旁帮我撑伞遮雨，当天下午还载我到机场搭机往贝拿勒斯。临行前他说："真是有趣的一天。"我说："好歹让我出汽油钱吧。"但说什么他也不肯接受。

印度"的人不在少数，我觉得这种接触结果对双方来说都是不幸。

若有机会让印度人说话，他们或许会这么说："能够出国到印度观光的人一定都比我们有钱。那么向他们要点钱，或东西卖贵一点有什么不好？又不是什么伤天害理的事情。"

其实，这种情形不只发生在印度，近邻的伊斯兰教国家亦然。他们的想法和感觉与日本人大不相同。

例如从机场载我到饭店的计程车司机，也是想从富裕国家来的观光客身上多捞点钱。

机场和名胜地本来就是从外地人身上赚钱的最佳地点，有这样的人聚集也不稀奇。途中我也遇过生气地认定"印度人奸诈狡猾，千万疏忽不得"的日本观光客，不过他看起来也真是一副钱很好骗的肥羊模样。

将外币换成卢比来用，的确会让人觉得什么都很便宜。换算之后"印度好便宜呀！简直像免费一般"的欣喜对住这国家且辛苦工作的人来说，可一点都不成立。印度虽然也有富豪，但绝大多数的人都很贫穷。

在街上和他们喝茶聊天时曾被问及饭店的房价。一听到我说"一晚两百卢比"，每个人纷纷发出叹息。当时两百卢比换算起来是五千日元；但对他们来说，可是两百卢比啊。差不多是这里一般人一个月的房租。

原本打算以"这茶算我请客"来作结；但听到这叹息声后，这话就怎样也说不出口了。

圣河

英文里的恒河是"Ganges";在印度则称为"Ganga"。

这是一条不同于其他、拥有"神圣性"的河流。

此河以印度教徒在其中沐浴祈祷闻名。在信徒心中,这是条"清净的圣河";但事实上,河水却相当混浊。

在一般人的观念里,通常"圣河=清流";不过即使现实中它是条"浊流",依旧不会伤及恒河的神圣性。

"恒河为什么是'圣河'呢?"

"因为这河水是印度教徒最崇拜的湿婆神头发上的水滴滴落脚边后,汇流而成的。"

加尔各答的时母女神庙中有个沐浴场,颇负盛名。流经这里的是荷格里河,并非恒河。不过因为它是恒河的支流,所以该河的河水也是"圣水"。

既然连恒河的支流都是如此,恒河本身就更是无一处不灵验的啰。不过其中有一处圣地最受信徒尊崇，那就是"瓦拉那西"（在英语中称为"贝拿勒斯"）。

瓦拉那西的历史久远，大概可追溯到公元前。恒河中游地区在公元前八百年左右兴起了许多小国；以"教义"形式传承下来的"瓦拉那西圣典"也是在这个地区汇聚成形的。自那时候起，瓦拉那西就以宗教中心的身份繁盛至今，而且从未衰退过；此地能够保有三千年的历史，真可说是世上罕有的都市。

不过，"古老是一回事，它又为什么会成为圣地呢？"当我再进一步问这问题时，当地人露出了相当惊讶的表情，"从以前就是圣地了呀！"他们的心里大概很狐疑怎么有人会问这种蠢问题。

"无论如何，死前一定要去一趟瓦拉那西"或"死要死在瓦拉那西"是印度教徒的最大心愿，因此"瓦拉那西"真的含义深重，毫无疑问是处圣地。

对我来说，要理解其宗教价值观，实在有些困难；不过为了瞧瞧"在圣河里沐浴的景观"，说什么我也要去一趟瓦拉那西。

这样的理由对于"死前想要去一趟……"的人来说蛮抱歉的，但我还是从加尔各答搭机三小时去了瓦拉那西。如果搭快车则约需十三个半小时。

对从印度南部上来的人来说，这段旅程可说是难以想象。

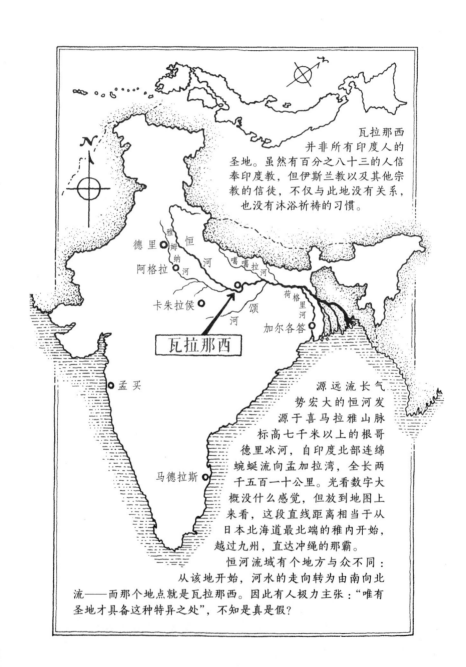

瓦拉那西并非所有印度人的圣地。虽然有百分之八十三的人信奉印度教，但伊斯兰教以及其他宗教的信徒，不仅与此地没有关系，也没有沐浴祈祷的习惯。

源远流长气势宏大的恒河发源于喜马拉雅山脉标高七千米以上的根哥德里冰河，自印度北部连绵蜿蜒流向孟加拉湾，全长两千五百一十公里。光看数字大概没什么感觉，但放到地图上来看，这段直线距离相当于从日本北海道最北端的稚内开始，越过九州，直达冲绳的那霸。

恒河流域有个地方与众不同：从该地开始，河水的走向转为由南向北流——而那个地点就是瓦拉那西。因此有人极力主张："唯有圣地才具备这种特异之处"，不知是真是假？

身上没钱的人想尽办法搭霸王车；所以铁路局便在车窗上加装格栅。也有人凭一股劲儿以瓦拉那西为目标步行前来。如果他的心愿是"死在瓦拉那西"的话，这还名副其实是一趟需要有"死亡觉悟"的朝圣之旅。

在瓦拉那西下机的乘客中，有五位一看就是有钱人的印度教徒，八位是跟我一样来看"沐浴"的观光客。机上的空位虽然很多，但若逢特殊节日，飞机、火车、饭店可是全部客满，那时想来此地并不容易。

我问州政府观光局的职员："遇到特殊圣日，大概有多少人会来此沐浴？"对方一脸没什么大不了地答说："不少于一百万人吧。"哇！那么，"印度教的圣日是哪几天啊？"

"日食、月食的时候，接着是释迦牟尼诞生的农历五月的满月日早上。到了那一天，几乎全印度的人都会挤到这个城市，庙里的免费住处爆满，人都睡到街上了。那段期间当然物价也会上涨。"

我到瓦拉那西的那天是平常日子，但是前来沐浴的人数据说也有五千。

人们沿着面恒河而建的石阶 (ghat) 走入河中 (译注：大部分"ghat"是沐浴场，有的则是火葬场)。石阶虽在中途没入河水，但好像一直延续到河底，因此到了枯水期，河中的石阶就会一一裸露出来。从叫得出名字的大沐浴场到无名的小沐浴场共计有八十处。

瓦拉那西鸟瞰图

由于这不是直接从直升机上鸟瞰画出来的,正确度上恐怕要说声抱歉了。只是想让大家感受一下瓦拉那西。(据说这城市的人口有七十万!真是让人难以置信。连大大小小的寺庙加起来都有一千座以上!虽说我很容易大惊小怪,可是……)

沐浴场后的巷道通往何处?又是如何相连?完全摸不着头绪。很迷惘地走了一个多小时。虽说相当有趣……

恒河到了瓦拉那西的确是由南向北流。

稍往下游去有一座铁桥。我到对岸去看了看,发现还有河水泛滥期留下来的大水塘,除此之外是一片荒野。

河对岸的景观截然不同,根本是块不毛之地。有此一说:"这是因为河左侧乃不洁之地"……真的还是假的?我问过观光局的人、导游和当地人,大多数的回答是:"这可能是因为沐浴时面对旭日朝拜比较重要,所以沐浴场都向东建造,结果整个城镇就只往一边发展吧。"

划船的船夫里有两个是少年。

沐浴场观光乘船处

天还没亮，观光巴士就已经在饭店的中庭里等着了。这辆巴士被一个意大利旅行团包下来，我是突如其来加入他们的不速之客。凭着我那几句破意大利文就赢得了好感，免费让我当他们的座上客。

巴士在蒙蒙亮的街道中穿梭，驶向乘船处。一下车，等着的成群乞丐便拥了上来，直喊："大爷，赏一卢比吧！"然后将我们一行人给团团围住。有的人伸出来的手因为麻风病而少了指头，也有小孩拖着没有双腿的身子在地上爬，追着我们不放。

比起前几天一个人在街上晃荡时聚集了更多人。因为我们是一群观光客。

每当接触到他们的眼神、伸出来的手，听到他们哭诉的声音，就让人觉得自己好像是个加害者似的，狼狈至极；而且觉得自己多少跟加害者有关的想法总是挥之不去。

搭上小船驶离岸边，从水面上恒河看起来更加宽广。对岸的地平线开始闪闪发亮，太阳即将升起。

印度教和伊斯兰教的建筑物究竟如何随着时代和地区而变化？加上与我的职业相关，所以对这蛮有兴趣的。

（本地区的印度教寺庙建筑风格）

▲ 印度教　　　82.72%
伊斯兰教　　11.20%
天主教　　　2.60%
锡克教　　　1.89%
佛教　　　　0.71%
耆那教　　　0.48%

（不行沐浴仪式）

从船上看到的沐浴场
后面是朝圣者寄宿的宿处和神庙。

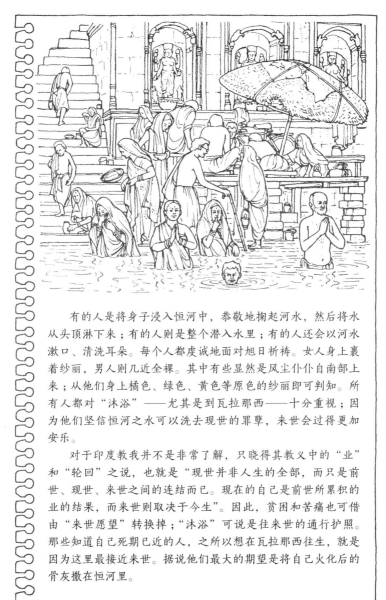

　　有的人是将身子浸入恒河中，恭敬地掬起河水，然后将水从头顶淋下来；有的人则是整个潜入水里；有的人还会以河水漱口、清洗耳朵。每个人都虔诚地面对旭日祈祷。女人身上裹着纱丽，男人则几近全裸。其中有些显然是风尘仆仆自南部上来；从他们身上橘色、绿色、黄色等原色的纱丽即可判知。所有人都对"沐浴"——尤其是到瓦拉那西——十分重视；因为他们坚信恒河之水可以洗去现世的罪孽，来世会过得更加安乐。

　　对于印度教我并不是非常了解，只晓得其教义中的"业"和"轮回"之说，也就是"现世并非人生的全部，而只是前世、现世、来世之间的连结而已。现在的自己是前世所累积的业的结果，而来世则取决于今生"。因此，贫困和苦痛也可借由"来世愿望"转换掉；"沐浴"可说是往来世的通行护照。那些知道自己死期已近的人，之所以想在瓦拉那西往生，就是因为这里最接近来世。据说他们最大的期望是将自己火化后的骨灰撒在恒河里。

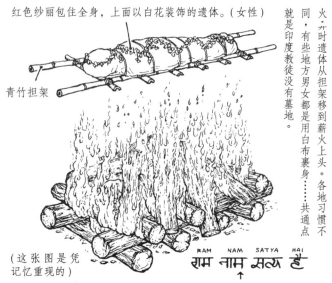

　河畔的台阶上冒起了烟。举行火葬的地方称为"Manikarnika Ghat"。我搭船往上游瞧瞧去，已经有一具尸体陷入火海，另一具正以担架运来。死者的亲人们不断念诵"RAM NAM SATYA HAI"，经询问后，据说是"神明的法号"的意思。

　我和旅行团的人分开，一个人留在火葬场。

　柴薪堆叠好后，一具红色纱丽裹身、饰以白花的女性遗体就放在上头。纱丽需经过恒河水浸泡，以此净身。柴薪是白檀木；亡者是位有钱人。

　火葬时禁止摄影，也不能素描。我一直注视着从神庙运来的圣火移到柴薪上、开始冒烟、直到火焰燃起的过程。

　过了两小时四十分，死者已化成灰烬。"为了拥有更好的来世"，骨灰由家人用手撒向"圣河"。

　并不是所有的人都采取火葬方式。像五岁以下的孩童、没钱的人、自杀身亡者的尸体，均是直接在恒河上放流……（规矩好像依地区而异。）

岸边紧邻沐浴场而建的都是供前来朝拜的各州王侯投宿的神庙宿处、有钱人家的宅邸、神庙的高耸尖塔、涂着原色的神像等等，混杂着绵延了四公里长，没有间断。这样的景象与其说壮观，倒不如说是奇特。各式各样的建筑物以及形形色色的人群混杂在一起，让人由视觉上感受到供奉多神的印度教信仰。

后头的巷道有如迷宫一般，进去看看，里头还挤满了当地住民和前来沐浴的外地人。

沐浴的景象整天都看得到，但以清晨时人数最多。因为教徒相信面对着初升朝阳边沐浴边祈祷最为灵验。

此地的旅游业提供搭船的参观行程。当然我也参加了这种天亮前得起床参观"沐浴"的旅行团。

观光客像是挖到宝似地盯着"沐浴"的印度人，一点儿都不在意地对着他们拍照。我也是其中之一。不过不晓得被人盯着看的感觉如何？在我的旅游禁止事项中有一条是"不准跳入恒河"——这是家人和亲友加的。不过，既然专程来到了瓦拉那西……

傍晚时，我跟饭店借了条浴巾，将贵重物品寄放在柜台，就往沐浴场去。虽然比起一大清早人没那么多，不过对着夕阳沐浴祈祷的人还是不少。

我把衣物寄放在竹伞下的修行者那边。给了他五卢比，为我念了好长一段经文。我只穿着条内裤走下石阶，浸入河中。

都已经举步维艰了,我的好奇心却丝毫没有减退的迹象,真是伤脑筋呀。

连自己都觉得这样的自己蛮烦的:"像这种时候,应该待在饭店里好好休息才对。"

这一整天就这么边换垫纸边到处走动,回到饭店已是深夜时分了。期间饮食照常,还是不停地吃吃喝喝。听说脱水比腹泻来得恐怖,所以不敢轻易断食。饭店里的人也说"这样做就对了"……

泻了三天肚子,总算慢慢恢复。跟这国家比起来,日本几近于无菌状态,难怪不仅水土不服,根本就是太过娇弱。"腹泻也算是印度体验之一!"

脚边石阶不如想象般滑溜，水倒是比预期的冰冷。不像河中央；在岸边不太觉得水在流动。河水像奶茶般混浊，透明度几近于零。一般人相信这河水可以治疗麻风病和皮肤病。水质好像是呈弱酸性、含硫磺成分，因此具有疗效这点倒也不是毫无根据。有些沐浴后的人们会用水壶汲些水带回故乡去；对无法亲自来此地的人来说，这是最贵重的礼物了。让人觉得不可思议的是，这河水不会发臭。不过也有人感叹，直到两三年前是这样没错，但最近水质变得越来越糟了。

浸到恒河里面后，才了解为什么他们不会介意观光客注目，因为这是严肃的宗教行为。同样的道理，日本不也有些祭典是裸身祭拜、而且毫不在乎外国观光客的眼光？

在我身旁沐浴的一位老人家，大概看我沐浴的方式笨拙而不得要领，非常亲切地给予指导。我心里很明白他是要我以河水漱口，可是……实、实在没勇气尝试……光是将身子浸入河中直到肩部，就已经够胆战心惊了。

当天夜里，不知是湿婆神惩罚我懦弱还是其他原因，突然觉得肚子阵阵剧痛。痛到哀哀叫不打紧，还腹泻得厉害，几乎是冲到马桶边刚好赶上。高峰期差不多每十分钟跑一次。急忙中赶紧搜出原本嫌累赘的药，这种吃一点、那种吞几颗；最后也不晓得是药物生效还是恒河水的威胁减轻，到了第二天早上，疼痛总算止住，只是腹泻还未停歇。最后只好用卫生纸暂时塞住出门去了。

瓦拉那西北方约十公里的萨尔纳特（鹿野苑）是释迦牟尼最初讲道的圣地，很想去参观该地的佛迹和博物馆。加上傍晚起附近的村落将举行祭典，听说要演出古典大史诗《罗摩衍那》的戏剧。

圣牛

城市里面本就人来人往，但还有动物在其中穿梭生活。不但数量多，种类也多——这种生态该说是人畜共存，还是人畜混杂？

杂沓人群中，山羊到处闲晃，狗儿伺机窃取路边摊的食物失败被踹；一只只鸡在人力车轮下钻动，屋顶上冷不防还会跳下一只泼猴。走在路上，不是被走来走去的猪只给绊到，就是前面被慢条斯理的圣牛挡住，后面则有大象催促……反正，感觉上这里的动物似乎和人类平等地生活在一起。

而且，怎么看都不像是有人饲养的样子。

趁着在露天茶店喝茶休息时，我问一位自称会说英语的卖纱丽老爹：

"你知道那头猪的主人是谁吗？"

"当然知道啊。只要是住这边的人都知道。像这头牛虽然

瓦拉那西的露天茶店

这家店和一般喝完将素烧陶器丢弃路边的茶店不同,使用的是真正的茶杯。大家都悠哉游哉的。不管坐了几个钟头都毫不在意。

正要起身离开时,发现树荫下聚集着一群人,卖纱丽的老爹告诉我:"那是卖牛奶的小贩。"

过去瞧瞧,原来小贩将牛拴在树干旁,正贩卖现挤的牛奶。我也跟着排队购买。

一公升一点五卢比(三十八日元)。我请他将牛奶挤到空瓶内,然后带回茶店请老板帮我温热。

好喝极了!好怀念的味道呀!从前喝的牛奶就是这个味儿。怕烫的当地人瞧我咕噜咕噜喝着热牛奶,纷纷露出惊讶的表情:"你还真能喝呀!"

是从比较远的地方来，但我们还是知道它主人是卖杂粮的巴恰吉。"

"您还真清楚呀！"让人佩服不已。

"也没什么啦！"对方不好意思地笑道。

"到底瓦拉那西有多少种动物啊？"

"一百多种吧！"

"有那么多？"

"可能还更多咧！"

"你们在说些什么呀？"旁人纷纷加入我们的谈话，卖纱丽的老爹于是帮忙翻译。

众人从眼前那些爬下树来的松鼠开始算起，你一句我一句，我的耳边充斥着北印度语，例如："那只数过了啦！""还没啦！"等等，热闹非凡。

本想试着将这些话一点一点抄下来，想想还是作罢。因为我有个坏习惯，只要看到什么事好像很有趣，稍不留意就会一头栽进去。而且，把这些人牵扯进来也不太好意思——更何况，如果到时每个人都要教我各种动物的名称，那我恐怕哪里都去不了啰！

在众多动物之中，与印度教有关的最多。例如猿猴类就有称为"哈努曼"的猴神，许多村镇到处都供奉着它。

史诗《罗摩衍那》的主人翁罗摩王子在和恶魔罗婆那作战时，千钧一发之际得到猴军相助，因而取得最后胜利。从此以后，猴子就被纳入诸神当中，受到人们敬奉。此外，大象则是象征幸福的神祇之一。

不过，所有动物中最"神圣"的就属牛了。

而牛之所以被视为"圣牛"、成为宗教上崇拜的对象，有数种说法，简单列示如下：

"牛是湿婆神的骑乘，也是它的麾下。同时那头牛还是人称'南蒂'的生殖之神。"

"牛是以创造之神毗湿奴为本、与毗湿奴一起创造出来的神圣生物。"

"印度教众神中以湿婆神与毗湿奴最具人气。毗湿奴不同于性格激烈的湿婆神，脾气温和；而且在世间遭遇灾难时会化身成世间生物拯救生灵，据说化身有十种。它的第八个化身——黑天神，具备神力，擅吹笛，拥有迷惑女性的魅力；少年时是个牧童，看牧的就是牛。"

其实，就算不看宗教上的因素，牛对印度人的生活来说本就有难分难离的重要性。这种关系和价值观从古至今不曾有太大的变化。

首先，牛不论在农耕或运输上，对人类帮助甚大，是极为重要的劳动力提供者（这在其他国家亦然……）。

再者，母牛提供牛乳，不仅可以直接饮用，还可以制成优酪乳或奶油。奶油是料理中不可欠缺的油品之一，并且在祭典上是"圣火"的重要燃油。

连牛排泄出来的粪便都有利用价值——只要收集起来捏成饼状予以干燥，即可当作燃料使用。不仅农村以牛粪做燃料，对于住在都市里用不起瓦斯和电气的阶层而言，它也是生活中不可欠缺的必需品。

果真，名副其实是宗教和生活上的"圣牛"。

印度宪法中有关"牛"的条文如下：

"第四十八条——农业·畜产·组织：

国家依据现代、科学方针，努力成就农业·畜产的组织化，尤其致力于保护、改良其他挤乳·拖拉用的畜牛，并谋求建立禁止屠杀的办法。"

虽然法律上没有明文规定禁止屠宰牲畜，但已经阐明了基本精神。

牛只似乎颇为了解自己的"圣牛"地位，相较于其他动物，态度显得很高傲。常常不是大摇大摆地坐在车水马龙的路上，就是悠哉游哉地走进只有一米宽的小巷，害得人们必须退回原地等它通过后才能进入。

有头牛慢慢走进小小的店家，吃起店里的食物。店里的欧巴桑发现后慌慌张张地想推它出去，但它根本纹丝不动。我也出手帮忙用力推，不过牛角蛮粗大的，心里还是有点害怕。

在场的每个人都露出希望赶紧将牛拉出店外的表情，看来大家未必将牛视为"圣牛"——不晓得这算不算表里不一？

事实上，也有人这么说："近来宗教上的'圣牛观念'似

将牛粪装在竹篮里沿路叫卖的小贩通常是少年。这东西我买了也没用,所以就没问人家"这一个多少钱?"在印度,到处都有小孩子在工作。

黏在墙上的圆形物是加工过的牛粪。其实所谓的加工也只是很简单的程序:收集落在地上的牛粪、混合泥土后再搅拌而已(有些地方会混入剁碎的麦秆)。

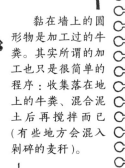

听说因为觉得"牛粪只用来当燃料烧掉的话,太可惜了",便有科学家正在研究"使牛粪发酵、产生沼气作为燃料,剩下的残渣再当肥料"的方法。

牛粪的加工作业是徒手搓捏,将其捏成适当大小的丸子,再黏到墙上晒干。黏在墙上的圆形牛粪都清清楚楚留有手印。晒干后就成了牛粪燃料。

乎越来越淡薄了。"

我也曾经目睹有人用力鞭打牛只。不过多是些年轻人。

即便如此,毕竟"圣牛"是个历史悠久的传统观念,与宗教又相关,实在无法一下子将其视为"普通牛";但是随着时代不同,似乎也慢慢有所变化了。

在瓦拉那西的巷弄里漫步时,经常会有圣牛迎面而来。这时候,就算你嘴里一直"嘘!嘘!"地喊,它还是无所谓地慢慢走。虽然这头牛很瘦,但毕竟还是只巨大的母牛。我可不想在这么窄的巷子里斗牛。于是整个人贴在墙上准备闪躲,却好像踩到什么东西,软软硬硬的,感觉很奇怪。

那头牛则是丝毫不把我放在眼里,悠然走过。

等牛通过后,低头一看,赫然发现自己脚下踩的是个人。

是一位倒在路旁的人。我觉得很狼狈——居然完全没发现有人躺在这里。其实乍看之下真看不出来是个人——那身衣服脏得几乎和马路同色,简直像块烂抹布。我蹲下来凑近瞧瞧,对方突然张开眼睛,两人的眼光正好对上,我不禁吓了一跳。那眼神犹如一滩死水。或许是远道来瓦拉那西等死的信徒吧!不知为什么,我慌慌张张地将那人手掌打开,塞了五卢比给他——但随即便觉得自己这种行为很恶心。不由得生起气来:"什么圣牛嘛!"

据说印度有两亿几千万头牛。虽说其中瘦得皮包骨的非常多,但如果这数字接近事实,那牛的数量便有印度人口的二分

瓦拉那西的小巷 （完全不把人看在眼里的牛）

其实若只是要表现那个环境，不用把「牛」画得这么大。大家就请在这张着色画里自由涂上喜爱的颜色吧！

→ 白色的牛，但请记得加上污迹。正面房舍墙是黄的、门是绿的。右侧的房子是土黄色。左边是一片非常肮脏的白墙。石板路面。

之一弱。也就是说,每两个人有一头牛。

"印度教是不是不管人有多饿,都不能吃牛?"

像这种会"遭天谴"的话,可不能说溜嘴。可是当天晚上,我却在饭店的餐厅点了一份牛排。当然和日本的牛排大不相同。相当有嚼劲,嚼到下颚都酸了。一个人嘟囔不停:"也不过就是动物性蛋白质嘛!"、"什么圣牛嘛!"自暴自弃地跟韧得要命的牛排格斗着。

如此这般,在饭店和高级餐厅都吃得到牛肉,没有问题。街上也多的是贩卖精致牛皮皮包或鞋子的商店。据说在印度的出口货物中,牛皮制品占有相当比例……也就是说,事实上印度饲养宰杀了相当多的牛啰!这时正好一位侍者笑着问我:"印度的牛排味道如何?"得知他信奉的是不将牛视为神圣生物的伊斯兰教,便安心地向他询问了许多有关牛的事情。

该位侍者名叫阿哈马都。"我不是印度教徒,所以吃牛肉。""当然还是会先考虑一下周围的情况与场合……"

——法律有没有明文规定禁止杀牛啊?

"这视各州的法律而定。二十二州当中只有古加拉特和马哈拉施特拉两州定有禁屠牛只的法律。其实,这两州的大多数人原本就是连牛以外的动物也不吃的素食主义者,所以没问题。"

——有没有哪一州正式准许屠宰牛只的?

"没有。不过,虽说印度教信徒的人数的确是压倒性的多,

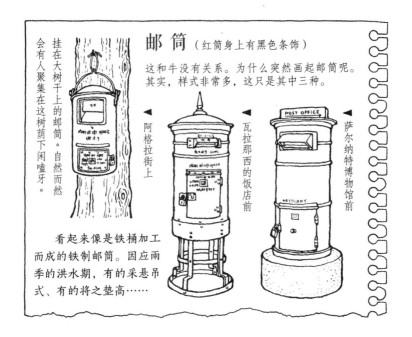

但印度还是有其他宗教信仰的；再加上出口牛皮是重要财源，如果制定法令禁止杀牛的话，那不等于是掐住自己的脖子？所以很难实现的啦！"

——印度教徒对这事的反应如何？

"激进的教徒曾和其他势力结合，之后嫌中央政府态度太过温吞，于是在一九六七年发起'反对屠杀圣牛运动'，包围国会抗议示威，并且和警察起了激烈冲突，结果造成数百人死伤。"

——那么，在印度说"要吃牛肉"之类的话是会有危险的啰！

"可是，有人在国会上说过类似的话喔。禁屠圣牛运动发生暴动后的隔年夏天，担任粮食农业部部长的恰克吉芬·拉姆就明白说出：'现今的印度教教义太过狭隘了；古时候的印度就吃牛肉。圣典《吠陀经》上也有记录。所以将"禁止屠宰牛只"予以法制化实在不恰当。'结果引起很大骚动，当然在国会以外也造成激烈辩论。"

——《吠陀经》上真的有写吗？

"我是穆斯林，不知道。根据反对的人说：'那不是吃下去，而是当作祭品的意思。'不过，虽说如此，结果还不也是杀了牛。"

——暂且不管宗教上的是非对错，但如果濒临饿死边缘的人可以因为吃牛肉而得救的话，不也是好事一桩……我是这么觉得啦！

"我也这么想。那些人就是太钻'牛'角尖了。其实，有些有钱出国玩的印度教徒在外面也吃牛肉的。"

——虽说他们是太钻"牛"角尖了些，不过，那你们穆斯林会不会因为饥饿而吃猪肉啊？

"不，绝对不会吃，因为猪太脏了！"——？

结果，搞懂的只有两件事："宗教的事是搞不懂的！"与"还是认定印度的牛依然保有'圣牛'的地位比较妥当"。

性的欢愉——卡朱拉侯的神庙

有人只是听到我说去过卡朱拉侯,就笑得很诡异。

原本打算对这位笑得诡异的仁兄发表我对卡朱拉侯的感觉,但想想这似乎得花费一番唇舌,实在麻烦,于是作罢。

日本曾经有位知名学者写了一本印度游记,我读到里面有这么一段:

> 一位衣衫褴褛的少年出现在眼前,以竹竿指出猥鄙的地方给我看,想要借此索取小费,结果被我赶走。我对春宫画或这类雕刻实感厌恶。卡朱拉侯的神庙以此闻名;听说日本旅客之间流行以望远镜头拍摄这些雕像。日本相机的精密度堪称举世闻名,在这方面倒发挥得淋漓尽致。

向来性情乖僻的我，读到这种自命清高又隐含讥讽语调的文章，更挑起想要前往卡朱拉侯的欲望。而且不用说，是带着望远镜头。

所以，这次的行程当然包含卡朱拉侯。

卡朱拉侯位于瓦拉那西和以泰姬玛哈陵闻名的阿格拉中间，所以容易被纳入观光路线中。虽然有火车可以抵达，但我是搭乘一天一班的国内班机前往卡朱拉侯的。

当飞机的机首朝下要降落时，透过机舱窗子望出去，在广阔的原野上，只见像小石子一般四散着的神庙和村落。

完全想象不到这里在九到十三世纪之间曾经出现过繁盛一时的王国。

即使身处风光悠然恬静的卡朱拉侯，我还是老样子，一刻也停不下来。到了饭店，行李一放，不管全身汗湿淋淋，连澡都不冲就飞奔出去。这里的神庙分散在东、西、南三个方位，西群多集中在饭店旁的遗迹公园内。"我来了！我终于来了！"我兴奋地喊。

那些高耸入云的高塔被称为中央大塔（shikara）。神庙整体以及外墙上密密麻麻的雕刻群像极为壮丽，其造型之美丝毫不因观者的好色视线而有所动摇。

从前对性爱光明正大地赞颂讴歌，现在却受政治力、行政机关强烈否定；印度自古以来的思想就这么以国家近代化之名给封杀掉了。有关"性表现"的规范可说相当严格。举凡电

卡朱拉侯的神庙

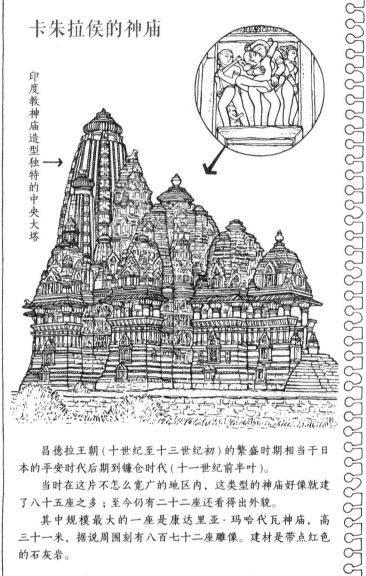

印度教神庙造型独特的中央大塔

昌德拉王朝（十世纪至十三世纪初）的繁盛时期相当于日本的平安时代后期到镰仓时代（十一世纪前半叶）。

当时在这片不怎么宽广的地区内，这类型的神庙好像就建了八十五座之多；至今仍有二十二座还看得出外貌。

其中规模最大的一座是康达里亚·玛哈代瓦神庙，高三十一米，据说周围刻有八百七十二座雕像。建材是带点红色的石灰岩。

性的欢愉——卡朱拉侯的神庙

男女交欢像（还有多种姿势）

下图是庶民；连动物都上场了。与上图相比，造型蛮质朴的。这是刻在神庙的基座上的。

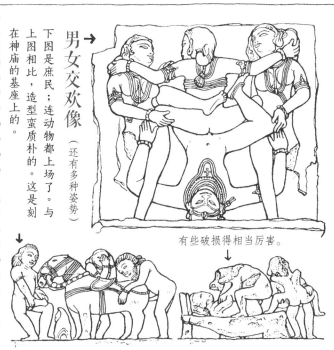

有些破损得相当厉害。

卡朱拉侯的确是以神庙外墙上被称为"mithuna"的男女交欢雕像闻名世界；但是亲眼见到实物之后，我被它的美感所触动，丝毫不觉得有那位学者所说的猥亵感。

一来会不会有猥亵的感觉因人而异；二来，我是认为"就算猥亵也无妨呀"的那一派。其实这些以青湛蓝天为背景、沐浴在阳光下的性爱雕像就只是非常单纯地在歌颂"性的欢愉"而已。

尽管脑子里转着"若要模仿这些雕像的姿势，没练过瑜珈的我肯定会闪到腰"之类的无聊想法，却不会有什么诡异的歪念头。因为这些雕像不仅从美术上来说完成度很高，而且在此地的风土中以明快大方的形式呈现出来，表现手法一点儿也不隐讳遮掩。

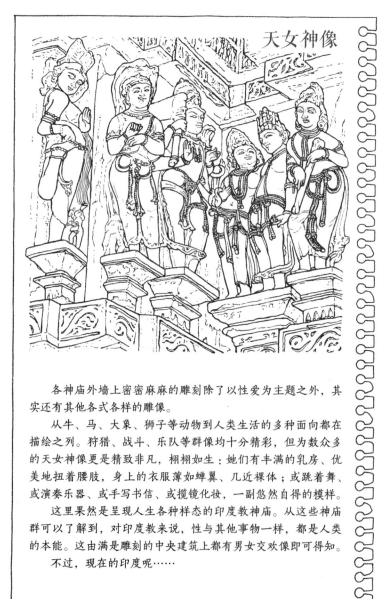

天女神像

　　各神庙外墙上密密麻麻的雕刻除了以性爱为主题之外，其实还有其他各式各样的雕像。

　　从牛、马、大象、狮子等动物到人类生活的多种面向都在描绘之列。狩猎、战斗、乐队等群像均十分精彩，但为数众多的天女神像更是精致非凡，栩栩如生：她们有丰满的乳房、优美地扭着腰肢，身上的衣服薄如蝉翼、几近裸体；或跳着舞、或演奏乐器、或手写书信、或揽镜化妆，一副悠然自得的模样。

　　这里果然是呈现人生各种样态的印度教神庙。从这些神庙群可以了解到，对印度教来说，性与其他事物一样，都是人类的本能。这由满是雕刻的中央建筑上都有男女交欢像即可得知。

　　不过，现在的印度呢……

影、绘画、文学等领域，在这方面都没有自由表达的空间。

像我在加尔各答看的通俗歌舞片，女主角身材颇为丰满（好像是引不起男人饥渴欲望的肥胖躯体＝美丽），有一场戏是她身上的纱丽淋湿而紧贴胴体，我身旁的年轻人看了不禁呼吸急促了起来——不过影像的表现就到此为止。根本不会让你看到胸部或裸体的镜头。

印度是有早婚的人；但同时，以经济能力不足为由而独身的男人也不在少数。

不知是不是这个缘故，在这儿很容易看到感情不错的哥儿们出双入对。（这在阿拉伯及邻近国家也常见。）

据说在印度，"性表现的规范"不仅基于"良善社会风俗"的理由，还牵涉到人口问题。目前最让这个国家头痛的就是如何抑制人口增加。

根据一九七一年的国势调查，印度人口为五亿四千八百十五万九千六百五十二人（连最后两位的"五十二"都算得出来，真不简单），而且还在增加。印度的人口约占全世界的七分之一。

人口增加也与粮食问题直接相关。现在的印度仍然面临粮食不足的威胁，并且尚无根本解决之道。所以"唯一的方法是极力抑制新生儿诞生，否则别无良策"！

不过，印度民众似乎不把政府的担忧放在心上，特别在农村，贫民仍然生养很多小孩。有人说这是因为"以前卫生条件

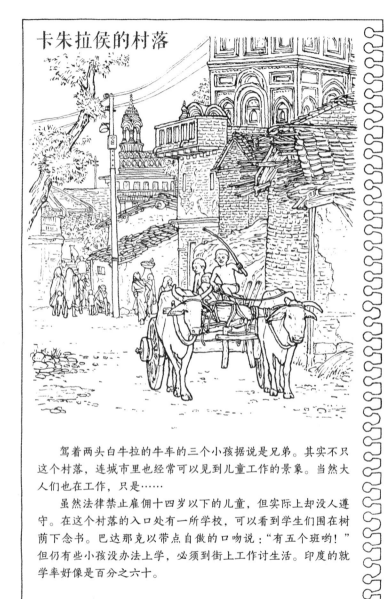

卡朱拉侯的村落

驾着两头白牛拉的牛车的三个小孩据说是兄弟。其实不只这个村落,连城市里也经常可以见到儿童工作的景象。当然大人们也在工作,只是……

虽然法律禁止雇佣十四岁以下的儿童,但实际上却没人遵守。在这个村落的入口处有一所学校,可以看到学生们围在树荫下念书。巴达那克以带点自傲的口吻说:"有五个班哟!"但仍有些小孩没办法上学,必须到街上工作讨生活。印度的就学率好像是百分之六十。

हम दो हमारे दो

据说念成"汉·得·哈马列·得",意思是"我们·两个人·我们的·两个人"。这是用油漆画在砖墙上的广告,色泽褪了不少。画中的一家子个个长得富富泰泰,和村民们的体态形成对比。

外框是灰色

红色文字

红色

脸部轮廓是黑色。唇和额头的一点是红色。　　底色为黄色

村内一幢建筑的墙上有面巨幅广告。我在加尔各答和瓦拉那西也看过这幅呼吁大家节育的广告。

刚开始是"不要再生了,不要三个以上!"希望大家生到第三个就停。后来改为"我们两个人,小孩也两个"。而最新的广告则是有文学气息的"两片叶子间只有一朵花",其实是"只要生一个!"的意思。宣导的理想育儿数逐次递减。听说"两片叶子间……"的标语还是前总理甘地夫人(Indira Gandhi)时期的产物。不论村里镇上都是新旧广告杂陈。

甘地夫人任总理时相当积极推动此政策,曾强制八百万以上人民实施结扎手术。

巴达那克以手势比出剪下那话儿的动作,笑着说:"印蒂拉,咔嚓。"这当然是玩笑——男性结扎手术是把输精管扎起来,而非割掉性器官;但也因为有宗教上的意义,这项政策还是受到激烈反对,一年后画上了休止符。该政权下台也与此有关。

理发店 距离卡朱拉侯二十五公里的昌德拉那卡斯村的理发店,理个头一点五卢比(三十八日元)。"帮我理个发吧!""可是我不知道怎么剪才会好看?"对方露出束手无策的样子,只好请对方帮我刮个胡子就好。一群没穿衣服的小孩纷纷聚过来,各个身躯瘦小,但都很活泼,一点都不怕生。

为了避暑和雨季防洪,小屋的地板是架高的。

现在的政府的方针是"家庭计划是重要课题,但并不强制施行",已有让步的迹象。

生活富裕的阶层多配合政府呼吁,只生两到三个小孩,并且在养育上也愿意花费金钱。

另一方面,穷人则认为"养小孩不需要花钱,而且生得越多对家庭越有帮助"。

婴儿期需要哺育;但他们只要到了五岁就长成儿童,具备自立的生活能力。在这里,孱弱的小孩是活不下去的。成长中的小孩就成了实质的劳动力,能够支持家庭、照顾幼小弟妹。因此,若想请贫穷的阶级理解、协助政策施行,"从国家立场来思考全印度的人口及粮食问题吧",无疑是缘木求鱼。

不像邻国中国,随便问谁回答都是"两个孩子恰恰好",果然是印度啊。反正,印度是多种样貌混杂共处的国家。

印度人口增加的另一个原因则是早婚的习俗。这好像也是他们的烦恼来源之一。

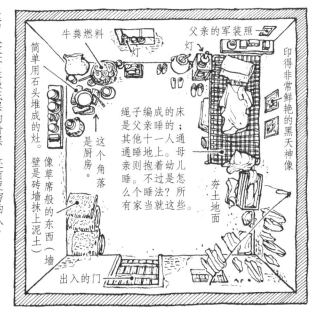

"女孩儿到二十一至二十二岁再结婚！"这类广告到处都是。据说新出炉的法令是"男孩儿未满二十一岁、女孩儿未满十八岁不准结婚"——果真这样就可以？

我在村里遇到一位少女，十五岁就有三个孩子。听说还有十岁就生小孩的呢。一方面或许是因为缺乏性知识；但另一方面，住处所带来的影响也不容忽视。

像我在村里参观的一户人家，只有一个房间的土厝里挤沙丁鱼似地睡了夫妇两人和十个小孩，小孩自幼就过着耳濡目染性行为的生活。

曾听过上流阶级的人唾弃地说道："那些穷人是自掘贫困之坑。"但是……

实在搞不懂印度！

不过，对我来说，恐怕也只能把这些情形都归因于贫富和阶级的差距太大。

KHAJURAHO HOTEL

Chattarpur Dist(MP) Khajuraho

100卢比
（2500日元）
TEL : 24

No.23

- 绿色直条纹的窗帘
- 连电话都是绿色的
- 淡绿色的沙发床
- 白墙
- 椅子和桌子都是绿色
- 土黄色的床头板
- 绿色直条纹的床罩
- 苔绿色地毯
- 祈祷用的蜡烛
- 卡朱拉侯神庙的照片
- 吊扇和室内照明等的开关
- 绿色垃圾桶
- 胡桃木
- 深绿色的门
- 衣柜

住在卡朱拉侯时的房间。和外面的热度相比，室内才二十六度。玻璃窗外是铺着草坪的庭院。对面是神庙。这房间才两千五百日元，便宜！虽然觉得「便宜」，心里还是有点愧疚。

不禁让人觉得这是不是有点太过火了？室内的色彩彻彻底底一致采绿色系。

参观了十二个人住的房间之后，更觉得自己一个人占用这么大的空间实在过意不去，没法儿静下心来。

差，婴儿死亡率高，现在则多存活"；但印度未满一岁的婴儿死亡率却达百分之十三，这数字在日本可是想象不到的高。

政府为抑制人口增加想出各种方法却都成效不彰，颇为焦急。若再这么下去，二十一世纪将会有十亿人口。

我问过卡朱拉侯的村民，得知这里拥有十个小孩的家庭比比皆是。听说还有十三个小孩的家庭哩。

我在这里和计程车司机巴达那克成为朋友，通过他的翻译，得以在村里通行无阻，和当地人打成一片。"养这么多小孩不累吗？""怎么会？小孩可以帮忙做事，多点才好哩！"似乎正因为穷，才要多生小孩多些人手。

「世上最美丽的陵墓」

"请为我造一座世界上最美丽的陵墓吧。"女人蛮不在乎地要求。

"好!好!"男人真的如实照做了。

这是发生在三百五十年前的事……

这名男子就是莫卧儿帝国第五代皇帝萨·加罕;女子则是让他爱得疯狂的妃子蒙泰姬·玛哈。

这座为了一位女子而建造的泰姬玛哈陵(Taj Mahal)规模异常庞大。据说它的昵称"Taj"是从妃子的名字"Mumtaz"缩短转称而来。

一位造访过泰姬玛哈陵的友人曾这么描述:

"简直和照片一模一样哦。可能是因为照片看多了,真到了现场,偌大的建筑矗立眼前,禁不住大声叫了出来:'哇!

同彩色照片上的没两样！'说实在，完全没有初次乍见的惊喜感。"

果真如此吗？这倒勾起了我的兴趣。泰姬玛哈陵是沿着流经阿格拉市的雅姆纳河而建的。

到了当地，果然如友人所说，背后是湛蓝的天空，以白色大理石兴建的泰姬玛哈陵在耀眼的阳光下闪闪发亮。前庭的水池映着陵寝的风采，的的确确和我们常见的风景照一模一样。

不过，接下来看到的实景与照片还是有所不同。

随着步伐接近，穿过正面拱门所看到的建筑物也起了微妙变化。我时而蹲下调整视线高度，时而跑到左边或右边瞧瞧，那种变幻莫测的立体感、无法忽视的存在感和幽雅的造型美实在不是照片能够呈现的。我也跟着时而感动、时而兴奋，身上的血都沸腾起来。

从远近感掌握得很好的前庭、成列的树木、八角形建筑的正面、包围着大圆顶的四座圆亭、矗立基台角落的四座拜塔，甚至到配色的效果等等，这些通通都已经考虑进去了。

虽然非常巨大，在设计上却丝毫不会让人有压迫感，我不禁发出一连串的赞叹："原来如此！原来如此！"

泰姬玛哈陵建于公元一六三二至一六五四年间，就时间上来看，与巴黎的凡尔赛宫、罗马的圣彼得大教堂、京都的桂离宫和日光的东照宫等差不多同一时期。

也被称为"珍珠泪"的泰姬玛哈陵是伊斯兰建筑在印度开

由空中俯瞰的泰姬玛哈陵…… 应该是这个样子吧。考虑到由下往上看的视线,圆顶的颈部部分加长了点。

欣赏泰姬玛哈陵的最佳角度,果然同大多数照片一样,是自人的高度正面平视。为了呈现壮丽美感,这栋巨大建筑物不论在均衡度、立体感等方面都经过仔细设计与计算,佩服至极!为了一探其奥妙之处,我决定从上方……

(从正面看到的泰姬玛哈陵)

花结果的杰作；但和中近东与西班牙的伊斯兰建筑相比还是颇有差异。这方面的比较如果深入探讨应该会很有趣，只不过这类专业问题就不在此提及。

入口正门聚集了不少导游，我请一位看起来颇有哲人风范的老者帮我导览。

不论哪里的导游都是一个样儿："从地面算起，那个大圆顶的高度有六十七米，庭院的深度是五百五十米，宽三百零五米……"脱口就是一大串数字。

"数字就不用了，请介绍点别的吧！"

听我这么说，对方一脸很困惑的样子，但还是回应了要求，"那，到这儿来！"拉着我往正门回廊左侧去。

"从第二个拱门眺望泰姬玛哈陵，如何？"

嗯，果然是风景照中看不到的角度，兴奋极了。

"你的职业是啥呀？"对方这么问我，便答道："舞台美术设计。"只是对方好像不太了解的样子。

当那导游知道无须介绍数据之后，整个人便轻松起来，倒和我成了朋友。

我很想登上屋顶瞧瞧，可是，"差不多两年前有位女性跳楼自杀，此后楼梯口的门就锁起来了。"可惜啊！

聊天聊到一半，导游开始看起手表，心不在焉。"怎么了？"他说，"我马上回来，等我一下。其实现在是朝拜的时间啦。""我也去，行吗？""只要不按闪光灯拍照就行。"我就伊斯兰教只崇拜唯一的"阿拉真神",不像印度教有那么多神明——连牛、象、猴子等均能称神,两者有根本上的不同。伊斯兰教彻底否定偶像崇拜,所以连在建筑物的装饰上都看不到人或动物像。即使同是一神教,天主教却有基督像、圣母像和宗教画;伊斯兰教在这点上也大不相同。伊斯兰教在设计上只采用已经图案化的阿拉伯文字和花草纹饰。泰姬玛哈陵在白色大理石上镶嵌雕饰以及其他颜色大理石和半宝石,非常细致美丽。

这么跟着导游去。

这让我想起从前在埃及搭计程车的经验。司机突然停车、撂下一句"等我一下",就飞奔出去冲进人群里开始祈祷。当时的地点是开罗博物馆的草坪。对穆斯林来说,"时刻"最重要,只要面向麦加朝拜即可,地点则不拘。这种在特定时刻大家一起祷告的"礼拜的同时性",可说是其他宗教所没有的特征。

聚集在泰姬玛哈陵左侧拜堂的教徒有十六个人,排成一列。堂内回响着诵念《古兰经》的声音,全体动作一致,双手伸向空中,双膝跪地,接着伏首磕头,时而站立时而坐下,不断重复这些动作,非常虔诚地祷告。

我也站在行列的一端,仿照他们的动作跟着祈祷。

属于一神教的伊斯兰教,除了真神阿拉以外,严禁崇拜其他神明。

在原本的教义中,连陵墓都不准参拜,因此像泰姬玛哈陵这种巨型庙宇的存在实属异端。不管哪种宗教总会随着时代变迁而渐有改变,或另生流派;印度的伊斯兰教也有与正统伊斯兰教相当歧异之处。

由西东来、性质不同的宗教为了在南亚扎根,与其他土著宗教有所接触交流;由此地的风土民情就可以看出它印度化的过程。

因为我对这个那个都有兴趣,结果是三天时间都往泰姬玛

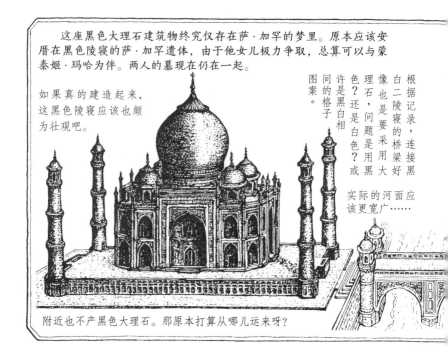

这座黑色大理石建筑物终究仅存在萨·加罕的梦里。原本应该安厝在黑色陵寝的萨·加罕遗体,由于他女儿极力争取,总算可以与蒙泰姬·玛哈为伴。两人的墓现在仍在一起。

如果真的建造起来,这黑色陵寝应该也颇为壮观吧。

根据记录,连接黑白二陵寝的桥梁好像也是要采用大理石,问题是用黑色?还是白色?或许是黑白相间的格子图案。

实际的河面应该更宽广……

附近也不产黑色大理石。那原本打算从哪儿运来呀?

哈陵跑。虽然连日参拜同一个地方,但是泰姬玛哈陵因阳光的变化而有不同风貌,让人百看不腻;而且除了外观,内部的浮雕壁面、地下室陵墓的镶嵌雕刻图案都是了不起的作品。

但是,如果参照了解该建筑的历史背景,便不禁让人心生感慨。

萨·加罕是当时国势正盛的莫卧儿帝国第五代皇帝;泰姬玛哈陵就是完全照他的意思所建。施工期达二十二年,每天动员两万人,耗费的资金无法估算。

除了泰姬玛哈陵,他还建造了阿格拉宫、巨大的德里城以

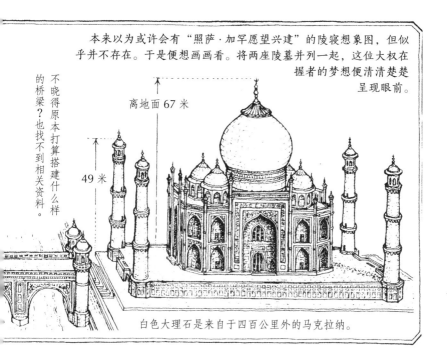

白色大理石是来自于四百公里外的马克拉纳。

及其内的宫殿等等。萨·加罕的建筑狂热简直没有极限；他的最大梦想是在泰姬玛哈陵背面的雅姆纳河上架设一座大理石桥，然后在对岸以黑色大理石建造一座与泰姬玛哈陵一模一样的陵寝。可惜泰姬玛哈陵完工两年后、正要接着规划时，他病倒了。在他卧病的三个月间，"皇帝已经驾崩"的谣言四起。当时的印度王位不一定传给长男。（萨·加罕是第三皇子，曾与父亲加罕基对抗，后来登基。）

萨·加罕有三个儿子。第三皇子奥朗哲布反应机敏，随即率军杀了两位兄长，自己宣布即位。

萨·加罕虽然震怒却也无力挽回局势；之后被奥朗哲布软禁在阿格拉城内。

当时，莫卧儿帝国也因为不断兴造宫殿，加上东征北讨，庞大的支出造成严重的财政危机。

萨·加罕建造黑色陵寝的梦想破灭后，在他还被允许登上城楼的期间，据说总是站在上面远眺着泰姬玛哈陵落泪。我也登上同一个地方瞧瞧。原本应该建造了黑色陵寝的对岸，现在仍是一片荒凉。

萨·加罕皇帝的建筑癖真可说是到了异常的程度。

不过，综观莫卧儿帝国的历史，不是只有他一个人特别奇怪。像他的父亲加罕基就贪玩成痴；而第三代皇帝——也就是他的祖父，阿克巴——也是位疯狂人物。如果真如传说中所描述的，那么掌权者真可说是个性情反复无常、任性妄为之人。

例如，至今仍可以见到的都城遗址——法塔赫布尔·西格里，就是例证之一。

既然每天都有观光巴士前往该地，就动身去瞧瞧吧。

从阿格拉往西四十公里有座岩山；法塔赫布尔·西格里的建筑群就位于山头上。

这里的建材是附近切割采集来的红色砂岩。整座废墟规模非常宏大，看来威风凛凛；实在让人无法相信这么豪华的宫殿居然被荒弃四百年之久。

据说，阿克巴皇帝当时对迟迟没有子嗣一事相当烦恼，于是拜托住在这座岩洞里的一位圣者帮忙祈求上苍。后来真的生下皇子，满心欢喜的阿克巴为了报答圣者，便在山上盖了一座清真寺送他。之后自己也经常造访此地，并称赞道："我很喜欢这座山。"下令在此兴造宫殿。

由于皇帝要移居此地，朝臣们也只得随之从阿格拉搬来；商人、工匠及人民也跟着搬家，这里便成了首都。

但是，新首都水源取得不易，大批人马入住之后，生活很不方便，但也束手无策。（难道事前没先做个调查吗？）

最后，皇帝说："算了算了，再回阿格拉去好了。"于是一大群人只好再来次大搬家。特地建造、却又轻易放弃的新都四边共长十公里；而在此居住的时间才十四年而已。

实在是个荒谬的故事。

不过，最近有种学说认为这个版本的传说与事实稍有出入。也就是创立这城市的并非阿克巴皇帝，而是之前便已存在于此的印度教王国。即使是这样，存留至今的建筑的确是阿克巴所建造和遗弃的，因此这个传说并非瞎编，有蛮多部分与事实相符。

综观世界历史，发现埃及从古至今的掌权者也一样，不是想立一番丰功伟业，就是疯狂发起战争。而这对于被重税压榨、全体被动员的人民来说，怎堪消受呀。

"坐拥千万财富的国王与贫苦的人民"似乎是古代才会有的强烈对比；但这种现象在今日印度依然可见。

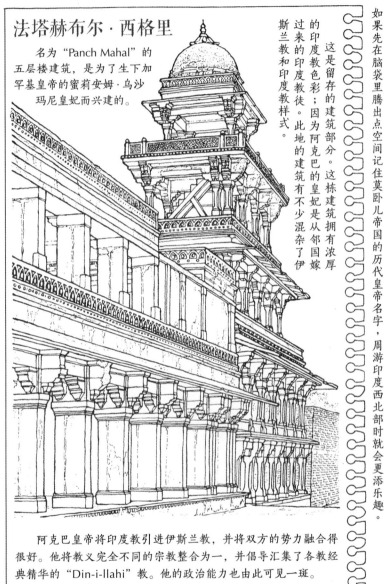

法塔赫布尔·西格里

名为"Panch Mahal"的五层楼建筑,是为了生下加罕基皇帝的蜜莉安姆·乌沙玛尼皇妃而兴建的。

这是留存的建筑部分。这栋建筑拥有浓厚的印度教色彩;因为阿克巴的皇妃是从邻国嫁过来的印度教徒。此地的建筑有不少混杂了伊斯兰教和印度教样式。

如果先在脑袋里腾出点空间记住莫卧儿帝国的历代皇帝名字,周游印度西北部时就会更添乐趣。

第三代阿克巴→第四代加罕基→第五代萨·加罕→第六代奥朗哲布。

阿克巴皇帝将印度教引进伊斯兰教,并将双方的势力融合得很好。他将教义完全不同的宗教整合为一,并倡导汇集了各教经典精华的"Din-i-llahi"教。他的政治能力也由此可见一斑。

一九四七年印度独立的同时，藩王制度也随之废除。而在独立以前的英属殖民地时期，全印度共有五百多位大大小小的藩王统治各地。

为了方便统治印度，英国让藩王保有地位和财富，双方形成互相利用的共生结构。

独立以后，将领土归还给中央政府的藩王开始从政府取得庞大金额的年金，拥有许多特权，以作为补偿。

虽说后来金额减少了，但现在仍有两百多位前藩王，国库要支付近二十亿日元的年金给他们。

他们所享有的特别待遇也很惊人。例如全额免税、免费搭乘飞机或火车头等舱，连水电都免费。还有进口物品一律免税，并可以自由购买，一大堆破天荒的特权。

烦恼外汇存底不足的印度为了防止资金外流，严格限制进口货物的项目，尤其是车辆、照相机、收音机等，课征的税率高得吓人，据说在百分之百以上。

这次来印度旅行，入境时海关就将我的相机、镜头的序号全登记在护照上，并且特别叮咛："在印度国内将相机卖掉的话，出境时可是要支付高额税金的。"

在这样的国情下，那些原本就很有钱的富豪充分利用免课进口税的特权，过着更加丰裕的生活。

一九六七年春天，印度国民会议派的全国委员会基于给予前藩王的特权与国民生活相差太过悬殊，英明地决议"废除年

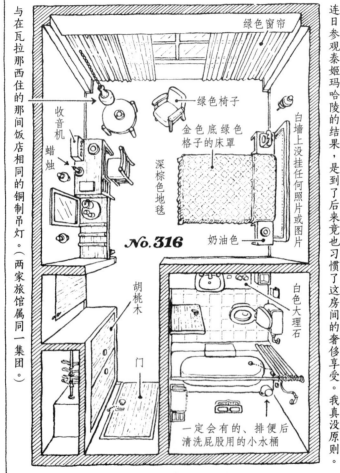

HOTEL CLARKS SHIRAZ

54 Taj Rd.Agra — 282001 Tel:72421

150 卢比（3750 日元）

No.316

连日参观泰姬玛哈陵的结果，是到了后来竟也习惯了这房间的奢侈享受。我真没原则。

与在瓦拉那西住的那间饭店相同的铜制吊灯。（两家旅馆属同一集团。）

绿色窗帘
绿色椅子
金色底绿色格子的床罩
白墙上没挂任何照片或图片
深棕色地毯
奶油色
收音机
蜡烛
胡桃木
门
白色大理石
一定会有的、排便后清洗屁股用的小水桶

很想看看泰姬玛哈陵的黎明景色，便与三轮车约好"五点三十来接人"。我五点前起床，无意间从窗帘缝隙看到天还没亮人就已在外面等着了。淡季时等候客人的认真态度真让人吃惊。

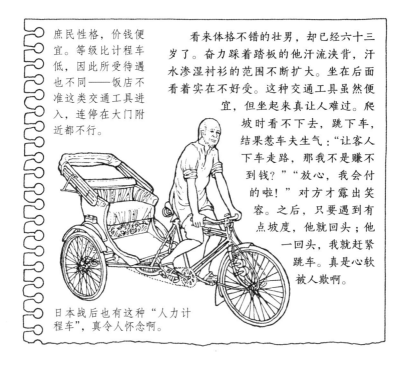

庶民性格，价钱便宜。等级比计程车低，因此所受待遇也不同——饭店不准这类交通工具进入，连停在大门附近都不行。

看来体格不错的壮男，却已经六十三岁了。奋力踩着踏板的他汗流浃背，汗水渗湿衬衫的范围不断扩大。坐在后面看着实在不好受。这种交通工具虽然便宜，但坐起来真让人难过。爬坡时看不下去，跳下车，结果惹车夫生气："让客人下车走路，那我不是赚不到钱？""放心，我会付的啦！"对方才露出笑容。之后，只要遇到有点坡度，他就回头；他一回头，我就赶紧跳车。真是心软被人欺啊。

日本战后也有这种"人力计程车"，真令人怀念啊。

金和特权"。

对这项决议感到愤恨不平的前藩王们便团结起来罢工抗议，世界各国媒体还报道了这则跌破大家眼镜的"藩王罢工"的新闻。可惜他们所施予的压力还是动摇了中央政府的决心。原本支持"决议"的议员不是资金来源被切断，就是面临可能失去选举地盘的压力；激烈冲突的结果是，前藩王成功地封杀了废除他们特权的"决议"。

其实，紧握财富不放的不只那些昔日的王公贵族，其他有钱人也是一丘之貉；特权阶级根本不会轻易放弃既有的共同利

泰姬玛哈陵附近的一棵路树,直到树干高处都沾满了污泥。听说那是在我造访阿格拉前不久、大洪水侵袭此地的痕迹。日本也报道了这则消息,泰姬玛哈陵还因此封闭了四天,可谓轰动一时。许多人因为河水泛滥,房子被埋在污泥底下,无家可归。印度每年到了雨季总会发生水灾,洪水并不少见;只是听当地人描述:"那是莫卧儿时代以来最严重的洪水。"全球气候的变化确实异常,但也有人说:"造成洪水的原因之一是上游地区的森林遭到滥砍滥伐。"在印度,各种公害最近似乎也增加了不少……

这棵树可是位于高高的河堤上的。

记录洪水水位的白漆记号。

益。这些人的财力都到了可以拥有私家飞机的地步。

我对于"印度绝非穷国,而是个穷人很多的国家"这样的说法,非常赞同。

在瓦拉那西前往观赏"罗摩衍那"祭典时,意外地看到了前藩王。

泥土路上铺着红色地毯,只见他从劳斯莱斯车里出来,在私有军队的仪队欢迎下走入会场。

看到紧张跟随的侍从与村民迎接的态度,才重新认识到原来所谓的藩王是这么回事啊!

村民在提及他的事情时都不会加上"前"字，而是恭敬地称呼"藩王"。似乎人们至今仍视他为"瓦拉那西的国王"。

"他不仅有两家银行，还是个拥有各种企业的实业家，非常有钱喔！"村里的年轻人以简直像在自夸的口吻述说着。

听了年轻人的夸耀，让我想起白天时参观的昔日藩王宫殿。宫殿现在是对外开放的博物馆，由陈列中可以了解从古至今的"藩王生活"。想想他们的生活，再对照年轻人自夸式的陈述，心里不禁焦急起来——要到什么时候人们才会开始质疑这种失衡的现象呢？由我这种外来的访客来批评东批评西，或许起不了作用，可是心里又……

让我们再来谈谈有关泰姬玛哈陵的事。

已然成为朋友的导游老者曾经叹道：

"从前的泰姬玛哈陵可是比现在洁白得多，美丽极了。现在却渐渐变黄变黑，都是附近工厂的黑烟造成的。如果泰姬玛哈陵不白不美的话，可就麻烦了！我们都是靠这座陵寝才有现在的生活。"

返回日本后，我就这件事向宇井纯先生请教过。

宇井先生也和我在差不多的时期造访印度；他那时到德里参加"公害问题国际研讨会"。

"泰姬玛哈陵变色是事实；印度的学者也很认真看待这个问题。那座炼油厂位于距阿格拉四十公里的马特拉附近，所排放的黑烟里含有硫酸、硝酸等等，混合了这些物质的雨水会溶解大理石。因为大理石的成分是 $CaCO_3$——也就是说,泰姬玛哈陵是由碳酸钙盖成的,不耐酸。如果再这样下去,二十年后泰姬玛哈陵的表面就会被溶得凹凸不平了。印度对这些问题相当烦恼——难道除了现代工业化以外,没有别的成长之路可走吗?"

"泰姬玛哈陵正在溶解!"多令人震惊的警讯!

泰姬玛哈陵快车

日本最早有火车行驶是在明治五年（即公元一八七二年）；印度则早在十九年前的一八五三年就已有铁路开通。

印度的铁路事业是亚洲最早开办的；即使到了现代，营业路线距离最长这点仍可傲视亚洲。

途中多次被人问说："搭过火车了吗？"

就算没人提醒，我也会想坐坐看。

由于行程的关系，一直错过；最后总算逮到机会搭乘"泰姬玛哈陵快车"。泰姬玛哈陵快车行驶于德里和阿格拉之间，行车时间三小时，是一班闻名列车。

早上七点十五分从德里出发，十点十分抵达阿格拉。

观光客搭乘此列车抵达阿格拉之后，先从泰姬玛哈陵开始，接下来参观阿格拉城、法塔赫布尔·西格里等地，然后再搭乘十九点十分的泰姬玛哈陵快车，于二十二点十分抵达德里，可以当天来回。

泰姬玛哈陵快车以方便著称，所以到了旺季经常客满，一票难求。

"如果要搭火车，就要订头等座位的ACC（冷气车厢）"，饭店的年轻柜台人员热心地推荐。

以我的个性来说，一定是想搭能够接近一般民众的二等车厢；"若是这样的话，就不要搭泰姬玛哈陵快车，应该去搭横越大陆的长距离火车。但这次请务必选择'泰姬玛哈陵快车'的ACC。我会帮你订票的。"对方不断想说服我，简直像印度国铁的宣传员似的，便听从了他的建议。

后来我是买了从阿格拉往德里的票。

出发那天傍晚，活力十足的柜台人员还夸张地列队目送我坐上人力车前往 Agra Cantt 火车站。

站前广场上巴士、人力车和马车等的喇叭声响彻云霄，好似一场大合奏；中间还混杂着叫卖声、玩蛇人的笛声等等，喧闹非凡。车站内到处是提着大型行李的旅客、或卧或坐的人们；我就在这杂沓人群中挤上了车。

印度铁路的轨宽有四种。

现在的"KK快车"行驶于南端的特里凡德琅与北边的德里之间，费时四十六小时。从前因为轨宽的关系，中途要换三次车；所以除了车辆的调度之外，再加上行李的卸载和装运，总共得花上五天的时间。

头等的 ACC (Air Conditioned Class) 包厢

即使是头等车厢还是有没空调的包厢。因为这包厢是有空调的 ACC,心想应该会很凉爽才对;没想到竟然只是上面有台电风扇不停在转而已。

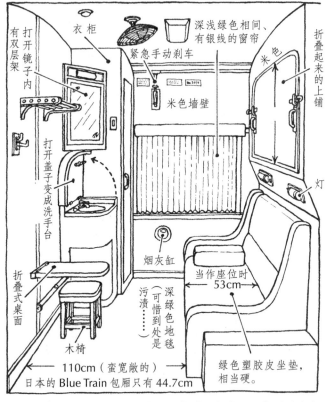

90 卢比(2250 日元)的双人包厢。与我同一包厢的乘客是位陆军军官,听他说:"曾去过日本,并在东京的世田谷区住过四个月。"他看我的素描画得十分详细,便促狭地笑道:"你是间谍吧?"这张画无法百分之百传达出实际状况——内部不少地方已经脏污,一点都不干净。本想到二等车厢瞧瞧,但是对方说:"车厢内又暗,而且大家都睡了,还是别去的好。"一副不希望我去看的样子。

好想了解床的结构；但顾虑到包厢内还有别人，只好很难得地忍住。

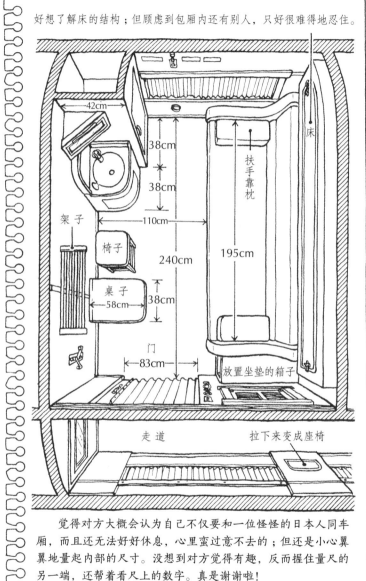

觉得对方大概会认为自己不仅要和一位怪怪的日本人同车厢，而且还无法好好休息，心里蛮过意不去的；但还是小心翼翼地量起内部的尺寸。没想到对方觉得有趣，反而握住量尺的另一端，还帮着看尺上的数字。真是谢谢啦！

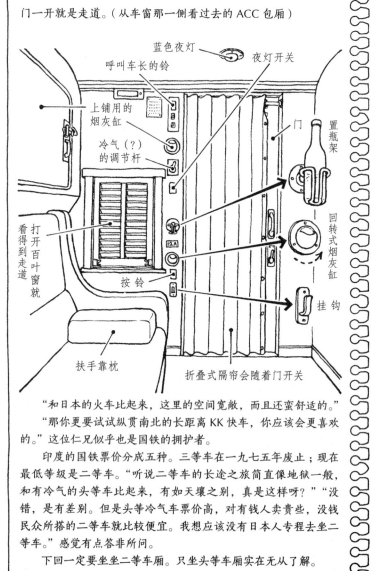

"和日本的火车比起来,这里的空间宽敞,而且还蛮舒适的。"
"那你更要试试纵贯南北的长距离 KK 快车,你应该会更喜欢的。"这位仁兄似乎也是国铁的拥护者。

印度的国铁票价分成五种。三等车在一九七五年废止;现在最低等级是二等车。"听说二等车的长途之旅简直像地狱一般,和有冷气的头等车比起来,有如天壤之别,真是这样呀?""没错,是有差别。但是头等冷气车票价高,对有钱人卖贵些,没钱民众所搭的二等车就比较便宜。我想应该没有日本人专程去坐二等车。"感觉有点答非所问。

下回一定要坐坐二等车厢。只坐头等车厢实在无从了解。

至于为何会产生四种轨宽，乃源于"符合当下需要"的心态。

首先在印度铺设铁路的是英国。为了将殖民地印度的棉花原料运回本土，英国人开始建设铁路；当时所铺设的是一千六百七十六毫米的宽轨（比日本的新干线宽两百四十一毫米）。之后，英国本土经济不景气，棉业陷于财务困难，于是从铁路事业撤回资本。

接着，由印度政府接手，继续建设；但为了压低成本，便采用比宽轨窄了六百七十六毫米的窄轨。

如果只采用这两种轨宽就好了；偏偏接下来还出现另外两种规格的窄轨铁路。

各地藩王以及各州州政府纷纷依自己的需求和方便，铺设了宽六百七十二毫米和六百一十毫米的铁道。

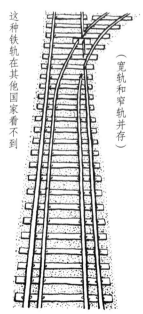

（宽轨和窄轨并存）

这种铁轨在其他国家看不到

其结果就是四种轨宽交错组合，乱七八糟地蔓延至全国各地。

正因为轨宽不同，所使用的车辆也不一。印度国铁苦于多轨并行不符合经济效益，所以进行全线宽轨化的工程。至目前为止，主要干线似乎都已经统一了，但是必须进行变更工程的路线尚有大约一半亟待完成。

而在火车头方面，蒸汽火车头在一九七二年停产，且打算从柴油动力转为电气化；但全部的火车头还有五分之四都属于蒸汽火车头。直到现在，已有三四十年历史的蒸汽火车都还精神饱满地工作着，很受爱惜。

虽说印度是个可以把各种东西都毫不在意地混为一体的国家，但连铁路都相当"印度"。

在阿格拉的 Agra Fort 车站内看到的铁轨很稀奇，让我留下了"此为印度国铁象征"的印象。

首都德里

"印度很热!"这是理所当然的事,没必要说出口,我心里这么想着。可是,"哇!热得受不了啦!"不知不觉还是喊了出来。

泰姬玛哈陵快车在晚上十点十分抵达德里。虽然已经蛮晚了,但印度还是印度。

从火车下到月台,马上就有股漫着味道的热气袭来。

名为"冷气车厢",却只有天花板上的电风扇不停地旋转;但这还是足以让车内空气流通、免于热气侵袭。这和日本对于"冷气车"的理解太过悬殊;但若与外面的气温相比,这的确也算是种冷气车厢了。(若以印度人的感觉为基准,日本的"冷气"恐怕已接近"冷冻"的地步。)

我站在月台上,尚未开始走动,汗水已经从体内泉涌而出;整只手都是汗水,提着的行李一直滑落。

德里果然是名副其实的大都会。从火车上下来的人非常多，不禁让我想起东京的重要终点站"上野"。

与上野的不同之处，在于人潮的移动方式。

前面的人走着走着突然停住，害我险些撞上去——原来有人躺在地上。只好学前面的人一样跨过去。车站内昏昏暗暗的，根本看不清楚。

人潮行进的方式好像旋涡一般千变万化。若遇到地上躺太多人无法跨过，就不得不改变方向迂回前行；一路上时而跨越时而绕道，反正就是没办法直线前进。虽说对走路的人来说很麻烦，但反过来想，躺在地上的人不也常常险些被人践踏？居然在这种地方也能睡……

于是，我也将行李放下，试着躺地上看看。可是怕被人踩到，特地挑了一个比较不会挡路的墙边。墙附近果然人多；但连通行人数多的中央区域也有人躺。那些人好似破烂的抹布般，躺在地上一动也不动，其中还有些是小孩子。心想："现在不知道几度？"便从背包里拿出温度计，就着打火机的光看，三十四摄氏度。

夏天虽然很热，但这里的冬天却是严寒。又干又冷的德里每年好像都会冻死十几个人。脑海里又浮现了上野车站。以前上野车站的地下道也是如此景象……

由于在车站内磨蹭太久，空计程车早已被人抢光，而等车的人还剩不少。

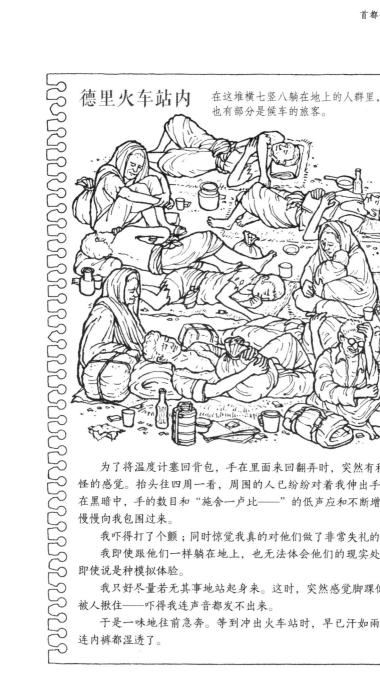

德里火车站内 在这堆横七竖八躺在地上的人群里,也有部分是候车的旅客。

　　为了将温度计塞回背包,手在里面来回翻弄时,突然有种奇怪的感觉。抬头往四周一看,周围的人已纷纷对着我伸出手来。在黑暗中,手的数目和"施舍一卢比——"的低声应和不断增加,慢慢向我包围过来。

　　我吓得打了个颤;同时惊觉我真的对他们做了非常失礼的事。

　　我即使跟他们一样躺在地上,也无法体会他们的现实处境。即使说是种模拟体验。

　　我只好尽量若无其事地站起身来。这时,突然感觉脚踝似乎被人揪住——吓得我连声音都发不出来。

　　于是一味地往前急奔。等到冲出火车站时,早已汗如雨下,连内裤都湿透了。

站前的计程车都载着乘客，但不知为何却塞住了不动。司机们纷纷从车窗探头大骂。同样是印度，这里没有地方与村镇的从容，而呈现出大城市都会才有的面貌。

我在车站前徘徊了三十分钟，总算拦到一辆三轮摩托车。说出目的地饭店的名字后，对方马上说："二十卢比（五百日元）。"

从地图上估计了一下里程，大概被哄抬了十卢比。"反正只是两百五十日元，又何妨？"的想法，简直像来到印度却又侮辱人家一样。所以心想，得改掉换算成日币的反射性动作，与对方认真应对。没想到脱口而出的居然是："OK！"虽说我这家伙每次都马马虎虎没啥原则，但这答案连自己都吓了一跳。实在是因为热得受不了，人也累了。加上好不容易才找到一辆车。而且饭店位于高级区域，心里也觉得不好意思。结果，我啥话也没说，默默上了车。这辆车便载着这样的我，发出震耳欲聋的噪音一路奔驰；车身震得非常厉害，简直快把人给甩了出去。

德里是由新德里和旧德里两个对比强烈的市区所组成，乃印度的首都，这个大家或许都清楚。

我也以为自己知道。

但是，两者间的对比实在强烈到超乎想象。

"德里果真如同印度的缩影，是一个将混沌、矛盾清楚示人的都市。"

CLARIDGE'S HOTEL TEL : 370211

12, Aurangzeb Rd., New Delhi — 110011

虽然到深夜才 check-in，饭店还是帮我保留了房间。饭店人员说："因为是从日本以电传预约的关系。"一晚160卢比（4000日元）。我也成了新德里的住民。

可以洗净满身臭汗的淋浴。一直保持在二十六度的室温。实在是舒适得让人觉得很愧疚。

这里的装潢也是绿色系。浴室采用蓝色瓷砖，地板是白色大理石。

绿色条纹窗帘

白墙

绿色床罩

修行中的释迦牟尼画像

深浅相间的绿叶花样

门

明亮的绿色地毯

摆在电话簿上的电话

深浅相间的绿色壁纸

No.21

　　一打开房间大门，眼前是一片绿油油的草坪庭院和游泳池。正发出欢笑声、享受清爽凉水浴的同样是印度人。虽然不论哪个国家都有贫富差距，可是，这个国家未免相差太远了。从德里的两个市区就可以清楚地看出其间的差距。

我下车的德里车站位于旧德里，投宿的饭店在新德里。我搭的三轮车在穿过满是垃圾的街道后，突然进入安静的区域——眼前景象非常令人惊讶，"这里是印度吗？"铺设完善的广阔道路边是整齐排列的水银街灯与茂密的街树，两侧林立着有宽阔草坪的人家。

这里完全没有旧德里街上挥之不去的贫穷气味。

新德里这些豪华住宅为高墙环绕，开着可供私家轿车出入的大门；住在里面的都是国会议员、高官、财经界人士、企业家等有钱的精英分子。

英国殖民时代所建造的井然有序的市区，在英国人走了之后，便由这些属于统治阶级的印度人入住。

来到德里，首先想造访的就是"甘地纪念馆"。

"甘地"，这个名字实在是如雷贯耳。翻开百科全书，足足有一页以上的篇幅记述他的生平。因为其他还有许多关于甘地的著作，我无意在此细写甘地的事情；而且我也不是什么甘地专家。我只是很单纯想借由参观他的纪念馆，看能不能感受一下平民化的甘地形象。而透过甘地去了解印度的另一面，应该是件很有趣的事。

靠近雅姆纳河的甘地火葬之处名为"Raj Ghat"。

骨灰运到瓦拉那西后，撒入"神圣的恒河"，所以他并没有陵墓。

不过，火葬处的地面上有一大块黑色方形大理石，感觉好像是"甘地之墓",于是成为一处名胜,观光巴士不断载着观光客来访。

从那里隔着马路,斜对面就是两层楼高的甘地纪念馆,规模比我想象的来得小。

比起对面的名胜,这里安静了许多。

里面的展示可能因为是以照片、文章等为主,感觉相当朴素而冷清。如果陈列的方法再用心一点可能会好些⋯⋯又没人拜托我,自己就在那里东想西想要怎么改变展示方式——尤其是陈列遗物的柜子等等,真的是闲事管到印度来了。

果然,他用过的生活用品有种很强的存在感。

其中最能让我感受到甘地这个人的是一双他穿过的凉鞋。走遍印度全国的他,在上面留着的脚形十分清晰,镂印得相当深。

一开始素描那双凉鞋,便渐渐觉得可以信任这位政治家。

一九四八年一月,他遭到恐怖分子暗杀,在七十九岁结束了奔波的一生。大家称他为"印度之父";但在被奉为伟大人物的同时,也有人对他颇有批判。例如"善于拿自己来煽情演出"、"身为运动的组织领导人,掌握大众心理,并加以操纵"等说法,或是"为了保护自己的继承人,不惜巧妙运用对手缺点,冷酷予以打击,使其下台"之类的秘辛。还有"甘地否定西欧的思想,心目中的理想社会是织布耕种自给自足;但在追求的同时,他厌恶靠机械工业致富的资本家却又无法拒绝他们的资助"等等……

不过,我只在乎他的凉鞋。我很清楚自己或许因为感情作用而不够客观;但从那双他每天穿在脚上四处奔波、融入人民生活的凉鞋上,我看不到他伪善的行为与为了获取人心的姿态,而是感受到他的政治理念。

他即便在七十三岁高龄,仍去坐牢,坐了一年九个月。在此之前,甘地已经多次因为反对种族歧视的反英运动而被捕入狱。这寻常人可做不到。

他为了解放被人歧视的最底层阶级——被称为"污民"的不可触贱民,赌上自己的性命,这也是广为人知的史实。

他不断向世人呼吁"他们才是'神之子'(harijan)!"提倡"所有人必须受到平等对待"的思想,终生奉行不渝,一直坚守着这政治运动的起点。

自一九二一年脱下西式服装之后,二十七年来他都是穿着和农民相同的棉布衣,食物也和贫民一样。这类的故事实在太多了。

但最让我感动的是,包括我在内的许多日本人,对政治只有短期、表象的理解;相较之下,甘地顽强、迂回,怎样也不放弃目标,拥有源源不绝的能量,这更让人佩服。我觉得他这点非常厉害。

紧临纪念馆的庭院里有个卖可乐、简餐等的小摊子。树荫下放了几张折叠椅,已有几位客人坐着大声聊天。

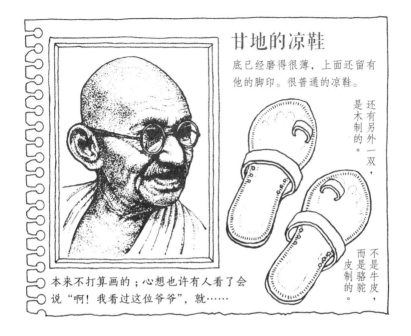

我一走近，顾摊的老爹就笑着说：

"你进去好久都没出来，到底在看些什么呀？"

他好像注意到我进去参观。

我把素描簿打开，让他看我画的甘地凉鞋，结果旁边的客人都好奇地围上来。

"为什么会对甘地的凉鞋感兴趣啊？大家都觉得不可思议。"老爹帮忙翻译。

"因为觉得这凉鞋好像象征了甘地本人啦"，不晓得这么说对方是否了解？正这么担心时，果然一如往常，又是让人跌倒的反应出现。

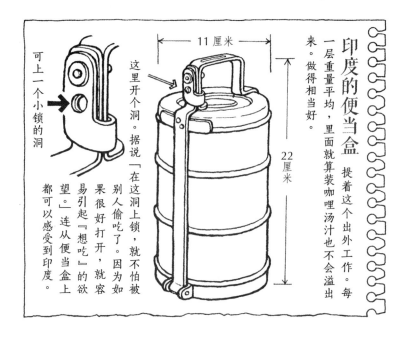

"我的凉鞋也是同款的。这样的话,就送你带回日本好了。"听到有人这么说,大伙儿都笑成一团。

这到底是在开我玩笑还是认真的,实在难以判断。直到对方真的脱下凉鞋并开始用报纸包起来。

我赶紧婉拒对方。

也到了吃午餐的时候了。我点了牛奶和类似炸饺子的东西,老爹就问我:

"我的便当分你吃一半如何?和甘地吃的一样喔!"

体贴入微地以开玩笑口吻邀请我。

老爹拿出来的便当盒相当特别,是黄铜制的三层筒状便当

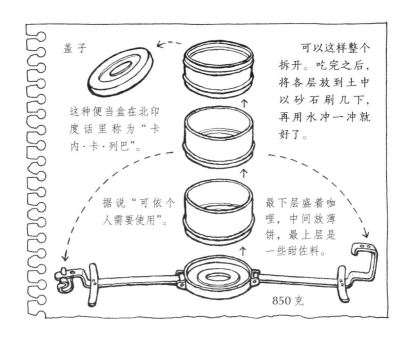

盖子

这种便当盒在北印度话里称为"卡内·卡·列巴"。

据说"可依个人需要使用"。

可以这样整个拆开。吃完之后，将各层放到土中以砂石刷几下，再用水冲一冲就好了。

最下层盛着咖哩，中间放薄饼，最上层是一些甜佐料。

850克

盒。我一边不客气地享用午餐，心里则越来越想要这个便当盒。一直盘算着要怎么弄到手。

"可不可以把这卖给我啊？"试着问问看。

"去市场买就有啦。一个大概三十五卢比（八百七十五日元），比我这个还要好，新型的还附上汤匙咧！"

"不不不，我不要新的，我想要这个！五十卢比跟你买怎么样？你可以去买个新型的。"

"很谢谢你啦，不过我这个用了十多年了，已经旧了呢。"虽然有些不好意思，最后终于还是答应了。

"连这种东西都有兴趣，那你去市场看看，那儿有更多各式各样的东西哦。"众人你一言我一句地建议。

这可不劳大伙儿提醒。我已经连续好几天都在旧德里的老市区逛,从强德尼丘克大街(Chandni Chowk)到满地垃圾的巷弄,从旧锁头到小锅子等,买了一大堆破铜烂铁。我只是像个普通观光客一样逛街,可是就……

"果然还是跟旧德里气味相投。"

种姓制度

在印度最常听到的一句话是"No problem"（没问题；没关系；不用担心）。

在滂沱大雨中抛锚的时候，计程车司机也是满嘴"No problem"。再怎么试就是没法儿发动。他一脸困扰地想办法，但只是嘴里碎碎念着"No problem"。

结果，我只好下来，踩在淹到脚踝的水洼中，两脚踏着烂泥死命推车。幸亏旁边有人过来帮忙，引擎总算发动了。这时候司机老大露出他那被烟草染红的牙齿，又说了。

"No problem！"一脸得意的样子。

刚开始的时候，以为可能是自己的理解或翻译有问题，才会被这个印度人挂在嘴边的"No problem"给搞糊涂。过了一段时间，总算了解"No problem"在印度的真正涵义，这才真的"No problem"。

譬如，遇到下面的状况，他们也会这么用。

每次搭计程车，如果碰到乱走一通的司机老大，我总会抗议："去饭店的话，这条路比较远哟！"

"No problem！"

唉，"没问题"的是你，我这边可是问题多多咧。

"这东西吃了不会怎样吧？"

"No problem！"

"可是，这股味道实在是……"

"那，把这去掉就 No problem 了啊！"

拜"No problem"所赐，事后可整惨我了，肚子泻个不停。

不过，相对地也碰到过这种情形。

"我不是印度教徒，可以在恒河里沐浴吗？"

"No problem！"

"我想爬上那屋顶看看……"

"No problem！"

这该说是豁达？或是随随便便？反正大致上什么事情都是"No problem"就对了。只不过……

前几天与这位年轻司机熟起来，便包下他的车子。他非常尽职地为我导游。由于中午还没到底片就用完了，便要求他载我回旅馆去拿。拿到后心想差不多该吃午饭了，便邀在车上等候的他一同在旅馆用餐。可是他却回答："我不能进这家

神之子的破屋（村镇上四处可见）

"给我五卢比，就让你拍照。"对方说。于是我就将五卢比递给一位正在喂奶的母亲。可是不知为什么，给了钱之后我不仅无法按下快门，连素描都没办法画。（这幅画是事后凭记忆画下来的，所以多少有点儿奇怪。）

同样在墙上黏有牛粪。↓

也有些情况连说"No problem"都行不通。

宗教上的戒律、种姓制度等问题是最没办法用"No problem"来解决的事。

我们的车在村镇里跑来跑去时，我突然瞄到了一间用各种材料拼凑盖成的小屋。职业病又犯的我要求："停！我想瞧瞧那小屋。"但司机却好像听不到我的话似的，完全没有要停车的意思。

等过了一段距离之后，车子才停下来。"我不想让村里的人看到我走近破屋。你自己一个人去吧，我可不去。他们那些人是不可碰触的，你应该知道吧。"直到刚刚还很开朗亲切的年轻司机突然无法掩饰脸上的不悦。

其实，稍早之前才聊到种姓制度，他还对这种"不好的风俗习惯"与"差别待遇真是不应该"大发议论——表里之间的差异未免也太大了，实在让人吃惊。在都市里这点还不会太明显；但是在农村，似乎至今仍留有强烈的歧视心态。

旅馆。""你是我的客人,一起进去应该不会有问题。"但见他嘴里念着"No problem",人却还是坐车上不动。没办法,只好跑去问餐厅主任:"我想和朋友一同用餐。"他立即回答:"请便——不过,您说的朋友,该不会是车停在门口的那位司机吧?"

"为什么这么问?他不可以进来吗?"

没想到,平时彬彬有礼笑容可掬的主任态度突然有了一百八十度的大转变,严正地回绝我:"不行!"

回到车上的我气得要命。

"载我到你平常吃饭的地方!"

"又不是什么豪华餐厅……"

"No problem!走吧!"

于是我俩就在街尾的小吃店里吃起蘸豆子咖喱的薄饼,他也打开了话匣子。

"那家餐厅从前就相当坚持阶级划分,根本不让中下阶层的人进去,你也拿他没辙。问题就在这狗屁阶级意识还没消除期间,有钱人更有钱,与下层民众的差距更大,情况只有更恶化。再这样下去,印度根本无法成为一个好国家,我们也会穷到底、翻不了身。"

那年轻人说得颇为直截了当。

不过,同样是这个人,面对住在破布残枝搭建的小屋的最下层民众时,也露出了他的阶级意识。

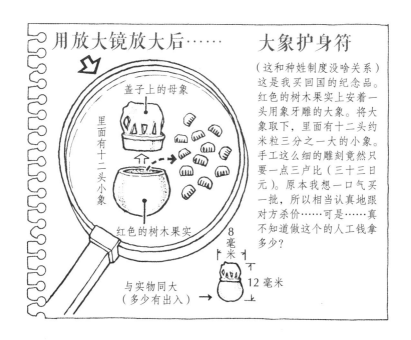

其实，不只他这样。

我在瓦拉那西认识的卡马利赛·克马尔·辛，堪称是位先进的知识分子，不但日语流利，据他说还正在学意大利文。他也老实不客气地批评了种姓制度。不过他曾多次提及："我这个'辛'呢，代表的是种姓制度里排名第二的'刹帝利'（贵族、武士）。"

嘴上说着"种姓制度不好"，其实心里却完全不这么想，这种情况很常见。

在印度走这么一遭，虽然有人说因为你是外国人、所以不能理解"种姓制度"，但我就是一直无法释怀。

把这种差异视为"理所当然"的印度教思想不是众恶之源吗？我这么想着……

向印度人问起种姓制度的起源，他们的表情纷纷变得严肃，很正经认真地解释道：

"属于《吠陀经》的赞歌《原人歌》（Purusa，或称《往世书》）便是在吟唱这四种身份的顺序的起源。"

对于非印度教徒的我来说，这种没啥说服力的神话实在是太……不过对于大多数印度人来说，一切好像都是由此开始的，所以将之引述于下：

"原人(purusa)的嘴巴变成'婆罗门'（职司宗教祭祀的僧侣）；'刹帝利'由其双手诞生；'吠舍'（从事农业、商业的平民）是从双腿而生；最后剩下的两只脚成了'首陀罗'（劳动者）……"虽说是伟大的神谕，但那时并不将此称为"种姓制度"（caste）。这个词其实不是印度话。据说是到印度旅游的葡萄牙人见此阶级差异非常惊讶，描述时用了"caste"（葡萄牙语的"种族、血缘"）一词，才转化而成。（印度社会自古在身份阶级区别上便是森然有序、毫无质疑余地；也就是说，根本不觉得有啥"差别待遇"，因而没有表达此意之词。）

而指称身份阶级的词则是"瓦尔纳"（原意为"颜色"的梵语）。

关于"颜色"，代表地位最高的"婆罗门"是"白色"，接下来是"红色"的"刹帝利"，第三位"吠舍"是"黄色"，最下层的"首陀罗"为"黑色"。

"白色"是代表什么?"黑色"又是啥意义?

那是指皮肤的"颜色"。

以颜色代表身份阶级的起源,得追溯到太古时期。据说是距今三千年前的事。当时雅利安人从中亚高原入侵印度次大陆,原本定居此地的达罗毗荼人在多次对抗中慢慢趋于下风,有许多被迫移居到东边与南边。

入侵的雅利安人身材高大,皮肤是白的;而战败的达罗毗荼人则个子矮小,肤色偏黑。

这两个种族虽然一是征服者一是被征服者,但在男女之事上似乎颇有交流;当然就产生了不少混血儿。对此非常惊恐的雅利安人,为了维持种族血统纯净和保有征服者的优势,便制定将人种清楚区隔的阶级制度。

于是在根据"瓦尔纳"(颜色)所制定的阶级制度中,将"黑色＝首陀罗",归为奴隶;达罗毗荼人的子孙就世世代代一直属于下级劳动者阶级。

留存在今日印度的"种姓制度",其实是在古印度的"瓦尔纳"上又添加了更为复杂的阶级制度。

刚开始只是为了明确划分种族、血缘;到了后来又依职业细分出"次阶级制度"来。从公元四世纪到十三世纪的中世封建时代,由于商业发展,社会形态有所变化,"次阶级制度"因而占了相当的分量。

话虽如此，司宗教祭祀的婆罗门及掌握政治军事的刹帝利的权力倒没有因此减弱；相反地，身为封建统治阶级的他们反而得到更多权力。结果人数占百分之八十的中下阶级职业又被分得更细，最后出现了近三千种层级。

　　在英国统治时期，英国人不但没有改革这个制度，反而利用它来推动殖民事业。结果被归为下级的人只能从事细分后的某些职业，更加无法脱离贫穷。

　　到了现代，这种情形仍然延续着。

　　有一次我投宿的房间浴室水槽漏水、水流满地，那时曾发生这样的事……

　　我请房间服务生过来瞧瞧，告诉他有这状况。

　　他满口答称"是的，先生"，但就是杵在那里不动，好像在等我给小费。唉！这又不是我弄坏的……他收了钱，做个胸前合掌的动作就离开了。等了一会儿，带着抹布的清洁工出现，用抹布吸取地上积水，慢吞吞地等抹布吸好水后拧干。好不容易水吸干了，又有水从上面滴滴答答不停滴下来。也有水从墙壁渗出来。这位老兄却对我说："地板以上不是我负责的，不能插手。"就算我塞了小费、再怎么拜托还是毅然决然地回绝我。

　　来修理水槽的师傅相当自豪自己是个技术人员，对地板清洁工的态度傲慢到简直像在践踏人家。想不到连职业之间都有如此强烈的阶级意识。他立正站好说着"是的，先生"的时

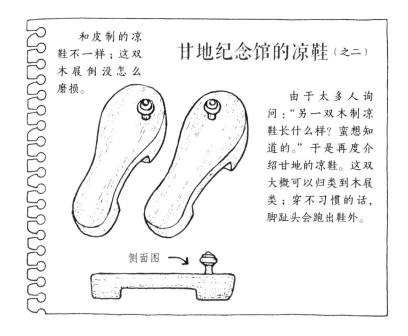

候，我觉得很不舒服。

后来，我还是拜托了这位自诩为技术人员的人帮我处理墙壁的渗水问题，但是他也不愿伸出援手。算了，反正这本来就不是啥大事，没必要劳烦别人，我干脆自己来。没想到正要动手的时候，对方突然开始对我说教："请等一下！我们各有自己的职业，也靠这职业过活。您是客人，插手抢人家的工作不太好。"

我心想："哪有那么夸张！"但还是只好再请个人来。就这样，四个大男人在房里进进出出——每个人的工作真的是没啥区别——最后各自拿了小费才离开。

连这样的相关作业都要细分，一个人能做完的工作要好几个人分担，实在没效率。

"种姓制度如此不便，实在让人感到困扰，难道就没有什么对策吗？"会说出这种话的正是长久以来善用种姓制度来维持封建社会结构、从中获利的布尔乔亚阶级。

自十九世纪后半叶起，与贵族、地主阶级拥有结盟关系的商人开始投资机械工业，印度进入了工业化时代。他们雇佣劳工时总会面临种姓制度的问题——在工厂调度运用人力这点上，种姓制度实为一大阻碍。

苦恼的资本家于是应和甘地提倡的"神之子运动",并捐了不少钱;但其本意仅在于打破碍手碍脚的种姓制度。

甘地在了解他们企图的情况下接受了资助。

甘地倡导的是"恢复种姓制度实施以前的人人平等"。他所要解放的"不可触贱民"一直被排除于种姓制度的四种身份之外,饱受歧视与差别待遇;其他阶级认为"光是看到他们就会被污染"。

因此,如果这个运动能够渗透人心,当然种姓制度也会随之瓦解。至少双方就这点而言方向一致。

甘地诉诸民众的讲词中有如下内容："我们如果一直不把我们的兄弟'神之子'当人看待，又如何向白人抗议不把我们当人看？在愤恨白人的控制与侮辱的同时，我们必须先自己解放'神之子'才行！"

一九四七年，印度脱离英国统治成为独立国家。

翌年一月，就在印度宪法颁布前夕，发生了暗杀甘地的事件。不过，他的遗志融入了宪法之中。

印度宪法第十五条："国家对公民不得在宗教、人种、阶级、性别、出生地及相关范围内行差别待遇。"此外还明文规定："商店、餐厅、旅馆、公众娱乐场所等的出入，水井、水槽、沐浴场、道路等必须公平使用，不得有所妨碍。"

由这些条文就可以想见实际上的差别待遇有多严重了。

第十七条还明文规定："废除不可触贱民制度，并禁止有任何形式的不平等对待。若有以'不可触贱民'为由剥夺其资格者，将依法予以惩处。"

终于，将"平等"一项示诸宪法，只是……

拥有三千年历史的"种姓制度"思想哪可能就这么轻易消失——加上不知道有此宪法和条文存在的民众何其多啊！所以，依然不把"神之子"视为人、排斥他们使用水井、出入餐厅等情况也多有耳闻。基于纷争不断出现，一九五五年还追加了"不可触制度处罚法"。

一旦证明有差别待遇，将惩处六个月以下的拘役、五百卢

卡朱拉侯的公用井（非常普通的一口井）
那些神之子住在村外。至今还是不准靠近这口井。

比以下的罚金。(此法在一九六七年更名为"市民权保护法"。)虽然制定法律、将"不可触贱民"改称为"神之子"或"市民"，但差别待遇的根源还是……

　　另一方面，以前想象不到的事也随着宪法颁布应运而生。

　　甘地夫人内阁时期在国会发表"印度古时也吃牛肉"之言论并引起争议的粮食农业部长恰克吉芬·拉姆，就是"神之子"出身；除他以外，还有近七十位国会议员，也是"神之子"背景。这是因为选举法规定，在一定数目的选区中只允许有"神之子"身份的候选人参选。

　　不仅是国会议员，富豪中也有他们的身影。因此也有了

"以'遭受差别待遇'为武器取得特权,'身属布尔乔亚阶级的神之子'不断出现"的声音。

或许如传闻所言,有些"神之子"的确生活优渥;但那毕竟只是极少数,绝大部分人仍陷在差别待遇和贫困的深渊之中。

像我在乡下看到对"不可触贱民"有很深歧视的村民,他们连自己的贫穷处境都无法改善,遑论犹有余力顾及其他。

我本以为印度独立的时候曾实施土地改革;但当时好像并没有将土地交给贫穷的农民,而是和官员、商人勾结的银行家、实业家,继封建地主之后掌控了大片农地,摇身变为新的地主阶级。

结果,就算废除了种姓制度,那些没有自己土地的农民还是注定得出卖劳力,身处过去的地位继续相同的工作。

"废除种姓制度"的种种举措,对于过去与现在仍受虐、被歧视、受差别待遇的人来说,还不能算是有"本质上的改革"。

"不过,跟以前比起来,好像没那么严重了。"在加尔各答带我去参观孟加拉榕的阿布都拉老弟曾这么说。

"因为在学校、工作场所等地方,如果太过在乎种姓制度便不易运作;但涉及婚姻的时候就……"

身陷囹圄的尼赫鲁在写给女儿印蒂拉(即甘地夫人)的信上提到:"种姓制度是源于雅利安人骄傲的征服者控制欲而产

生的差别待遇；其实那只是一个表示'颜色'的词，你可以往这方面去想。"他在信中不忘借由字源的说明来教导子女要奋力对抗阶级意识。（顺带一提，印度共和国独立后成为首位总理的尼赫鲁，在世袭阶级中乃属于最上层的婆罗门。）

后来，他女儿所选的结婚对象竟是位袄教徒。

这时候，照理应该举双手赞成并且说"No problem"的尼赫鲁却激烈反对。

这就是不断主张"人人生而平等，各种宗教教派都必须同等对待"的尼赫鲁吗？

结果，甘地介入他们父女之间，在经过一番协调之后，总算成就一桩不平凡的婚姻，只不过……即使是"伟大领导者"尼赫鲁，在面对他人时可以夸夸其谈的事情，一旦发生在自己身上时便……

我觉得这段轶闻意味着"要将种姓制度的差别待遇观念从全印度人心里连根拔起，必定要花上非常非常久的时间"。

其实，不只是印度而已，不管哪个国家都或多或少有这类问题存在。若要将这些歧视或差别待遇消除殆尽，不从改变自身意识做起是不会有所进展的。

再访德里

去过印度的人据说可以分成两类。

一种是"绝对不会再去！"

一种是"想再去一次——不，好想多去几次。"

好像非此即彼。

我是属于后者；不过我也可以理解说出"再去第二次？不，谢了！"的人的心情。因为若以自己的价值观来衡量印度，会觉得这国家根本就是荒谬无理——不想再去的人，大概是对所见所闻不知如何反应是好吧。这样说很抱歉，但只能说他们与印度不合。

在与印度气味相投的人之中，有人是爱印度爱到令我百思不得其解，简直像在热恋一般。"如果问我这世界上想住哪里？我的答案是印度。因为那里有人类生存的原点。待在印度时是最最幸福的时刻！"话可以说得这么笃定的也大有人在。

没错，印度是有"人类生存的原点"；不过，要我这种体弱的人在"生存的原点"过日子，真的是再怎么考虑也让我踌躇不前。面对"生存的原点"可是件非常辛苦的事。

虽说如此，那为什么我还一直"想要再去印度"呢？由此可见，这个国家的确拥有不可思议的魅力。

才刚从印度回来，我便向家人和朋友说：

"好想再去一次。尤其是这次没去成的印度南部和北边的喀什米尔地区，不管怎样，我都非去看看不可。"

结果，周遭的人反应没一个例外——通通明白表示"不想再去第二次"。就连没去过的都说没兴趣，真让人泄气极了。既然如此，为了消除他们的偏见，我更要亲身去经历，然后转达给大家。

为了再访印度，不知曾计划过多少次，却老是无法成行；终于在五年后逮到机会。心想，如果今年这段空当没把握住，恐怕一延就得延到明年了，于是拼命调整行程，硬挤出一个月的时间来。但最后还是比预定时间晚二十天出发。

这回搭的是印度航空三一五号班机，从成田机场出发后只停降香港、曼谷，中间不用换机，算是直航。上回买的是便宜票，途中要换乘两家不同航空公司的航班，深夜在曼谷转机时花不少时间；这次就比较轻松了。

不过，可能是不习惯白天这么悠闲吧，没多久便开始觉得无聊、无处发泄精力。我还真是天生的劳碌命。

为了转移注意力，我打开素描本，开始描摹舱内壁上的画。这些图样倒是生动地介绍了印度的古老风俗。

从我身边经过的空姐无意间瞄到，大概是她告诉了同事吧，结果不断有空姐过来看画。连座舱长都很热情地跑来，最后终于开口："可不可以借个五分钟？我想让机长欣赏一下。"也不是什么了不得的画，却引起这么一阵骚动。我蛮不好意思地继续"现场表演"。

"我想向您买那幅画。要多少才OK？"搞到连买家都出现了，伤脑筋。本想卖个几幅贴补住宿费，但这么边卖画边旅行，若成了习惯就……想想还是拒绝对方。再者，这回是为了取材才出国的，就算涂鸦也不能送人。

抵达德里机场已是当地的深夜一点半，时差三个半小时，总飞行时间约十四个钟头。

在机场换好钱正要转身，突然有位男子抓住我夹在脚下的行李。对方自称是计程车司机。"要搭计程车的话，请往这边！"他拉着我的背包向前走去，但不是往正门的计程车招呼站，而是航站大厦旁暗暗的地方。

"要去哪里啊？计程车招呼站在那边哦！"

"我的车也是计程车，你看，就是那辆！"

说是计程车，却没有计程表。

"虽然没有码表，还是观光计程车啦！"

"那先说好价钱。四十卢比。就这么多。"

AIR-INDIA 315
机舱内墙上的画

孟加拉地方的婚礼

藩王与妃子下棋为戏

流传在北印度的宫廷舞蹈「卡达克舞」（Kathak）

这次在出发之前，又跟上回一样，预约了家人认可的旅馆、确定订房都没问题，他们才准我成行。而且若不发誓遵守在当地的各注意事项就……

"担心得太过头了啦！印度才不是那种国家哩。"

虽然心里多有不满，还是先忍下来再说。只要出得了国门。接着可就是我一个人走啰。

一上飞机、"喀哒"一声扣上安全带，"终于！"不禁脱口而出。

飞机内播放的西塔琴音乐、空中小姐穿着纱丽的身影，在在让我从起飞前就完全沉浸在印度的气氛里了。

"六十卢比！""那就算了！""OK！No problem！"

一听到久违了如连珠炮般冒出来的"No problem"，很奇怪，就有种"又到印度啰"的感觉。"以麻烦的杀价揭开序幕"简直就像入境印度的仪式一般。若一个人旅行，这关可是免不了。

在车资上占不到便宜的司机接着往别的地方动脑筋。"您预约的旅馆太贵了，我知道一家又好又便宜的，带您去吧！"说是热心，其实是纠缠不休紧迫盯人；但我这边也不甘示弱、坚持到底，最后总算安全抵达预约的饭店。

每次总是边冲冷水澡边打哆嗦，终于出现感冒症状。开始流鼻水了。再加上睡眠不足，简直不像平常的我。

十年前一整年在欧洲各地跑的时候住过更糟的饭店，而且旅途再怎么艰困劳顿，都不曾有这种情形。

难道是已经不再年轻了吗？

为了避免引起误会，还是在这里说明一下。

"Central Court Hotel 位于市中心，非常方便，对年轻人来说，好到简直是奢侈过头了！"

只不过，已过了五十岁的我，旅行时还是行事谨慎点比较好吧。说归说，究竟自己能克制到什么程度，这还是一大疑问。

要谨慎的话，那就从再换一间旅馆开始吧。

本想换回最初投宿的饭店，一问之下却已客满。这时期在

CLARIDGES HOTEL TEL370211
12 Aurangzeb Rd., NEW DELHI-110011

　　五年前住过的饭店。至于为何投宿同一家饭店，是因为想了解这五年间有没有什么变化；若有的话，又是如何改变。这次行程会以德里为起点也是基于这个理由。

　　首先，房价涨了。五年前是一百六十卢比，涨为四百卢比。以一卢比兑二十五日元来换算，现在大概是日币一万——以前换算起来才日币四千。虽说这世上没有哪个国家物价是往下降的，所以也没啥好大惊小怪嚷嚷"变贵了！"但实在还是太……

窗帘椅子都是咖啡色
亮红色的地毯（这房间装潢整体采用咖啡色系）
米色底配上浅咖啡色直条纹
室温调得刚好二十六摄氏度

No.115
　　上回住的是面中庭泳池的别馆，这次的房间则在本馆的二楼。听说蛮多日本观光客投宿于此，我也是其中一员。就如那位计程车司机所说，这家饭店很贵。的确，这儿十分舒适，堪称物有所值；但是……那司机说他平均一个月的收入是五百卢比，听了之后，便觉得住这里一晚四百卢比实在……

一般在提到印度人的时候总会画出一位缠头巾的男人；其实那是锡克教徒的造型，人数仅占印度人口的百分之二弱。

我在同一个地点遇到五年前搭过他车的老爹。但对方脸上没啥惊讶的表情，只是笑着说："快上车吧！"我问他，"还记得我吗？"老爹应道，"当然，连你想去的地方都还记得哩。首先是强德尼丘克大街吧！"说罢随即发动车子。

虽说印度航空的形象代表也是以缠着头巾的男性造型为本；但是，为了表现日本就得画一位穿和服的女性吗？

三轮摩托车

（这种三轮摩托车专跑短程）
车轮很小，所以跑起来跳动得厉害，感觉好像快被甩出车外。

锡克教徒多为计程车司机、机械工等技术人员。大胡子老爹也是锡克教徒。

除了机械技术领域外，从事军警等行业的锡克教徒非常多。体格强壮也是他们的特征之一。

大胡子老爹还记得我，好像是因为"每天往同一个地方跑的客人实在罕见"，所以留下相当深刻的印象。

"这五年间有没有什么变化？"

为了压过引擎的噪音，从后座问话的我得扯开嗓门大吼。

"变化啊……甘地夫人又当上总理；还有新德里的街上没有牛啰……"

听他这么说，才恍然发现果然没看到牛的踪影。

"因为妨碍交通，所以赶出城外了。"

"那，印度教徒没有反对吗？"

"有啊！还惹出不小的风波呢。不过只有新德里地区把牛驱逐出境啦。"

原来就是因为这样，所以一进到旧德里就有动作慢吞吞的圣牛迎面而来。对喇叭声完全充耳不闻的它们在车潮中悠然漫步，还有四五头就趴坐在十字路口正中央。

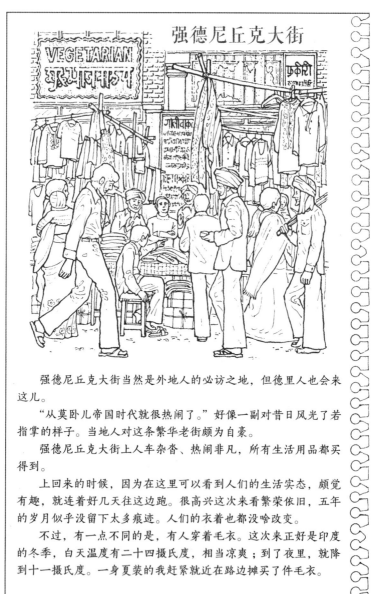

强德尼丘克大街当然是外地人的必访之地,但德里人也会来这儿。

"从莫卧儿帝国时代就很热闹了。"好像一副对昔日风光了若指掌的样子。当地人对这条繁华老街颇为自豪。

强德尼丘克大街上人车杂沓、热闹非凡,所有生活用品都买得到。

上回来的时候,因为在这里可以看到人们的生活实态,颇觉有趣,就连着好几天往这边跑。很高兴这次来看繁荣依旧,五年的岁月似乎没留下太多痕迹。人们的衣着也都没啥改变。

不过,有一点不同的是,有人穿着毛衣。这次来正好是印度的冬季,白天温度有二十四摄氏度,相当凉爽;到了夜里,就降到十一摄氏度。一身夏装的我赶紧就近在路边摊买了件毛衣。

不知道为什么，印度人在街上走都不背背包，或提个手提袋之类的。

买了东西就这么用手拿着。

每个人的走路方式也各有千秋。有的人快步走过，有的人悠哉游哉一家一家逛；讨价还价讲到最后没买成，结果却聊了起来的人也有。

电器行店面前有卖衣服的，然后前面又有人卖皮包；甚至再前面还有人在卖锅子……

我进一家电器行买电池，顺便问了老板："店门口摆了这么多摊子，不会妨碍生意吗？"

"怎么会？你要买电池，不就进我店里了吗？就是因为这里什么都买得到，所以才会聚集这么多人。一点儿也不碍事的。"

原来如此呀！

卖水的摊子

一杯五派萨（日币一元二十五钱）。虽说这是生水，旅行者尽量避免比较好；但我还是决定把命运交给上天安排，卯起来喝了。也有莱姆汁，一杯十五派萨（日币三元七十五钱）。

打气筒不是拿来卖，而是借人用的，所以说起来应该是"卖空气"。五年前没看到有这行……

听说以前就有了。

上回来的时候是夏天，日正当中太热了，所以没在路边营业。

我问那"卖空气"的少年："多少钱？"

"一卢比（二十五日元）。您要灌哪里？这里？"少年指着鼻孔笑道。真是输给他！

看在他的机智上，我付了一卢比。

打气铺子

（因为有很多脚踏车……）

鸡贩

印度教的荤食者不吃牛肉，但是吃鸡肉。路边的鸡贩把鸡关在金属网笼里，人就坐在上面等客人上门。生意算是蛮不错的。另一方面，同样卖的是"鸟类"，这边卖鹦鹉当宠物的男人就只见他孤零零一个人。

不晓得会是什么样的人来买，我便在对街一直观察，根本没客人上门。最后忍不住跑过去问他："一只多少钱？""你要买吗？""不，正在旅行，只是问问价钱。""不买就不能告诉你。这带在身边旅行很轻不碍事的。多少你才买？""真的很抱歉……"

卖鹦鹉的

街头的裁缝师

在印度常可以看到整排裁缝摊子并列路边。买布光请他们车缝，只要等一会儿就完成了——快速！便宜！车工好！一台缝纫机就搞定。我家原本是做裁缝的，所以会特别注意这行；但我这股关心劲儿遇到这里的年轻人还是甘拜下风。他们在等自己的衬衫做好时，也是聚在裁缝旁边死盯着瞧。

卖甘蔗块的小贩

由于空气很干燥，所以要不时地洒点水桶里的水，以免甘蔗干裂。

（人造玫瑰花←）

印度人不论老少都很喜欢甜食。卖甘蔗汁的到处可见；但也有这种把甘蔗皮削好、切成三厘米大小来卖的小贩。一卢比就可以买到两手捧得满满的甘蔗块。

中古齿轮店 兼卖茶……

三轮摩托车的大胡子老爹在放我下车后仍然紧跟着。大概是怕我被别的司机抢走吧，只要看到有其他车辆靠近、嗅到对方有意拉客，马上飞奔过来怒骂对方。后来应该是担心得受不了，终于开口：

"算你便宜啦！照时间来包车吧！"

一问价钱，并没有比较便宜。"一小时三十卢比？让我问问其他车子！"这么一说，对方才急急忙忙降价一半。究竟行情是多少，实在搞不懂。

看到路边有贩卖各种齿轮的店家。大胡子老爹见我停下脚步，便开玩笑道："问问价钱吧？就问最大最重的那个……"光卖生锈的齿轮也算是门生意吗？没想到生意好像还不错。据说有人会收集零件、自行组合制造机器。

"印度人什么都自己动手喔。"

见大胡子老爹说得颇为自豪的样子，我便开口了：

"这辆车也是？那我想瞧瞧制造车子的地方。"

"好呀！上车！"说罢立即出发。

这附近是锡克教徒聚居的区域。就算头上没缠着头巾，但彼此间的亲近感还是很强的。

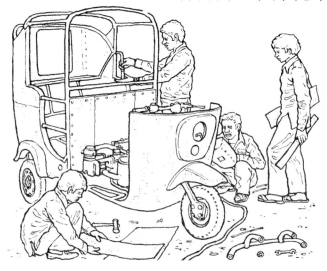

手工打造的三轮摩托车

"我哥哥经营茶店，一直想带你去，现在刚好趁这机会去看看。"驾着车的老爹说出了奇怪的提议。

"去茶店前先到三轮摩托车工厂吧。我现在还不想喝茶哩！"

价钱被我砍过，所以想带我去他哥哥的店吧，我有这种感觉。走一段路后车子停下来，却没看到有什么工厂。竟然就在路边制造。有三辆正组合到一半；没隔几户人家门前也一样在组装。果然全部手工打造。

"引擎是买的，接着就这样制造。搭篷和涂装由这附近其他专门店家负责。接着跟你介绍我哥哥吧。"

大胡子老爹说罢便走入眼前的茶店。

我恍然大悟。和老爹长得几乎一模一样的哥哥随即出来招呼道："欢迎，欢迎，边喝茶边看吧。"

老爹的哥哥不仅请喝茶，还留我吃午餐，而且说什么也不收钱。大胡子老爹露出微笑说：

"我跟你可是五年前就交上的朋友啰！"

听他这么说，把人家好意弄拧了的我觉得很丢脸。

CENTRAL COURT HOTEL

CONNAUGHT CIRCUS, NEW DEHLI – 110001
Phone:45013 No.35 Rs.130 –（3250 日元）

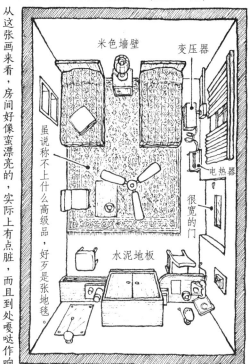

锡克教徒的好体格是因为拥有充分摄取动物性蛋白质的饮食习惯。（不过不吃牛肉。）

我打算到南印度绕一圈，一个月后再返回德里。大胡子老爹得知我的计划后大为欢喜，热心地拜托：「下次来，从开始就照时间计价吧！」看来招揽生意好像蛮不容易的。虽然可以继续住一晚四百卢比的房间，不过心里有点过意不去，便搬到便宜点的饭店。再说，我也很好奇日币一万和三千二百五十元的房间差在哪里。德里也是有三百日元一晚的房间，只是……

从这张画来看，房间好像蛮漂亮的，实际上有点脏，而且到处嘎哒作响。

厕所和浴室在房外，大家共用。淋浴间标着"H"的水龙头转到底了还是没热水；到了深夜饭店内还是吵得要命，等等等等。加上又是夏季。如果我再年轻点，这房间还蛮适合我的，不过……拜托柜台早上五点叫我起床，没想到不是打电话来，而是服务生亲自前来咚咚咚咚猛敲门，气势惊人，连隔壁的人都快被吵醒了。我赶紧应声："起来了！"果然一分钱一分货。

德里正好有各种会议举行，临时要找住处实在困难。打电话问了好几家，总算找到一间从价格判断应该还可以的旅馆。准备去瞧瞧时，却找不到大胡子老爹。

没办法只得搭上另一辆车，年轻驾驶看来冲劲十足。

由于我要到航空公司确认往孟买的机票，途中便拜托他绕过去一下。"要多久才会出来？"对方不停地问。似乎不太愿意等的样子。

事实上，航空公司的办事处超乎想象地混乱，一堆人都挤在柜台前，杂乱无章。

拿到号码牌后，能做的事情只有等。而且我手上的是两百七十四号。

"到底要等多久？"

"大概两小时吧。"

什么？！我会吃惊，就表示还没适应印度的步调。虽说大家同样在等，还是很浪费时间。那就趁机把行李运到新饭店去吧。

连拿行李的时候这位仁兄都等得不是很情愿，似乎想早点去载其他客人。实在和大胡子老爹成对比。不过他的反应很正常，毕竟三轮摩托车不喜欢等人。

不过，反过来想，或许大胡子老爹也是觉得有利，才会不在车资上跟我计较，又充当导游载我到许多我感兴趣的地方去——多少都会期待从中得到些小费吧。

冲完澡之后，在房间里走来走去观察一番，画画素描打发时间。回到航空公司办事处时，心情不错，而且刚好是两小时后。结果，我的号码已经过了，"叫你的号码时，为什么人不在现场！"

被骂得很惨。因为每个人可都是乖乖地在这里等。

"唉！连在时间上的掌握都还是日式作风，对印度还不太能适应。"

HOTEL Rajdoot No.114 — MATHURA ROAD, NEW DELHEI-10014

Tel:699583　　Rs.350(8750 日元)

接着的行程是南下到孟买。不晓得传说中的泰姬玛哈陵饭店、寂静之塔有何不同？满心期待。这回简直像饭店之旅。

窗帘和床罩等都是橄榄绿。

有点老旧了的饭店，不过既宽敞又便宜。

和年轻驾驶"莎哟娜拉"之后,进去一看,这饭店不怎么豪华,至少浴室里标示"H"的水龙头出来的是热水——虽说理所当然,但还是让我很高兴。

孟买

抵达孟买之后,第一个想去的就是"寂静之塔"。这是让鸟啄食死尸的"鸟葬"场所,听说除了袄教徒以外,谁都不能靠近。

"就算到了那边也什么都看不到喔。四周都是森林,遮得连外观都瞧不见。再说,虽然可能会看到上空盘旋的秃鹫,但去了只是看这个,不值得啦。"

久住印度的友人在我出发前,仍不死心地企图说服我。

寂静之塔位于靠近孟买市区的拉马巴尔丘陵上。从地图来看,大约在机场到饭店途中偏右的地方,所以决定先直接前往该处,然后再到饭店登记住宿。

车子一发动,计程车司机马上问我:

"你是袄教徒吗?"

一下飞机马上前往寂静之塔,这种行径似乎让人觉得诡异。

在印度,"袄教徒"(Zoroastrian)有"从波斯来的人"的意思,所以又称为"Parsi"。

到了他们的"圣域"之后,果然如友人所说的,什么也看不到。只见高高的围墙内长着茂密的树木,连鸟的影子也看不见。

"通常有很多鸟在上空盘旋;现在可能正停在塔上吧!对了,你为什么想看这种东西?"

为什么?实在没法儿说清楚。原先只是想从鸟葬场所的外观了解袄教而已。不过就算看得到,也仅是"窥见",距离了解全貌还远得很;甚至连"了解"二字都用不上,只是想满足自己吧。而之所以会有想瞧个究竟的念头,是因为不论哪种宗教都有"埋葬死者的仪式",透过葬礼所呈现的种种,应该可以清楚看出其固有的宗教观。

孟买市内高楼大厦林立,这在印度算是颇为少见。我隐约感觉到,要了解这座城市的关键在于理解袄教徒的各个方面。

袄教徒不仅在葬法上与其他宗教明显不同,连脸型都不一样,肤色也相当白皙。

"当然啰!我们可是从西方过来的。"

说得好像最近才东移过来似的;其实都已经是千年以上的事了。起源得追溯到七世纪末、以袄教为国教的波斯遭穆斯林入侵的时候。当时为了拒绝改信伊斯兰教而逃到印度来的人,

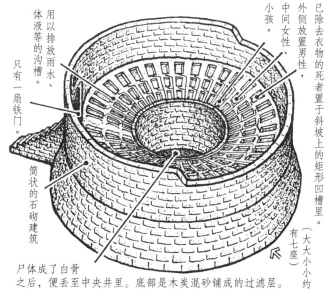

寂静之塔（若能像鸟一样飞上天的话，从上空俯瞰下来应该是这个样子）

- 已除去衣物的死者置于斜坡上的矩形凹槽里。
- 外侧放置男性，中间女性，小孩。
- 用以排放雨水、体液等的沟槽。
- 只有一扇铁门。
- 筒状的石砌建筑
- （大大小小约有七座）
- 尸体成了白骨之后，便丢至中央井里。底部是木炭混砂铺成的过滤层。

　　袄教徒据说约有二十五万人，在印度六亿三千万的人口中仅占百分之零点零五，而且几乎都集中在孟买一地。

　　他们的特征是经济能力颇佳，社会地位也高，在财经界执牛耳的人亦不在少数。

　　饭店经理一听说我对袄教感兴趣，随即拿了本有寂静之塔平面图和剖面图的书到房里来给我。他也是袄教徒。我一瞧见图片，高兴不已，当下就试着画出立体图（见上图）。

　　根据他的说明：虽然对袄教来说"火"具有最重要的意义，但并非只针对"火"，而是连"空气"、"大地"、"水"都不可污染，因此不采用"火葬"、"土葬"、"水葬"。为了避免污染大地，便将死者置于高于地面的石板上。而将尸身献给鸟类则是人生最后一件功德。虽然外人对"鸟葬"常有误解，但就避免污染环境而言，"鸟葬"可说是"卫生合理"的葬法。

便是印度袄教徒的祖先。他们原本就是坚信宗教的人，所以即使定居印度，还是与其他宗教划清界线；不仅拒绝异教徒改宗入袄教，也不认可与外人通婚。他们现在定居的地区，都位于最早登陆的阿拉伯海沿岸一带，不曾迁离，关系紧密地聚居一处。

"袄教徒非常团结，拥有强烈的相互扶持的精神！"

这一点常听人提起。对于移民的少数民族来说，那是当时为了生存下去的必须条件，也是必然产生的结果吧。

初期的袄教徒多为农夫或商人；十六世纪算是他们开始"走运"的时代。当时葡萄牙人看上孟买，有意以此为贸易据点，便入侵此地；遇见与自己相近的种族，便拜托袄教徒帮忙与印度搭上线。

比起自古便住在印度大陆的其他种族，这些一直维持纯粹血统的"从波斯来的人"的确与欧洲人比较接近，求知欲旺盛，并且具备经商长才。他们善用这些优点，结果便独占了口译、买卖中介、贸易代理业务等利润较佳的行业。即使孟买后来从葡萄牙人手中转让给英国人，袄教徒所扮演的角色依然不变；新的统治者并期待能获得他们更积极的协助。十七世纪后半叶起认真开发孟买的英国人为了聚集袄教徒，特地呼吁他们迁徙过来，而他们也不负期望地发挥了本领。

英国人最初与印度末代王朝——莫卧儿中介买卖，之后实行殖民政策，因此聚集了巨额财富；而在这过程中，袄教徒正

维多利亚终点站

另有一个名为"教会门"(Churchgate)的发车站

我早就看过维多利亚终点站(Victoria Terminus)的照片；可是一旦身临其境，还是吓了一大跳！这座火车站看起来像纪念性建筑，其华丽壮观的程度已经远远超乎所需。不论怎么看，都只让人想到这是新的统治者为了夸耀自己的力量与不同文化而建。虽说英国人期待从印度攫取利益，但投入的资本也颇为惊人。单看照片不易了解这座建筑的规模与细节，本想透过素描传达，结果这画面只容得下全貌的四分之一而已。

扮演了出力的配角角色。

当然，袄教徒的财力也随之累积壮大，恰成正比。

"袄教徒是借着协助英国的殖民统治而变成有钱人的。"

对这种说法，他们以坚决的口吻解释：

"或许是这样吧。不过，引导印度走向独立大道的也是我们。若没有袄教徒提供大量资金，不会有独立的成果的。"

维多利亚终点站往南有个区域名为"要塞区"（Fort）。英国取得孟买后的第一步，就是筑一道城墙把自己居住的地区围起来，所以才有此称呼。

"什么都想看看"的我在脑海里摹想着这道墙，打算要亲眼瞧瞧。我将地图摊开来问人，对方却露出一副"你是不是睡昏头啦？"的表情。

"那种东西，老早就没了！"

"咦！什么时候？"

"十九世纪末吧！"

这样呀。都已经过了一百多年，的确是"老早"以前的事。现今已经是不需要城墙的时代，加上又有碍于都市的扩展，于是就被拆除了。

"对了对了，圣乔治医院旁边好像还留有一点点城墙遗迹吧！"

对方一脸同情我的样子，于是便去看看。不过，城墙本身没什么大不了。倒是看到要塞区内还零星散布着当时的建筑，

高等法院

High Court（1879 年建造）

　　这栋建筑与维多利亚终点站一样，不论建筑样式、规模等，都成功地让人感受到它象征了权威。其实这可以说是要塞区建筑的共通点。这里也因为篇幅关系，只画得出建筑的一部分。（现在仍作为法院之用，里头老是挤满了人。）

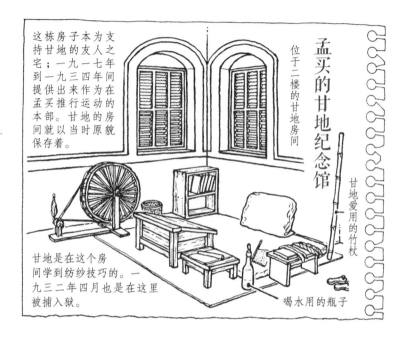

孟买的甘地纪念馆

位于二楼的甘地房间

这栋房子本为支持甘地的友人之宅；一九一七年到一九三四年间提供出来作为在孟买推行运动的本部。甘地的房间就以当时原貌保存着。

甘地爱用的竹杖

甘地是在这个房间学到纺纱技巧的。一九三二年四月也是在这里被捕入狱。

喝水用的瓶子

我反而对这点生出兴趣。那些建筑仍保有十八、十九世纪时的原貌，而且看了不禁让人怀疑"这里是印度吗？"——全然是一派西欧风情。一路细看这些建筑，便可以清楚知道，对英国来说，为了经营殖民地有哪些事物是不可或缺的。

据说海关大楼建于一七二〇年，在建筑群中算是长老级的。可能是因为重视关税收入，才会早早就兴建吧。

到了十九世纪，陆续建造的有铸造货币的"造币局"，"仓库街"，与祖国通信用的"邮局"，供外来者投宿的"大饭店"，让商人和军人存款的"银行"，作为城市行政中心的"市政厅"，为了抚慰远离祖国民众、供其举行舞会的"市镇大厅"

等等。

还有呢。

例如常有闹哄哄的年轻人出入、墙上有手绘海报和涂鸦的"孟买大学"也是一八七四年的建筑,相当于日本的明治七年,颇为古老。

设立这所大学不仅为了教育英人子弟,从协助者——袄教徒子弟到一般印度人都在招生范围内;这是为了让更多的人了解英语,也可以说是"殖民政策的延长"。邻近的"圣托玛斯教会"也是传布基督教福音的重要据点。连北侧的"高等法院",也是为了以依照英国人的逻辑所制定的法律来审判印度人民而兴建的。

有人说:"孟买这城市既属于印度,又不属于印度。反而接近欧洲。"我还听人说:"袄教徒既是印度人,也不是印度人。"

可是,袄教徒不是英国人。他们在孟买大学就读,到英国留学,但其他印度人也是这样。

由于他们最接近英国文明,由此学到很多。其中最有价值的教训是"英国透过经营殖民地来压榨当地的实况",以及"不应该有种族差别待遇"。

一八八五年,"国民会议派"在孟买成立。虽说创立大会仅有七十二人出席,但是……

英国方面大概只把它当作是个小团体吧,似乎并不特别看在眼里。不过，这股从孟买蹿起的狼烟，之后却成为"印度民族运动"的主流、独立运动的火种。

一九一五年，甘地返回孟买。他之前在非洲所展开的"不合作运动"已然渗透印度，并且让英国当局相当苦恼。

以袄教徒为首，其他有钱人也纷纷加入，全都毫不吝惜地对这个运动提供资金与援助。

他们果然是印度人。

要塞区的南端有一座非常有名的"印度门"。

这座巨大的拱门是一九一一年为了纪念英国乔治五世来访而兴建的。之后，凡有重要贵宾乘船来访，就在此门举行欢迎仪式。

现在，港湾设施已移到北方，所以没有远洋船舶在此进出。印度独立后，此门的任务也随之终止。虽说它象征了大英帝国的统治，倒没有因此受到憎恨和破坏，这也是印度作风的表现。

这好像是因为许多印度人虽然拒绝受英国控制，却不是打从心底讨厌英国人。

印度门前有一座风格堪称印度第一的堂皇饭店。

事实上，这栋饭店的完工年代早印度门八年，而且并非英国人所建。

在英国统治时期兴建这栋旅馆的是身为袄教徒的财阀之一，詹姆歇妥治·N.塔塔。他盖这栋饭店的动机蛮有意思的。

Hotel Oberoi Towers No.3226
NARIMAN POINT, BOMBAY - 400 021
TEL：234343　　　Rs.500 = 12500 日元

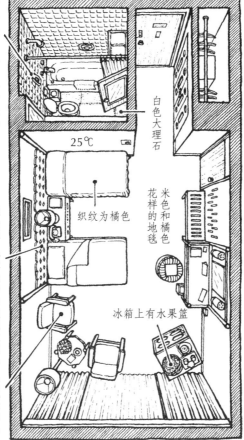

独立后的印度以「完全自给自足」为目标，采行「锁国」的课征进口货比本国产品来得优良，仍然执意自行研发制造。相较于结果，他们更关心播种。印度算是对于发展速度不怎么在意的国家。

浴室里有电话。瓷砖是奶油色和淡绿色的混合。

白色大理石

25℃

织纹为橘色

米色和橘色花样的地毯

床头板、椅子和窗帘通通是橘色，壁纸是米色。

冰箱上有水果篮

虽说"印度不急"，但不代表没有活力。住了这栋三十五层高的现代化高级饭店，就知道外国来的商务客蛮多的，孟买是座相当有活力的国际商业都市。

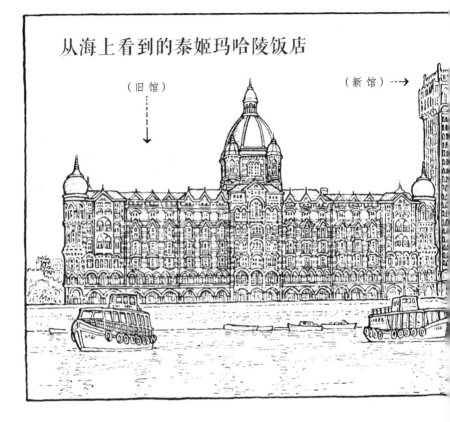

从海上看到的泰姬玛哈陵饭店
（旧馆）
（新馆）

　　有回，他和英国友人要进入这附近的一家饭店，因为"禁止印度人进入"，只有他被拒于门外。

　　由于遭受差别待遇，塔塔氏决定："好，如果这样，那我就盖一家谁都能进去的饭店！"结果便是这间饭店。

　　此饭店的简介小册子上写着建于一九〇三年；但我查了一下，得知这饭店是边营业边进行工程，在二十七年后才全部竣工。右侧的 Tower 新馆也是一九七二年部分开放，六年后才全

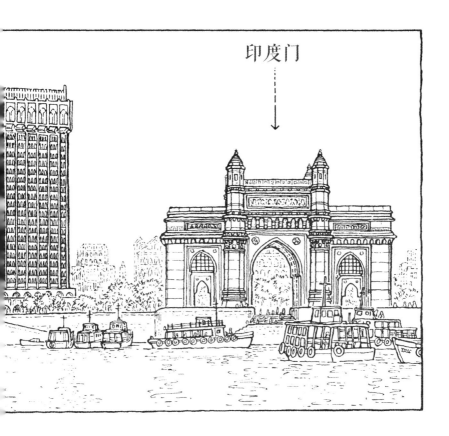

印度门

馆营业。一派"慢慢来的印度作风"。

不过,袄教徒的财力也够惊人的了。顺带一提,现在已成为国营的印度航空前身,是同族的加罕基·R. D.塔塔氏所创立的私人航空公司。

为了避免误解,有件事必须先说清楚——不是所有的袄教徒都是大富豪。

"虽说并非所有人都是有钱人,但也没有穷人喔。在印度,

THE TAJ MAHAL
Rs. 650 = 16250 日元

接待柜台在新馆的大厅。旧馆新馆的柜台都在同一个地方，但中间有隔开。

朋友N氏说：「到孟买的话，一定要到这间饭店住住看。尤其是旧馆哦。」因此便听从他的建议。问题是房间很难订到。幸好有印度观光局的协助才终于……果然值得住住看。这里还留有英国统治时期的影子。

蓝色白色的瓷砖

绿中带点奶油色的油漆壁面

白色涂漆

黄色床罩

（门和墙壁等看得出重漆过好几次，从这些部分可以知道建筑物的年龄。）

25℃

No.335

电风扇

蓝色

房中可见的大柱子诉说着兴建当年的故事。天花板非常高，上头有一座大大的电风扇——现代化冷气设备很完善，倒没啥必要。走廊的通风结构相当独特。不晓得旁边的新馆有什么不同？蛮想知道哩！

THE TAJ MAHAL INTER·CONTINENTAL

TEL：243366

Apollo Bunder, Bombay — 400 039（新馆）

米色瓷砖。（房价一样）

墙壁是淡淡的绿色。窗帘、椅子等为土耳其蓝。室内整体色调感觉不错。虽然贵却贵得有理的饭店！

绿色地毯

25℃

No.207

向饭店提出要求「想换到新馆去住」，结果对方紧张地问：「您对房间不满意吗？」说明了理由之后，柜台、服务人员也觉得有趣。便给了我这房间。首先，天花板比较低，但整体蛮不错的。也不见柱子与电风扇。「希望您可以清楚看出新旧馆的差异」。

饭店经理说："让您瞧瞧旧馆的套房吧！"特地带我去参观。一个晚上三千卢比（七万五千日元），贵到让人差点昏倒，但真的是绝无仅有的超级豪华！没有哪国能与之比拟。印度举办国际会议时安排各国代表住在这里，其中曾有人表示："实在无法相信这是我们要援助的贫困国家"。

完全没有人以乞讨维生的族群，就只有袄教徒。这点在印度可说是特例中的特例。"这是连印度教和伊斯兰教等其他教徒都承认的事实，谁也无法否定。

说起来，印度教徒中也有富豪，但也有濒临饿死的人。瞧瞧袄教徒的职业，有法律专家、银行家、贸易商、医生、工程师、教职等等，有不少是在印度社会中属于地位高且收入丰厚的专业人士。这种现象非常明显。

更特别的是英语化的姓氏相当多，其中还有人直接把职业名称当作姓氏来用。"我的名字叫杜拉布吉·R.工程师"，当饭店的柜台服务人员报上名字时，我听得一头雾水。大概是曾祖父辈担任过"技术员"吧！看我一副吃惊模样，他笑着说："也有姓医生、印刷机的喔！大概是做印刷这一行的吧。还有苏打水先生、金钱小姐呢。"

他们之所以能从事社会地位高的职业，有个原因是袄教与其他宗教不同，禁忌非常少。

袄教徒在职业的选择上也不受种姓制度限制，很自由。再拿食物来说，他们既没有印度教徒不吃牛肉的忌讳，也不像穆斯林厌恶猪肉，因此可以和西洋人同桌共餐。光这一点就很占优势。就算不提食物吧，总之他们可以跟任何人打交道。

而且，根据我所听闻的，他们的经典当中"没有记载任何禁欲事项"。只是一直重复如"增殖繁衍家畜"啦、"共同努力"啦、"伸出援手"、"致力于施舍、治疗、良好生活"等等。

对袄教徒大肆特写,好像会造成"住在孟买的人都是袄教徒"的误解。其实就算印度的袄教徒百分之七十以上都集中在孟买,在人口比例上也不过像是"倒入泳池的一桶水"罢了。

孟买并非只有袄教徒而已。没介绍其他东西,实在愧对孟买。像"威尔斯亲王博物馆"就一如期待,非常棒。尤其是数量庞大的"印度细密画"收藏,让我兴奋不已。

知名度颇高的"象岛"也不错。

若以旅行书惯有的笔调来描述,大约是这样的:

"前往岛上的观光船,由'印度门'前的码头出发,搭船时间约一小时。陡峭石阶紧临搭桥码头,登上约四百米就可看到从岩山挖凿而成的石窟。脚力不好的老年人也不必担心,因为备有四人扛的轿子。此处的景点为七座石窟;其中以高七点五米的三面湿婆神像为最杰出的作品。往返船班上的旅游气氛也很愉快。"

回程船上,突然浮现想要查明岛名由来的念头。观光船上的导游小姐非常亲切地告诉我,"那是因为小岛南边有一座石头雕成的大象。很久很久以前,葡萄牙士兵把它当靶开枪射着玩,所以被破坏得七零八落。""哇!好想瞧瞧!那头象在哪里?""现在在维多利亚公园,但没什么美术价值,没有必要特地跑去啦!"

不过,我还是去了。果然像她说的,是头小象。

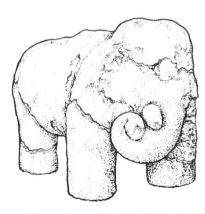

高约 1.5 米

用水泥
接合起来

运水车

（不晓得是不是漏掉没看到，竟然在孟买以外的地方都没见过）

路上停着一辆载着大木桶的车子。嗅了嗅，不是运酒车。车主回来了，"是水吗？""没错，每天要运到预约好的家庭去。""啊？这地区没自来水吗？""有啊！但我这水可是非常好喝又特别的水。"于是请他让我喝一点看看，但感觉没他说的那么特别。

可能是我每天都喝高级旅馆里的冷却蒸馏水之故吧，所以不觉得有多珍贵。

再说，没经过比较，怎么知道孟买的自来水和这水有啥差别。

我在孟买也喝了街头卖的水。不觉得和德里的水有什么特别不同，可是价格却差得多，比德里贵一倍，竟然要十派萨（日币二元五十钱）。难道在这炎热的南方就变得比较贵吗？

我问："车上的水从哪里来呀？"他的回答令我吃了一惊。"从高等法院那儿取来的。"

搞不懂，干嘛到法

院取水？

"我桶里的水刚好用完，正要去盛装，如果想看的话就一起去吧？"

于是我就跟在他的车子后面一起走。

没想到目的地果真是高等法院。

但不在法院里头，而是墙外面……我前几天也在这附近转了好一阵子，却没注意到竟然有口井。

水井（取完水后，盖上铁盖，然后上锁）

附近停着好几台堆着木桶的车子，头上顶着水壶的男子在井和车子间来回搬运。

"孟买最好喝的水，要不要喝喝看？"对方这么推荐，就请他舀一杯给我喝。哇！的确很好喝。对方听到我的赞美，就要我再多喝些——哪喝得了那么多。明明跟刚才桶里的水一样，为什么……原来，味觉也会随着气氛改变。

"接着要往哪儿去啊？"回答说打算要到最南方，他们便吓唬我："身边不带水壶的话，可是会渴死哟！那儿比孟买还热咧！"于是我匆匆忙忙跑到市场去买水壶。市场里人潮汹涌，真不愧是人口超过六百万的大都会。到市中心工作的人几乎都住在北边，每天搭乘拥挤不堪的电车上下班。比起袄教的精英分子，我觉得与这些人更相近些。

若认为"袄教徒之间如此团结,自然可以累积财富",他们自己的看法却有不同:

"我们并非是为了个人而积蓄财富的。我们认为人一生的完结,在于'葬礼'。这点从以出生时的样子回归大自然的'鸟葬',就可以看出来。往生者的积蓄由参加葬礼的亲属协商之后,分配给医院、教育机构、研究单位等等,尽可能地回馈社会。像这类的财团就有上千个呢。"

说起来,他们倒是没有兴建什么大型寺庙。

巨石环绕的城镇
——海德拉巴

到底是译成"海德拉巴"好呢？还是"海地拉巴"？或者"海多拉巴"？头都昏了，真烦恼。翻遍了书，也问了好些人，却是各有说辞，更让人搞不懂。

于是跑去问曾在 A 报社当了三年印度分社社长的 N 先生，他的回答相当爽利明快。

"只要你觉得好，哪个都可以啦！并没有所谓的'只有这个才正确'。而且，就算照印度人的发音翻译好了，如果日本人看不懂也不成啊！像他们就不说'加尔各答'。"

"你这么一说，他们好像是称'加尔卡答'吧！"

"所以没关系的啦！在日本一直都用'加尔各答'的嘛。再说，他们有些发音根本无法以拼音字母来表现。更何况，印度人依居住地区或英文程度，所发的音也会有差异。例如印度式英语中，'Motorcar'最后一个 r 音都会很强调地念出来。"

"有有有，有这种人。像祆教徒（Parsi）的 r，音也发得很重呢。"

"也曾经有熟悉当地语言的日本人，在译成片假名时因为过度要求正确性，反而造成混乱的例子。"

"那我就放心地采用'海德拉巴'吧。你用哪个呢？"

N先生笑着说，"我是写'海地拉巴'。"

五年前我还坚持照"Gandhi"发音的写法，最近也改成念作"Ganji"的译名了。因为甘地的传记电影在日本上映时，所有宣传都使用后者，若我再执著反会招人误解，便放弃了。

不过，有趣的是，以前写的书译名依然照旧，并没有订正统一。一本书中出现不同念法，确实有点奇怪，但也没听过有啥批评。那就照"印度作风"大家随意吧。

话题一转：要说"奇怪"，海德拉巴还真是个奇特的城镇。地球上到处都有岩山巨石，一点也不足为奇；但是巨石就这么大大剌剌地坐落在城镇之中，还是第一次见识到。

我搭乘旅馆帮忙安排的车子，去镇上有巨石的地方绕绕。

无论到哪个城镇，我好像都被司机老大视为"怪客人"。在这里也不例外，老是出其不意地要司机停车：

"能不能倒一下车？我想看看那块岩石！"

"你是矿物学家吗？我曾载过很多游客，但光看岩石的，你还是头一个。"听他这么说，我急忙解释自己并不是来做研究的，只是觉得这么多石头蛮好玩而已。

巨石四处环绕的城镇（虽说不是镇上到处都这样……）

相较于我这种对奇妙的巨石风景如此感兴趣的人，住在这里的人大概反而会觉得奇怪："石头有那么珍贵吗？"

打从他们一出生，石头就在那儿了。因此从他们的立场看来，认为石头很稀奇的人比岩石更奇妙。特别是对那些从未离开过这里的村民来说，村子里有巨大的岩石才是最自然的风景。

"巨岩坐落于城镇当中"这类的话，说来对岩石蛮失礼的。毕竟是先有岩石，才有房子。不过，不管怎样，我还是觉得这种景致非常不可思议。

载着我四处游览的车子（印度的国产车"大使牌"）

司机先生听了突然兴致也高昂起来，边回想哪儿有巨石，边载着我四处去。

其中还有把房子盖在岩石上的。

我当然请他停车，爬上那岩石去瞧瞧。

外观已接近完工，里面的工程还在进行，但也差不多了。看起来蛮漂亮的，感觉比一般庶民的住宅高级些，应该是属于上流阶层。

"为什么特地盖在岩石上啊？"我问来监工的屋主。

"这块岩石的大小和形状刚好适合盖房子。优点？雨季来临时排水很好哦。"

戈尔孔达要塞的山顶

岩石和岩石之间以石墙连接起来。

原来如此。这就是生活的智慧。

"海德拉巴的城堡也是盖在岩石上的喔。你一定会喜欢的！"司机先生得意地说道。其实，我并不是只对岩石感兴趣才来这城镇的，但是……

"当然啰！我也想去戈尔孔达的要塞。"

城镇中的岩石已看得差不多了，接下来就锁定"城堡"。出了镇即看到远方有座盖在岩山上的城堡，山腰上有城墙蜿蜒环绕，据说最外围的城墙全长约有七公里。

我知道此城在印度是以规模之大和建筑技术闻名，加上期待已久，所以越接近就越觉得兴奋。

听说最外面的城墙有九道城门，但环绕中央城区"Bala Hisar"的两公里城墙则只有一座城门。此门造得坚固异常，即使受到等同于战车力量的大象攻击也不动如山。

城门前的广场聚集着小贩和导游，但这里的人似乎相当沉稳持重，就连导游好像也依序接生意，其中只看到一位年轻人举手而已。

随着导游爬上弯弯曲曲的阶梯，累得我气喘如牛。城砦最上方，有座类似日本城堡里天守阁地位的巴拉塔利宫殿。这城堡不只是建在岩石上，就连岩石块也都保持原状，物尽其用地当作城墙。

这座位于自然岩山上的城堡据说始建于十三世纪左右；而发展出目前这样的规模，应该是十六世纪顾特卜·沙希王朝定都于此之后的事。

这个王朝非常非常富有，因为当时世界第一的钻石产地就在海德拉巴附近的克里希纳河流域。城里还有钻石市场，是个充满生气、活力十足的城市。特别值得一提的是，世界知名的巨大钻石多产自此地，例如目前收藏在卢浮宫博物馆、四百一十克拉的"摄政王"，以及英国皇冠上耀眼夺目、原重三百六十克拉的"Koh-i-Noor"（意为"光之山脉"）。

"我们一直呼吁英国归还，对方却毫不理会！"为我导览的十八岁学生说得一副好像自己东西被抢走的模样，颇为愤慨……

其实，不只英国觊觎这里的财富。

在英国之前，控制着北印度的莫卧儿帝国的奥朗哲布（建造泰姬玛哈陵的萨·加罕之子），在一六五六年和一六八七年两次猛攻戈尔孔达城；精疲力竭的顾特卜·沙希王朝就这么灭亡了，而海德拉巴也被并为莫卧儿帝国的领土。

我从孟买搭飞机过来的时候，由机舱窗户往下看，眺望岩石连绵不断的德干高原，心里很是佩服："真厉害！竟然能打到这么远的地方！"

不过，话说回来，这个离德里一千两百五十公里远的地方，已经是莫卧儿帝国疆域的最南端。

后来，莫卧儿帝国统治时的海德拉巴首长——"最高地位者"阿萨夫·伽（Nizam Asaf Jah）宣布独立，一七二四年成为藩王，建立了尼萨姆王朝（也称为"海德拉巴藩国"）。这位精明的政治家为了继续扩大势力，最初与法国结合，到了十九世纪则转向英国，透过外国的援助来维持藩国的繁荣。（钻石就是在那个时代被英国人拿走的。）

印度脱离英国独立时，大大小小的藩国有五百个以上；其中又以海德拉巴藩国和迈索尔藩国为排名数一数二的富豪。

印度独立成为共和国时，这里的藩王曾经拒绝合并。印度政府没办法，只好动用军事力量，终于镇伏了海德拉巴；不过海德拉巴仍然具备壮盛的势力和强大的经济力。

听说"海德拉巴位于海拔五百三十六米的德干高原正中

央,所以虽然远离海洋,但即使在夏天也很凉爽"。可是现在都已经二月了,白天温度三十三摄氏度,晚上九点也还有二十八摄氏度,比孟买高出了三到四摄氏度。瞧瞧机场外显示的各地气温,当天德里是二十五摄氏度,下个目的地马德拉斯则有三十五摄氏度。每年的气温本来就不会一样;但光比较各地温差,就会觉得"印度好大啊"!在德里还得穿毛衣,这儿白天走在路上可是会流汗的。但由于空气干燥,汗马上就干了,留下白色的盐渍。

在城里的阶梯爬上爬下,很快就会喉咙干渴。导游小弟好像看穿了一般,问我:"想不想喝杯柠檬水啊?"

放眼看过去,我们可是在啥店都没有的城堡废墟中啊。我纳闷地反问他:"当然想啦!但哪里有卖啊?"

"如果不想喝,我想等一下就不用停,继续走。只是先问问而已。"

说着说着,转过一个石墙角,眼前就出现了一位少年坐在地上贩卖饮品。

在旅馆喝柠檬水得十五卢比,这里却只要三卢比。卖饮料的少年帮我打开了瓶盖;瓶口有红色锈斑,他很顺手地抹了一抹。导游小弟注意到少年手上都是灰尘,便在将瓶子递给我之前,很快用手擦一擦。我接过瓶子,道了声"谢谢",自己又擦了一次。用我自己的手再擦也不会变得更干净,但还是⋯⋯

虽然是微温的柠檬水,但在口干舌燥的时候,真是好喝

巨石环绕的城镇——海德拉巴 | 155

戈尔孔达要塞

"钻石若没有施加高压是不会产生的。而这里之所以会成为世界知名的钻石产地，完全是石头的重量所致。"导游小弟一本正经地说。真的还是假的啊？又不是在做腌萝卜。看来他们好像都觉得我一脸很好唬的样子。

极了。

司机在城门的日阴下等得不太耐烦了。

"让你久等了,进城吧!接着到'四宣礼塔'(Char Minar)去。"

他露出笑容:"还以为你今晚要留在城里过夜咧!"

他大约五十岁,有点害羞,但是一位时时口中会冒出机智巧语的导游。一听到有人叫他名字就会回应"巴布拜伊",这才知道他是位穆斯林。

"海德拉巴人口的百分之四十是穆斯林。"也就是说,这里住有八十万以上的穆斯林。按人口数看,海德拉巴是印度第五大城,据说超过两百万。

正如身为安德拉州首府该有的模样,海德拉巴是个充满朝气的商业城市。四宣礼塔看起来与邮票和风景明信片上大不相同,其实是盖在杂沓的十字路口中央。

曾听人家这么说:"注意一下印度的地名,便可得知当地宗教势力的分布情形。像'海德拉巴'、'奥朗加巴'这种后面有个'巴'(bad)字的地方,都是穆斯林较多的地区。"的确,海德拉巴便是如此。

"伊斯兰"(Islam)的意思是"服从唯一的真神安拉";教徒自称"穆斯林"(Muslim),意思是"服从神的人"。

在印度,印度教徒人数远超过其他,与穆斯林的比例为八比一。但根据联合国的调查,全球穆斯林有五亿四千六百多

四宣礼塔（「四座宣礼塔」的意思）

塔高约五十三米；拱门建于一五九一年。（门拱下不能通行车辆。）

由上往下眺望，人们的日常生活看得一清二楚。下一页画的就是从这里看下去的景象。

　　好像有句话是这么说的："只有傻瓜和烟往高处爬。"但我仍旧一有机会就想上高处瞧瞧，当然也不会错过这座塔。就连"阶梯有几层"这种不知道也没关系的事情我都想摸清楚。往上爬的途中，为了回应几个向我打招呼的人，好不容易数好的阶梯数目又给忘记了。

终于找到餐厅了。如果从塔下面看,怎样也不可能发现这招牌的。仔细观察,从塔上可以看到形形色色的生活百态。我是再怎么看也不腻;但总不能又让"巴布拜伊"先生担心,便下来了。而且,我也很想进那间餐厅看看,肚子饿了。

由高塔往下看的市区一景

头上裹着黑布、只露出双眼的伊斯兰妇女看来格外醒目。海德拉巴在印度算是个少有的城市。不知怎地，突然想起了土耳其、阿拉伯等国家。这里不但旁边就是大清真寺"麦加圣寺"(Mecca Masjid)，甚至还有烤羊肉串。

万,印度教徒则有四亿七千多万人。

从这些数字来看,可以知道印度教是"很印度的";相对的,"穆斯林"则除了伊斯兰教圈的国家以外,还遍布世界各国。

我生长于神户;神户也有伊斯兰教的清真寺。令人吃惊的是,其中居然有日本人在礼拜,还一同诵读《古兰经》。而且,不论哪一国人都得用阿拉伯语朗诵《古兰经》,这件事更让我吓了一跳,幼小心灵上便留下了深刻的印象。

之所以会有这种反应,是因为我的双亲都是基督教徒,从小便常被带到教堂去,所以对于宗教间的差异感受强烈吧。像《圣经》都会翻译成世界各国语言,所以在日本的教会读日文版的《圣经》、用日语祷告,是很自然的事。

但是,伊斯兰教却没有翻译过的《古兰经》——纵使有译本,那也不称为古兰经了。

因为古兰经是真神安拉(Allah)透过天使以阿拉伯语直接传达给预言家穆罕默德的话。一旦经过翻译,那就不再是神明"直接"所说的神旨了。

所以就算不懂阿拉伯语,只要是穆斯林,再怎么不方便也必须用阿拉伯语诵经。顺带一提,所谓的《古兰经》在阿拉伯语中是"诵读"的意思。

佛教也有这种情形。佛经的"经文"以日文读来根本是意义不明,却就这么直接念诵;僧侣以日文解说的部分则称为

面向麦加膜拜的穆斯林

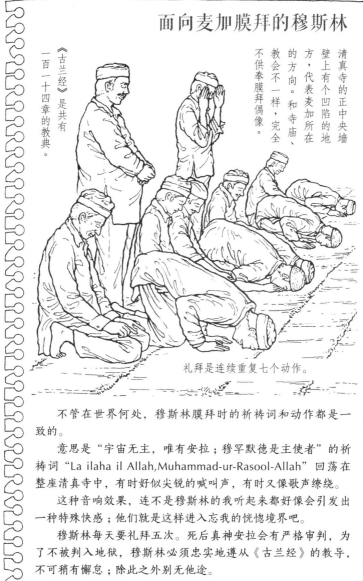

清真寺的正中央墙壁上有个凹陷的地方,代表麦加所在的方向。和寺庙、教会不一样,完全不供奉膜拜偶像。

《古兰经》是共有一百一十四章的教典。

礼拜是连续重复七个动作。

不管在世界何处,穆斯林膜拜时的祈祷词和动作都是一致的。

意思是"宇宙无主,唯有安拉;穆罕默德是主使者"的祈祷词"La ilaha il Allah, Muhammad-ur-Rasool-Allah"回荡在整座清真寺中,有时好似尖锐的喊叫声,有时又像歌声缭绕。

这种音响效果,连不是穆斯林的我听起来都好像会引发出一种特殊快感;他们就是这样进入忘我的恍惚境界吧。

穆斯林每天要礼拜五次。死后真神安拉会有严格审判,为了不被判入地狱,穆斯林必须忠实地遵从《古兰经》的教导,不可稍有懈怠;除此之外别无他途。

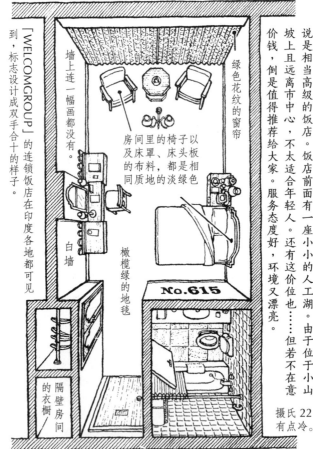

这栋建筑既非史上闻名、也不特别具有美术价值。不过，我还是进去了——其实应该说是被叫去的。

看完动物园、考古博物馆，回到车上我对"巴布拜伊"先生说："这样，海德拉巴该看的都看了。"他却指向一方说："请你一定要进那栋白色建筑看看。普通观光客的话我不会这么建议；但希望你去瞧瞧。"于是我就这样莫名所以地进去了，结果大吃一惊。

里头陈列许多可怕的皮肤病标本、照片及瓶瓶罐罐，装着寄生人体内、引发象皮病的班克罗夫特（Bancroft）血丝虫与各种地区性疾病的病原虫。眼前景象实在太震撼了，让我差点吐出来，但由此我也了解到今日的现代都市孟买，在过去常爆发霍乱。"巴布拜伊"对出来时脸色苍白的我说："以前的确有许多种疾病；不过，我希望你也能够认识认识克服了这些疾病的印度。印度并不是个只有历史建筑和美丽风景的国家而已……"

我很感谢"巴布拜伊"。是他让我在这短短的三天里过得非常充实。

"说法"。

而在伊斯兰教里,既没有类似僧侣、也没有像天主教神父或基督教牧师一般的人物。

总归一句话,所有一切都必须是"神和教徒一对一地接触,而且不可膜拜安拉以外的神"。

南印度最大的城市
—— 马德拉斯

抵达马德拉斯机场时,突然一位陌生男子朝着我喊:
"妹尾河童先生!"

吓得我跳了起来。我在这里一个人也不认识,却有人知道我名字,有种不祥的预感,于是瞬间绷紧了身子。会有这种反应,是因为我曾在某国被逮捕过,回忆起那种毛骨悚然的感觉。当时之所以会被捕,乃由于我到处采访素描,行径不像一般观光客,因此被误认为是间谍。可是,这里是印度,又不是那种国家。后来总算弄清楚,喊我名字的是印度观光局的人,孟买那边的办事处指示他到机场来接我。

他帮我把行李搬到机场巴士上时说:"我负责的是机场柜台工作,所以没法与您同行。不过饭店方面我已经事先联络好了。"

让我觉得很不好意思。对于这种礼遇还真不习惯，总觉得如坐针毡。

巴士抵达饭店、车门开了后，司机叫我的名字并说："这里就是您的饭店啰！"

听到他这么说，我赶紧下车。搭同一辆巴士的乘客将近三十人，看起来大家都是要去别家饭店的样子；因为没其他人站起来，下车的只有我一个。

从东京预约的这家饭店竟然是五星级，的确是间引人注目的饭店。

在柜台登记时，大厅经理一边拿出名片一边说："我们正在等候您的大驾光临。观光局交代说您是一位很重要的客人。"他还特地领我到房间去，我更觉得不好意思。

房间里摆饰着许多漂亮花朵，并且备有一大篮水果和各种饮料。

心想，不会一开始从机场的迎接就搞错了吧？被当成贵宾般招待实在让我坐立不安。

于是，再次询问经理加以确认。

但是他回答："没有错的。"

抵达马德拉斯之后，才第一次涌现"真的到了南印度啦！"的感觉。

这里与北印度完全不同。气温当然不一样；不过首先感受到的是文化上的差异。

南印度最大的城市——马德拉斯 | 167

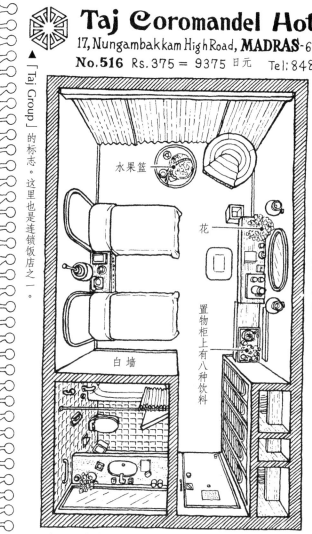

Taj Coromandel Hotel
17, Nungambakkam High Road, MADRAS-600 034
No.516 Rs.375 = 9375 日元 Tel:848 888

▲「Taj Group」的标志。这里也是连锁饭店之一。

印度观光局的孟买办事处硬要为我预订「Taj Coromandel Hotel」的房间，而且好像也将我的事向饭店大事宣传了一番。

水果篮

花

置物柜上有八种饮料

白墙

房间的装潢统一是红色系，很美。到目前为止，我所住过的饭店装潢大多是绿色系。也许是南方已有丰富的天然绿意，所以没有必要？

对印度并非知之甚详的我，谈"文化差异"这种听起来好像很宏大的题目，不知道会不会太……

南印度特有的印度教文化，仍然原汁原味地保存下来。首先映入眼帘的是涂上强烈的原色，颜色和造型极具当地民俗风味的印度教神庙。

虽然海德拉巴所在的安德拉州也归于所谓的"南印度"地区，却因曾为北部的雅利安族统治，深受该文化影响，所以在那里感受不到印度自古即有的印度教文化。

人来到马德拉斯，会觉得这里并非只是地域上属于南印度，而是"真正的南印度"——这点从人们的气质也感受得到。气候风土不同，文化不同，人们的气质当然也会不同。

这种感觉类似意大利的"南北差异"。北意因工商发达而在经济上拥有支配力；南意则仰赖农业。人们表现出的气质也因此有异。

一言以蔽之，或许可以这么形容这里的人："生性热情澎湃但隐于内，外表看起来很害羞的好好先生。"

马德拉斯人口四百二十八万，是南印度最大的城市，也是南印度的政经中心，因此散发着大都会特有的活力，且与其他城市迥然不同。

虽然都是朝气蓬勃，却和高楼林立的孟买有异；这里也不像居民汲营谋生的加尔各答带着浑沌气氛，当然更没有新德里道貌岸然、高高在上的洋味。马德拉斯"既有城市的便利，却

南印度最大的城市——马德拉斯 | 169

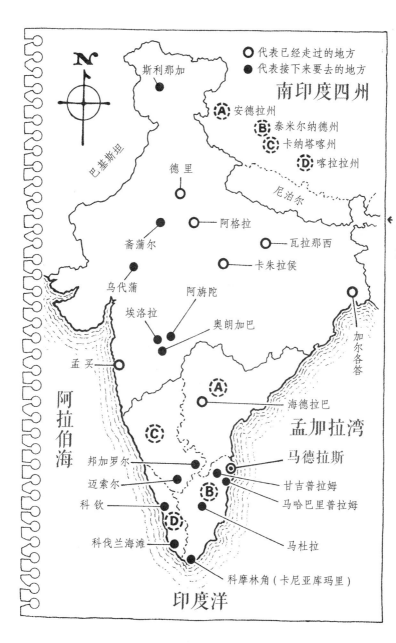

又平易近人",是个有南方气息、让人轻松自在的城市。

在这里,可以清楚地看出在北印度占多数的雅利安人,以及南印度的达罗毗荼人之间的差异。

这里身材矮小、肤色深的人比北方来得多。根据人类学家的说法,好像是属于"地中海型"的人种。至于什么时候迁移到印度、迁移的时期和路线等等,还有很多不清楚的地方。不过,近来的研究开始有这样的说法:"印度文明似乎是由达罗毗荼人所创造出来的。"这个拥有优秀文化和悠久历史的民族,有一亿三千万人住在南印度地区。

马德拉斯与孟买、加尔各答一样,都是英国殖民印度的出入据点。

很想瞧瞧这个城市,就跑来啦。首先要看的是"圣乔治要塞"。

殖民时期统辖整个南印度的政府机关就位于临海而建的圣乔治要塞,建筑物至今仍保有当时的风貌。

现在这里是马德拉斯州政府和印度海军机关用地,所以没法入内参观;不过设有要塞博物馆,针对观光客公开展示史料。透过这些资料,可以清楚了解当时英国是经过何种步骤殖民印度的。

首先,最早是一位名叫法兰西斯·迪的英国商人来到印度,说"想要设立一间购买棉织品的洋行"。当时根本没有人会想到这就是入侵的前兆吧。

南印度最大的城市——马德拉斯

马德拉斯的高等法院

很有意思的是，法院似乎都盖得很讲究。若要问孟买和马德拉斯"同样东西换个地方有啥不同？"用画可能比较容易说明。孟买的法院是欧洲哥特式建筑，马德拉斯则是印度风味的伊斯兰样式；城市之间的性格差异一目了然，有趣极了。

为设立东印度公司,他先从领主手中买了一座小村庄以取得用地,这是一六三九年的事情。

后来,英国本土派遣军队过来,五年后便在洋行的周围筑起城墙,形成一座要塞。

派遣军队、兴建要塞的名目为"保卫海外同胞的安全"。

虽说这是十七世纪的事情,但即使到了最近,也还有类似的情况发生——不管在哪个时代,都采取相同模式。受到圣乔治要塞保护的东印度公司,拓展生意往来的领域,并因此奠定了殖民印度的基础。

孟买也是完全相同的情形;马德拉斯与孟买之间的较大差异仅在于城镇的建设有所不同罢了。

马德拉斯虽然在英国的统治下发展成都市,但城里却不太看得到欧式建筑。我在街上到处逛,怎么找都找不到西欧样式的建筑物,最后只好放弃。

不晓得是土著达罗毗荼文化的印度风太过强势,使得这里不容易接受欧洲文化?还是因为这里没有袄教徒的缘故?

查看老照片之后,发现不仅是欧式建筑少见,连较高的建筑也似乎只有火车站和法院而已。

法院的高塔同时还要充当灯塔之用。这栋建筑位于要塞北边,现在的法院还是坐落其中。

就规模来说,这栋建筑和孟买的法院不相上下,威风凛凛;毕竟这里的法院也是要让人感受法律的权威性,所以外观必得庄严威武。

这里的人们好像认为"如果你知道'甘地',那当然也晓得'安纳杜赖'这号人物吧"。

"'安纳萨马地'去过没?"

"这就是'安纳萨赖'!之前称为芒特路。"

就像这样,很多人常将"安纳"挂在嘴上。

所谓的"安纳"据说是"大哥"的意思。

"安纳萨马地"是"安纳杜赖之庙";"安纳萨赖"是为了纪念他的路名。

好在我临阵磨枪,晓得一点安纳杜赖的事,否则他们恐怕会很失望,毕竟他在马德拉斯是位大名鼎鼎的人物。安纳杜赖是泰米尔民族运动的领导者;由于他四方奔走,南印度地区的人们再度认识到达罗毗荼文化的优良之处,并引以为荣。这位英雄式的政治家,深孚众望。

他从英国统治时期就开始主张:

"我们的文化比欧洲更为深厚高明,并且比欧洲更早拥有深远的文化传统。孟买在英国手中发展成都市之前,这一带早在七世纪左右,就有潘地亚等王朝繁荣一时。英国人来了之后,虽说确实急速迈向近代化,但在接受外来文化洗礼的同时,我们实在不应该抛弃自己固有的文化。"

印度在宣称独立并合并各州成为一个国家的时期,曾经发起采用一种语言为国语的运动。但是印度各州的区分乃以语言为根据，具有"语言州"的特性，所以此举当然引发强烈争议："只采用一种语言，根本行不通！"把在较多地域通用的北印度语定为国语的提案也受到各州猛烈反对，无法通过。结果，就像现在纸币上所列的一样，有十四种语言被定为官方语言。而当时反对以北印度语为国语的急先锋就是安纳杜赖。

他在一九四九年成立称为"DMK"（达罗毗荼进步联盟）的政党，并任党主席。

他的演说经常让南印度人热血沸腾。他曾这么说：

"直到现在，印度总是受到雅利安族的北印度人控制。但从历史来看，雅利安族是入侵印度大陆的外来者，这点是很清楚的。原本就住在这儿的是我们达罗毗荼族，实在不应该继续臣属于北印度。"

不仅批判北印度，也主张应该恢复南印度的主权："泰米尔人拥有自己的泰米尔政治。"

一九六七年，"DMK"首度取得政权，他也成了省长。

首先，他将州名从"马德拉斯"改为"泰米尔纳德"，并以"达罗毗荼人的自立必须从固守民族文化开始"和抗拒北印度语入侵南印度的"泰米尔纳德州要说泰米尔语！"等口号为始，致力于实践他的政治主张。

但是他却在两年后离开了人间，未能竟其志业。

之后，听说"DMK"分裂成三派，彼此争夺主导权，结果现在已渐渐步上衰败之途。细节我当然不清楚；不过，身

南印度最大的城市——马德拉斯

安纳杜赖

● 同出生于西印度的甘地相比较，可以明显看出外貌上的差异。他不管怎么看均具有南方达罗毗荼人的五官，肤色也比北方的雅利安人来得黑。

● 在这幅肖像下方，以他一生坚持珍视的泰米尔语、彻底拒绝使用的北印度语和英语写出他的名字。瞧瞧这些字，一眼就可以看出泰米尔语和北印度语之间的差异有多大。

为一介过客的我也不禁会感叹，若是他还活着，不知是何种景象？

年轻人现在都很想学习北印度语。

由于学校没教，所以补习班颇为盛行；后来学校也无法外于潮流，开始在校开课给有心学习者。现在擅长英语和北印度语的人可抢手得很，大多能够获得高薪的职位。

综观整个印度，虽然各州一股劲儿地坚持走自主路线，但实际上，北印度语的影响力却慢慢渗透民间。北印度语将会取得国语的地位，似乎是可预见的趋势。

在这里，逛街时依例搭乘三轮摩托车。

住高级饭店有些事会不太方便。例如请他们叫车，都只限包租汽车或计程车。我偏好的三轮摩托车大概是跟饭店的排场规矩不合，总是回答我说："没办法叫。"

似乎连车子都有阶级之分。如果问为什么不行，不知他们会怎么回答？我便有些促狭地打探原因，结果，"不是四轮的车子便不行。三轮摩托车，很抱歉，还少一轮。"

看来我又输了。

三轮摩托车的司机对差别待遇也没发什么牢骚，视为理所当然。从街上回饭店时，也是快到门口就停车，要求我："之后请您自己走吧。"

如果是计程车，便会直接把客人载到玄关。

从饭店出去时得特地走到外面自己拦车，是挺麻烦的，但我宁可如此。这并不只是因为三轮摩托车车资比计程车便宜。

到街上去，若想自然而然接近当地人的日常生活，三轮摩托车比计程车来得适合。搭计程车的话，和人们的接触方式会有微妙的差异。

在服装上也是如此。

印度人在面对陌生人时，都会先根据服装来下判断。虽说这点举世皆然，但印度人尤其厉害，马上就能准确反应。据说"一眼就足以断定对方所属的阶层"。

换句话说，不论是阶级或宗教都是以服装来区分。

因此，到街上去的时候得注意穿着。身穿西装打领带，不

留有殖民地时代风貌的街景

在圣乔治要塞的北侧港口附近，有个印度商人聚集形成的市区，殖民时期英国人将之称为"黑镇"。这个命名之蛮横粗鲁，与雅利安人带着歧视意味地以"黑"来称呼达罗毗荼人可说不相上下。虽然在一九〇五年改名为"乔治镇"，但还是……

但购物时会被人以观光客的价位给坑了，身后还会有乞丐紧跟不放。最让我介意的是没办法知道一般人的真正想法，也看不到他们的真面貌。

相反地，若没系领带，在有些场合就不会被平等对待。也就是说，得视时间地点场合来决定穿着。这对我来说并不困难，只不过衣服要换来换去很麻烦。

每次到饭店登记住宿时，为了不让柜台人员担不必要的心，我总是穿西装打领带。

等拿了钥匙进了房间，随即换上外出服——解下领带，穿上到印度后买的衬衫，而且把下摆露在长裤外面，一派当地穿法；脚下则不穿袜子，踩着一双凉鞋。

变装后的我常让饭店的人大吃一惊，实在抱歉。里面还是同一个天真到家的我；只不过是摇身一变，带着当地人的心情上街去了。

我准备出门和印度航空的 D. N. 霖佳姆先生碰面。由于是第一次见面，便换上西装打了领带，穿得颇为正式，还特地搭计程车前往。霖佳姆先生收到东京分公司 O 先生的电传之后，老早就在等我联络了。

虽然已经听说他的日语很流利，但没想到说得这么棒，大吃一惊。

"从北边来，觉得南印度气温很高吧！"

"不会呢。原本是抱着觉悟来的，没想到还好。倒是到了

摩尔市场

这种伊斯兰建筑在印度并非罕见；不过若从称为"摩尔市场"这点来看，或许是南印度少有这类建筑，所以更让人觉得异国风味洋溢，才特意如此命名吧。

里面卖的不晓得该说是又杂又多还是丰富，从食品、家具到电器样样具备，媲美百货公司。

不知道为什么，男客人特多。卖的人买的人，个个活力十足。

我也不时探头这店看看那店瞧瞧；一个不留心，没打算买东西却乘兴随口问了价钱，结果差点被逼着买下很贵的地毯。

果然还是领带惹的祸。服装会让人被误解。结果我在这里只买了夹脚凉鞋。

南边,不知怎的,觉得很放松。"

"会觉得很放松,理所当然——现在正是热季嘛!"

居然可以在间不容发之际说出俏皮话,真是佩服。(译注:日文的"放松"与"热"谐音。)

"这里啊,只有小热、中热、大热三种季节,就是一年到头都是炎夏!"霖佳姆先生笑道。他的日文真是太厉害了。

其实他毕业于日本的大学,还担任过印度航空的大阪分公司负责人,怪不得⋯⋯

他现在的职位是南印度全区的总经理。

"我已经写了封信给您接下来行程中的当地分公司。如果有任何需要,请不用客气。"似乎越来越像 VIP 之旅了,不太妙哟!心里这么想,但还是道谢收下了。

用餐时和霖佳姆先生用日语交谈。久没说日语了,真是轻松,笑得十分畅快。同时体会到,同样是印度人,说泰米尔语和孟加拉语却无法沟通,的确蛮不方便的。

"所以啊!北印度语和英语在商场上还是必要的。"

霖佳姆先生说道。

这样说对不起安纳杜赖;但现在已不是固守泰米尔语就足够的时代了。这么说来,南印度还是前程多艰?

拜别霖佳姆先生之后,我往"摩尔市场"去。这可不是适合打着领带去的地方。

这市场的名字引起我注意——这一定又是英国人随随便便

给取的名字。因为穆斯林绝不会称自己为"摩尔"(Moor);这只是欧洲人对穆斯林的俗称而已。

这个语源要溯及八世纪穆斯林征服西班牙时期。当时入侵西班牙的是摩洛哥毛里塔尼亚地方的民族,西班牙人称他们为"Moros",英语则读成"Moors"。

问题是,在穆斯林很少的地方,为何会有伊斯兰建筑?这就叫人想不通。

神庙之城——"甘吉普拉姆"与"马哈巴里普拉姆"

"虽然不像阿旃陀和埃洛拉等地知名,不过若是要到马德拉斯,一定得绕到甘吉普拉姆和马哈巴里普拉姆去。"

好几个人都这么跟我推荐。

其中最热心的就属办公室位于银座的印度观光局的芭莎拉·派小姐。她虽是位女性,可是东亚地区的局长哟。再加上她是南印度出身,所以对该地区了若指掌。"在甘吉普拉姆可以看到南印度神庙建筑样式的变迁,绝对能够满足您。每天从马德拉斯市内都有观光巴士前往,交通费便宜,还有……"

连费用方面都帮我考虑到,她铆尽全力说服我,甘吉普拉姆绝对值得前往一游。

甘吉普拉姆位于马德拉斯西南方七十公里处,七世纪到十

分布在国道两旁的绿色隧道

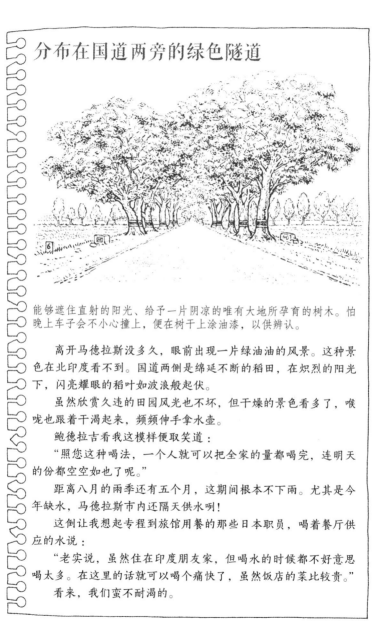

能够遮住直射的阳光、给予一片阴凉的唯有大地所孕育的树木。怕晚上车子会不小心撞上,便在树干上涂油漆,以供辨认。

离开马德拉斯没多久,眼前出现一片绿油油的风景。这种景色在北印度看不到。国道两侧是绵延不断的稻田,在炽烈的阳光下,闪亮耀眼的稻叶如波浪般起伏。

虽然欣赏久违的田园风光也不坏,但干燥的景色看多了,喉咙也跟着干渴起来,频频伸手拿水壶。

鲍德拉吉看我这模样便取笑道:

"照您这种喝法,一个人就可以把全家的量都喝完,连明天的份都空空如也了呢。"

距离八月的雨季还有五个月,这期间根本不下雨。尤其是今年缺水,马德拉斯市内还隔天供水咧!

这倒让我想起专程到旅馆用餐的那些日本职员,喝着餐厅供应的水说:

"老实说,虽然住在印度朋友家,但喝水的时候都不好意思喝太多。在这里的话就可以喝个痛快了,虽然饭店的菜比较贵。"

看来,我们蛮不耐渴的。

七世纪建造的神庙散布在方圆十公里的城镇内外，共有一百零七座之多……

马哈巴里普拉姆位在马德拉斯南方六十公里的海岸边，也是以神庙闻名的城镇。

以前沿着海岸建了七座寺庙，现在只剩下一座了。

"如果不赶紧去看的话，恐怕连那座也会被海浪给吞噬掉啰！"

也有人以半开玩笑的口气吓唬我呢。

当然啦！我这两个地方都去了。不过没按照派小姐的建议搭巴士，反而包了一辆车前往。出租汽车的费用是观光巴士的

神庙之城——"甘吉普拉姆"与"马哈巴里普拉姆" | 185

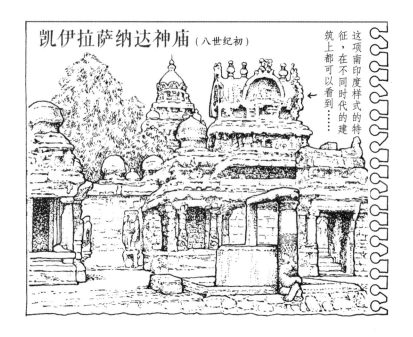

凯伊拉萨纳达神庙（八世纪初）

这项南印度样式的特征，在不同时代的建筑上都可以看到……

九倍，为四百七十五卢比（折合约一万两千日元），一听到这价钱，使得来到印度后变小气的我大吃一惊。但我还是狠下心来决定租车，因为不想在游览时还要记挂着时间。

于是向饭店内的旅行社提出申请，早上八点出发。司机是位三十五岁的男性，名叫鲍德拉吉。

"这是您包租的车。想在什么地方停车就请说一声，哪里都行。还有不管多久，我都会等您的。"

"真谢谢你！我就是想这么做！"

广陌的稻田一路看下来有个心得："原来南方是稻米文化圈！"北印度以小麦粉揉制烘烤的薄饼当主食，南方则是

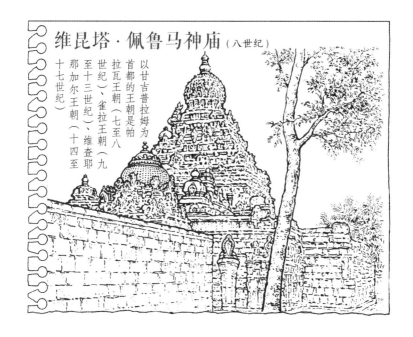

维昆塔·佩鲁马神庙（八世纪）

以甘吉普拉姆为首都的王朝是帕拉瓦王朝（七至八世纪）、雀拉王朝（九至十三世纪）、维查耶那加尔王朝（十四至十七世纪）

米饭。以适合当地风土的农作物为主食在印度乃天经地义的事，毫不犹疑地依循大自然的安排。而日本却有舍弃米食的趋向。

想参观种稻的农村。本以为鲍德拉吉会爽快答应，结果他却反对。"那在甘吉普拉姆停留的时间就会没啰！反正您还要待在南印度一阵子，这里有的是稻米，到哪里都看得到的……"

他说的没错。该反省一下自己的脱线毛病了。

开了一个多小时，鲍德拉吉指着远方，看到神庙了。建筑样式和马德拉斯市内的卡帕勒休瓦拉神庙一样，拥有南方的独特造型。不晓得依时代和教派会有啥不同？

"靠近些，我想仔细瞧瞧。"听我这么说，鲍德拉吉回答："每个都要看的话看不完啦！总共可是有两百座喔。仔细参观具代表性的四座印度教神庙不是比较好吗？"唉，我又来了，真抱歉。

最先抵达的是爱坎巴勒休瓦拉神庙，抬头仰望那巨大的塔门，被那股气势给压倒了。好猛！

自七世纪以降，有好几个王朝定都于甘吉普拉姆，在历代君主保护下建造的神庙呈现了各时代的样式之美，相互竞艳。

"你喜欢哪个时代的样式啊？"若有人这么问我的话，可就伤脑筋了，因为不论哪个时代都各具美感。

神庙群中，规模较大的爱坎巴勒休瓦拉神庙和瓦拉达拉嘉神庙的华丽程度，与十六世纪时宣夸强大国力的维查耶那加尔王朝颇为吻合，宏大又有力。而凯伊拉萨纳达神庙就很像七至八世纪的帕拉瓦王朝建筑，规模较小，雕刻也呈现出那个时代的样式之美。每一座神庙都带给我许多感动，不过，其中还是以帕拉瓦王朝的建筑最吸引我。

据说在此之前，神庙多是从岩山挖凿石窟建成；到了帕拉瓦王朝才开始在平地以切割过的石块堆叠兴建。而该时期的神庙就是凯伊拉萨纳达神庙。神庙移出山区，并且开始融入人们生活的城镇中。

触摸着已被风化得坑坑洼洼的石块肌理，我时而幻想着那个时代的背景，时而振笔素描自娱。

维昆塔·佩鲁马神庙的墙壁上到处雕有眼镜蛇；这表示此庙属于毗湿奴派。虽说时代与凯伊拉萨纳达神庙差不多，不过由建筑的外形可看出教派不同。维昆塔·佩鲁马神庙位于镇内，较不受风吹袭，所以石块上的痕迹不像盖在原野中的凯伊拉萨纳达神庙那么多。

不知道为什么，甘吉普拉姆的神庙群给我一种思虑沉静的感觉。日本的"古雅精练·闲寂恬静"的表现虽不适用于印度，不过此地倒是有股"太阳下的幽静"的风情——或许是因为我看多了马德拉斯极度华丽多彩的神庙吧！这里的神庙不论哪一座都是直接呈现石头本身的原貌，没有上色。不过并非自古便如此。以前不论是哪一座神庙，通通以南印度的独特风格漆上繁复的色彩，极尽装饰之能事。这从甘吉普拉姆最古老的凯伊拉萨纳达神庙就看得出来。导游先生手指的墙面部分，就还遗留有一丝丝历经千年风霜的色彩。

各神庙在它们色彩依旧鲜艳的时代，我想应该是极为多彩耀眼的。

说起来，日本的寺庙从前也都是采用原色。日本寺庙的源头是印度，而且东传过程中的"前辈"——中国和朝鲜的寺庙也是色彩十分艳丽。

最后造访的瓦拉达拉嘉神庙和首先参观的爱坎巴勒休瓦拉神庙均建于同一时代，属十六世纪建筑。果然正面都耸立着巨

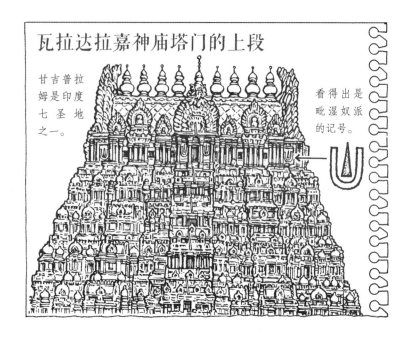

大的塔门。

"谁的塔门高啊?"

我问神庙前的茶店老爹。

"这边比较高!有一百米。"

这座的确看起来高一点,不过怎么看也不觉得高出四十米。鲍德拉吉小声地更正:"这里的也是大约六十米啦!"通常当地人都会说得比实际更大更高更夸张些。不过我自己也没有真正去量量看,所以是真是假也不清楚。

穿过瓦拉达拉嘉神庙的塔门,便看见两座高高的神殿,中间有一座称为"百柱堂"的大厅,里面有许多大柱子排列成行,并且都装饰着与毗湿奴神话相关的雕刻,极其精致。

供奉湿婆神的爱坎巴勒休瓦拉神庙也有相同样式的"大柱堂"。据说此为维查耶那加尔时代的建筑样式。

鲍德拉吉没想到我停留那么久,似乎开始有点不高兴——从他开往马哈巴里普拉姆时的匆忙模样,以及话越来越少可以看出来。

我也觉得有点不太舒服。不过是因为肚子饿。这时才发现从早上到现在只吃了两根香蕉而已。一抵达马哈巴里普拉姆,马上冲进饭馆去。

鲍德拉吉的心情似乎好转起来;他也是肚子饿了。

"我这里也想好好逛逛,可以吗?"

他露出无可奈何的笑容点点头。

马哈巴里普拉姆的海岸神庙十分知名,不过雕着"恒河往下流"等故事的巨岩浮雕,和从岩石中接连凿成的"五殿堂",也很有看头。

探访的目标——海岸神庙沿着孟加拉湾而建。造型均衡匀称,美得令人着迷。这座七世纪的神庙也算是离开石窟时代的代表性建筑。

当时的人有幸遇上"沿海岸建神庙"的划时代建设,应该比今天的我们更加感动吧!而且,还盖了七座。

自从有了防波堤,就不会再受海浪拍袭了;但令人担心的是,海风的侵蚀会使石块质地变得脆弱易碎。

马哈巴里普拉姆跟其他地方一样，也有纪念品小贩群集纠缠观光客。各地卖的纪念品不同，而这里果然是以巨石雕刻与石造神庙闻名，纪念品以石雕居多。有的做工粗糙幼稚，但也有惊人之作。看到做得很好的维查耶那加尔时代的仿品，很高兴，便拿在手上好好端详一番。

"既然那么喜欢，就买下来吧！多少钱愿意买？"

我以"石头很重……"、"旅途还没完"等说辞婉拒，但不管到哪儿总是跟在后头。不买还露出感兴趣的样子，是我不对。比起成品，我更感兴趣的是雕这些便宜雕刻的人。印度的手工虽说一概很便宜，但也有手艺相当不错的。实在很想知道是怎样的人在什么地方刻出来的？

"小孩哟！想看的话，带你去吧！"

鲍德拉吉依旧简短地回答，并且马上驱车前往。

"小孩？"

啥意思啊？想不透，结果目的地是一所迷你学校。

正面玄关牌子上写着："国立建筑雕刻专门学校。"

本馆为一栋水泥校舍，里面只有一班建筑科，十二位年轻人正在学习建筑史。

隔壁椰子叶搭盖的草屋则传来了雕刻石头的声音。雕刻科的教室有两栋。他们被我这个不速之客惊动，连校长都出来了。或许因为我解释了自己也算同业，他们欢迎我入内参观。校长说："这间学校希望培养能够修复文化古迹的技术

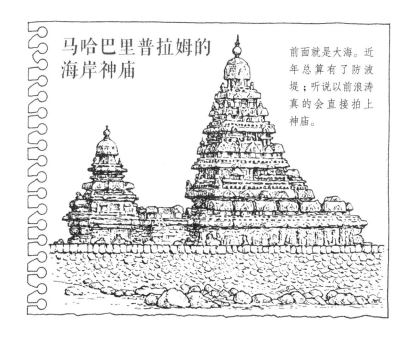

马哈巴里普拉姆的海岸神庙

前面就是大海。近年总算有了防波堤；听说以前浪涛真的会直接拍上神庙。

人员。"

建筑科通通都是年轻人，一位小朋友都没有；不过雕刻科二十人左右的学生当中，有一半是小学生。

"我想参观一下平日上课的情形。"

得到他们的许可之后，我便边走边观看每位学生的学习情形。

其中有位小朋友正在描绘湿婆神，画得非常棒。如此杰出的绘图能力不禁让人咋舌。一问之下竟然才九岁。

也有十岁就能做出相当精巧雕像的小朋友。

有位十六岁的少年让我看他到目前为止的作品，除了佩服

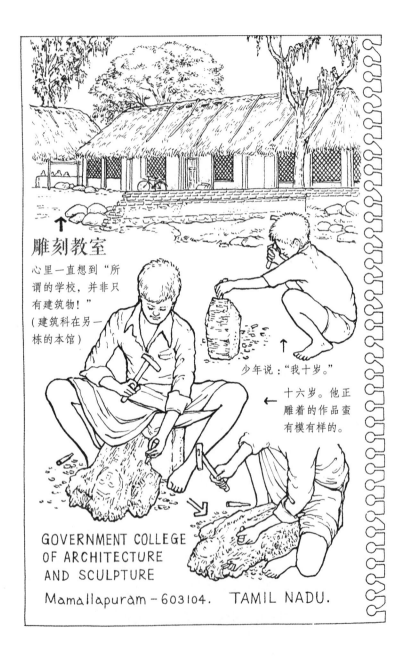

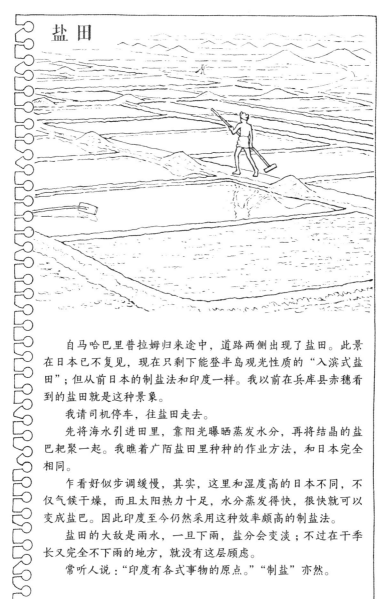

盐田

自马哈巴里普拉姆归来途中，道路两侧出现了盐田。此景在日本已不复见，现在只剩下能登半岛观光性质的"入滨式盐田"；但从前日本的制盐法和印度一样。我以前在兵库县赤穗看到的盐田就是这种景象。

我请司机停车，往盐田走去。

先将海水引进田里，靠阳光曝晒蒸发水分，再将结晶的盐巴耙聚一起。我瞧着广陌盐田里种种的作业方法，和日本完全相同。

乍看好似步调缓慢，其实，这里和湿度高的日本不同，不仅气候干燥，而且太阳热力十足，水分蒸发得快，很快就可以变成盐巴。因此印度至今仍然采用这种效率颇高的制盐法。

盐田的大敌是雨水，一旦下雨，盐分会变淡；不过在干季长又完全不下雨的地方，就没有这层顾虑。

常听人说："印度有各式事物的原点。""制盐"亦然。

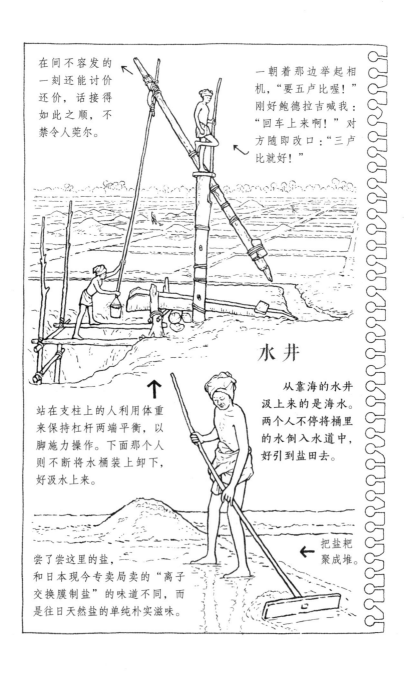

以外还是佩服。纪念品店里所摆的部分雕像都是这些孩子习作兼打工的成果，并不是学校为了要卖才叫他们雕的。

　　印度的教育现状到底如何？我只是一个过客，当然无法了解全貌；不过大略可以知道，并非所有人都接受同样的教育，也不是以均衡发展为培养人才的目标。

鸟瞰在「马杜拉」

我又爬到高的地方去了。这次可不是一句"辛苦了!"就了事,而是真的以为会死掉。

"为什么会想爬到高的地方去啊?"

常有人这么问我。我是想答出个理由的;但仔细思量,连自己都搞不清楚为什么。

反正,只要看到好像很有趣、稀奇的建筑,就会涌起一股想登高的欲望。

我也有累的时候。这时爬起来比较辛苦,也会想,还是尽量免了吧。可是再怎么想也没用。往往经过一番天人交战,还是好奇心那一方获胜,管不了自己。

因为心里深处藏着"向上的欲望"——如果有这类想法也还交代得过去;但连类似的动机都没有,真是狼狈。

不过有一点记得很清楚：小时候爬到二楼屋顶时的雀跃心情。那时看到的景象至今仍然鲜明清晰。由上往下看的景色真的与平日所见不同，所以才这么乐此不疲吧！

喜欢被抛得高高的幼儿好奇心，一般来说会随着年龄增长而消退，不过我的情况却像成了宿疾，改不掉。

到马杜拉这老毛病会发作，在来之前就知道了。因为听说那里有五十米高的塔门，观光客可以爬上去。从相当于十五层大厦的高度看下来，应该可以将密纳克西神庙尽收眼底。说到密纳克西神庙，它可是印度教规模最大的神庙，南印度的观光重点。它的塔门大大小小共有十二座，若要一窥其规模，登上高塔是再适合不过的了。

据说可以登上的是"南边塔门"，便直接往那座塔去。抬头一看，果然很高。在入口处要将鞋子脱下来寄放。（印度的所有神庙均如此要求。）

外头地上的石块热得像烤过一般，没想到里面石阶梯冷到寒气几乎可以穿透脚底。一想到就快登上期待已久的高塔，我兴奋不已。

若想下去，只能沿着屋顶棱线，像螃蟹一样，慢慢横着身子挪近方井般的出入口。好不容易到了洞口，却碰到有人探出头来，根本下不去。除非对方和我在屋顶上互换位置，否则别无他法；但坐着可行不通。我差点儿用日语大喊："我不想在这种地方站着啊！"但没办法，只能忍耐着，和对方以几乎抱

塔门顶

出入口的洞

少说有四十九米

有段时期接连发生从塔上摔落的事故，所以曾禁止登顶，现在则已解禁。只要五十派萨（十三日元）就OK，接下来的就自行负责了。

在漆黑的楼梯间摸索着墙绕圈似地往上爬。真的是伸手不见五指。越近塔顶塔越窄，楼梯也变成仅容一人通行。爬啊爬，忽然看到头顶上的天空。好高啊！一往下看就头昏眼花。这时只能将屁股抵着墙，上半身悬在空中。后面不断有人上来，想让他们过去，但是连错身的空隙也没有，被逼得没办法，只好硬着头皮爬到外面。没想到屋顶上已经有一批先来的人坐在那儿了。

看起来好似悠哉游哉地画着素描，其实双脚因为紧张，僵硬得很。虽说喜欢往高处爬，但从生理反应知道，身体其实不是那么喜欢高处的。

在一起的姿势交换位置。心里一直冒出不祥念头,觉得自己会因为脚底冒汗滑下去,简直快吓破胆了。

这根本就是惩罚嘛,安全回到塔里来时,好好反省了一番:"下回就算受好奇心唆使,也要拒绝!"

不过,恐怖的还没完。突然进到里面,眼前漆黑一片,不管怎么揉眼睛都看不到任何东西。唯有到了每层楼平台的采光窗附近,借着射进的一丝微光才模模糊糊看到自己的脚,不过马上又陷入黑暗中。下楼比上楼难,所以阶梯数目我一定是上楼时候数,每踩一步就出声数数。下楼时神经常会绷太紧,到了中途越数越糊涂。连走在明亮的楼梯都会这样,在黑暗中下楼梯更是困难。

这时突然想起口袋里有打火机。我虽不抽烟,不过可以当作礼物,所以身上带着一次性打火机。我赶紧点上火,靠摇晃的火光端详四周。地上到处是蝙蝠粪便,还有许多垃圾,颇为脏乱。这些吓不倒我;只是意外发现了一件事——沿途竟然牵有电线,到处都装着日光灯不是吗!意思是,这里会点灯啰。"这儿可是观光客上上下下的楼梯,要求一直把灯点着,不能算太过分吧?"虽说这股气是因为抱着日本式的思考方式而生,但我想跟手被打火机烫到也有关系吧。

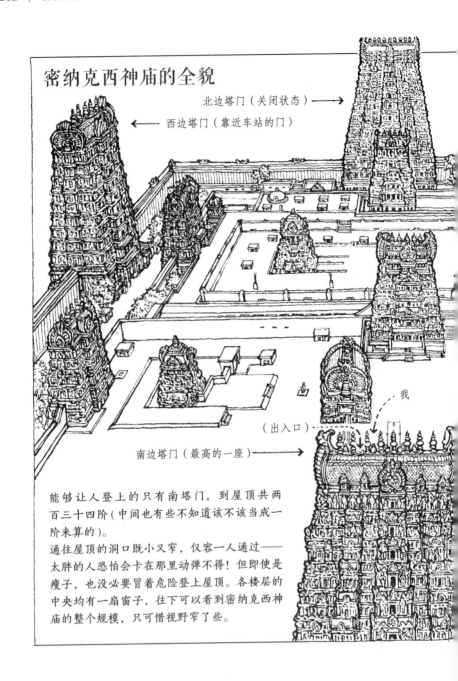

密纳克西神庙的全貌

← 西边塔门（靠近车站的门）

北边塔门（关闭状态）→

我

（出入口）

南边塔门（最高的一座）→

能够让人登上的只有南塔门，到屋顶共两百三十四阶（中间也有些不知道该不该当成一阶来算的）。

通往屋顶的洞口既小又窄，仅容一人通过——太胖的人恐怕会卡在那里动弹不得！但即使是瘦子，也没必要冒着危险登上屋顶。各楼层的中央均有一扇窗子，往下可以看到密纳克西神庙的整个规模，只可惜视野窄了些。

在"马杜拉"鸟瞰 | 203

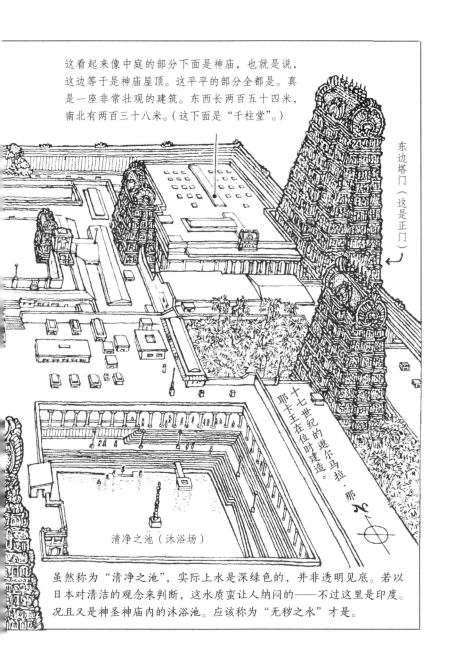

这看起来像中庭的部分下面是神庙,也就是说,这边等于是神庙屋顶。这平平的部分全都是。真是一座非常壮观的建筑。东西长两百五十四米,南北有两百三十八米。(这下面是"千柱堂"。)

东边塔门(这是正门)

十七世纪的迷尔马拉·那耶卡王在位时建造。

清净之池(沐浴场)

虽然称为"清净之池",实际上水是深绿色的,并非透明见底。若以日本对清洁的观念来判断,这水质蛮让人纳闷的——不过这里是印度。况且又是神圣神庙内的沐浴池。应该称为"无秽之水"才是。

唉！打火机还是不适合照明。我已经很努力忍耐了，但久了还是拿不住，终于掉下去了。火光在一瞬间消失，打火机边弹边掉下去的干涩撞击声消失在黑暗中，听得人胆战心惊。在那之后只余伸手不见五指的漆黑。

好久不曾待在这种黑暗中，相当狼狈。只好靠着从摸着墙壁的手和光着的脚底板传来的感觉往下走。

所谓"密纳克西"是指"带着鱼眼的女神"，自古以来便是本地土著奉祀的神明。不过，在北方的印度教南传时，据说把密纳克西与湿婆神的妻子帕尔瓦蒂视为同一人物，列入印度教神明之林。说到湿婆神，它是印度教众神中最具人气的一位，到了这里则改名为"森达勒休瓦拉"。真要说起来会有点复杂；但可以吞纳所有东西并加以消化，这是印度教厉害之处。在印度各地，连只有小村镇里的少数人才信仰的小神，都能成为印度教的神祇。印度教有什么神都信的自由，所以即使信仰对象不同，在大范围中都同样算是印度教徒。

也就是因为拥有这种特异之处，所以才能够在广大地域中跨越民族差异，总括于一。换句话说，为了保有民族宗教统一，从不排拒个别的差异而予以包容做起。因此神庙建筑的样式也因地而异。

光为了看南北方这方面的差异，就值得来这里了。我对弥漫着浓厚达罗毗荼文化气息的密纳克西神庙大为倾心。

马杜拉有七十万人口，是泰米尔纳德州仅次于马德拉斯的

塔门的壁面

塔门内部毫无装饰；而外壁正成对比，雕满各种神像，毫无空隙。

楼梯倾斜难走，加上又是回旋式的，稍不注意可是很危险。感觉好像踏在通往地狱的楼梯上，一步一步往地底去，让人心生恐惧。怕黑这件事又让我更确认自己身上残留的幼儿特质，真是糟糕。

最后总算活着回到地面。对电灯一事很介意，便到售票处后面的办公室问个清楚。回答简单明快得让人感动。

"人多的日子就会点灯啊！人少时虽然不点灯，但可以体会昔日高塔的气氛呀。怕黑的话带支手电筒就好啦。明天是周日，会点灯，那明天再来一次吧！"

当然隔天还是又上去了。没办法，再怎么值得大书特书的反省，在好奇心面前也马上变成废纸一张。

这回可让我大为吃惊。昨天的黑暗简直像一场骗局，不仅光线充足，连垃圾都清得一干二净。

虽说疲累，但还是再爬了一次。同时也因为，如果只以偶然片面的经验就强调"密纳克西神庙的塔门如何如何……"会觉得过意不去。

第二大城。看来完全靠密纳克西神庙过活。

市区的分布以密纳克西神庙为中心向外扩散,神庙的东、西、南、北四座塔门之前的区域好像城门前的市集一般。各式摊贩和商家连绵不绝,招呼着朝圣者和观光客;为了揽客,人力车不停地按车铃引人注意,人声鼎沸杂沓。

密纳克西神庙的名气遍及印度,当然有来自全国各地的信徒,再加上世界各国来访的年轻人,更是热闹非凡。密纳克西是座非常符合这种热闹欢乐气氛的神庙。仰望塔门外墙上的众多神像,色彩极为鲜丽多样,好像以碧蓝的天空为背景恣意飞舞。我问旁边的少年:"一座塔门上雕有多少神像?"他回说:"三千!"我没办法实际计算确定数目;但这应该和日本佛教中的"三千世界"同样意思,意味着如无垠宇宙般的无限多数,而非实际的数字吧。

神像的原色漆料好像是一九六三年涂上的,接着在一九八七年补涂。当时看起来一定更为多彩多姿。

我就这么想象着当时的壮观景象,在神庙里外不停绕来绕去,一点也不觉得腻,一个人在那边兴奋得要命呢。

我在 Janaki 婆婆家的厨房里闻到好香的味道,肚子里的饿虫不禁叫了起来。若以我惯有的偏见来判断,觉得他们自家煮的咖喱,应该比饭店或高级餐厅的要来得好吃吧。

"既然来到印度,各地的咖喱都要给他吃吃看!"所以就每天不断吃咖喱。其实并不是特别喜欢咖喱,所以也有吃腻的

在"马杜拉"鸟瞰

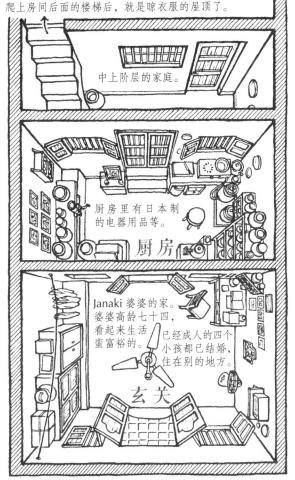

爬上房间后面的楼梯后,就是晾衣服的屋顶了。

中上阶层的家庭。

厨房里有日本制的电器用品等。

厨房

Janaki 婆婆的家。婆婆高龄七十四,看起来生活蛮富裕的。

已经成人的四个小孩都已结婚,住在别的地方。

玄关

我在南边塔门前的闹街上逛了三天,街上的人都认得我了。其中一人告诉我:"塔门从这家屋顶可以看得更清楚喔!"而且好心带领我穿过二楼的房间。

本来一直以为领我进去的是这户人家的主人,没想到他是邻居。厨房里有位老妇人正在准备餐点,陡然看见陌生男子进来,应该会吓一大跳吧。可是她非但没有面露不悦,还热情地招呼我们喝东西哩。看到我的素描觉得有趣,还说:"欢迎您明天再来。"

时候。不过味道都有微妙差异，不知不觉吃出兴趣来，就这么一直吃下去了。

提到"印度"，大家总是马上联想到"咖喱"；两者的形象好像很接近，但误解也就跟着多了。其实，咖喱在印度并不算是一种料理，也不像日本市面上贩卖的咖喱粉或咖喱块。在印度，把数种香辛料放在臼里捣碎后混在一起调味用，称为"masala"。俗称的"咖喱味"绝非某种固定味道；就像是都以酱油调味，做出来的料理也不会都同一个味道。更何况，食材不同，味道当然跟着改变；加上混合香辛料的配方，味道更千变万化。口味之不同并非三言两语就能形容的。

当然还有南北地区的差异；各个家庭特有的"家常口味"也会不同。

虽然没法尝到家常口味，至少可以到镇上人们出入的小吃店尝尝看吧！

从我抵达的那天起，就有位叫作丰地安的三轮车夫自视为我的专属司机，不论我要不要搭车，总是一路跟着。于是我问了那个年轻人：

"可以带我去你常去的店吗？一定是便宜又好吃吧！"

他却一脸没啥好气：

"那不是可以带日本客人去的餐厅啦！"

理由是，"不但店面不好看，连餐盘都没有。"

"没盘子？"

桌子上放着对折的香蕉叶。先把它摊开，放在自己面前，再将铝杯里的水滴在叶子上，用手抹一抹，也就是洗净的意思。服务生在各桌间来去穿梭，把各式各样的菜分到蘸湿的叶子上。饭盛在一个大碗里，压得扎扎实实再倒到叶子上，分量多得吓人。像座小山的米饭一半弄散，然后淋上蔬菜咖喱。吃的时候先用右手三根指头搓捏，再抓起来放进嘴巴里；但他们第二指关节以上的部分都不会沾到。

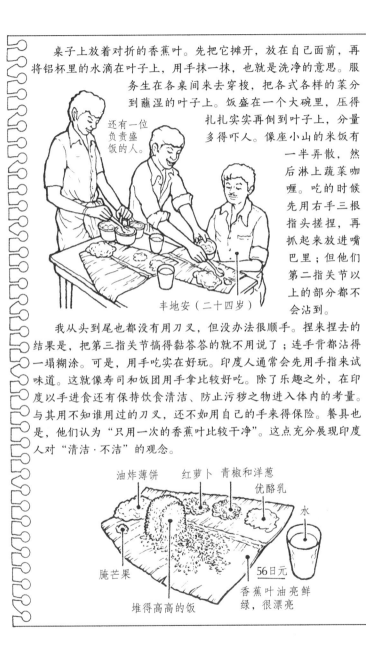

还有一位负责盛饭的人。

丰地安（二十四岁）

注：结婚喜宴和宴会等正式场合也会以香蕉叶盛装料理，所以香蕉叶并不是穷人用的盘子。

我从头到尾也都没有用刀叉，但没办法很顺手。捏来捏去的结果是，把第三指关节搞得黏答答的就不用说了；连手背都沾得一塌糊涂。可是，用手吃实在好玩。印度人通常会先用手指来试味道。这就像寿司和饭团用手拿比较好吃。除了乐趣之外，在印度以手进食还有保持饮食清洁、防止污秽之物进入体内的考量。与其用不知谁用过的刀叉，还不如用自己的手来得保险。餐具也是，他们认为"只用一次的香蕉叶比较干净"。这点充分展现印度人对"清洁·不洁"的观念。

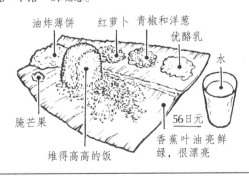

油炸薄饼　红萝卜　青椒和洋葱　优酪乳　水

腌芒果　堆得高高的饭　56日元　香蕉叶油亮鲜绿，很漂亮

"盘子是香蕉叶啦！"

"哇！想去想去！我一直想'到南方一定要试试用香蕉叶的盘子吃饭'。我请客，带我去吧！"

我一拜托，丰地安突然大声吆喝："上车！"

距离没有远到得搭车；那家店就位于提鲁马拉伊·纳亚卡宫正前方。先到柜台付老板二点二五卢比（五十六日元）买餐券，再上二楼去。我到各地都去过便宜小吃店，但是这里实在便宜得不像话。顾客都是本地人。

得先用自来水洗手；大家都这么做。

除了不使用餐具、认为直接用手吃饭比较干净等观念之外，不必花钱买餐具这点对穷人来说可是个利多。与丰地安吃饭时，发现我们有个不同之处。一般来说，他们吃东西蛮怕烫的，但手指头碰热的东西却无所谓。因此，即使是烫得要命的食物，用指头搓揉搓揉就可以吃了。相反的，我是再烫嘴的食物都能入口，但手指头就禁受不住了。往往一碰食物就大叫"好烫好烫！"随即将手指浸入杯子里，丰地安看到我这模样觉得很好笑。被笑的时候想，他们不把热的东西放入口中，就健康的考量来说应该是比较有道理的吧。

这里的食物不仅便宜量又多，味道也不错；服务态度是道地的南印度作风，这更让人高兴。穿梭于各桌之间的服务生只要发现饭上面的咖喱或菜变少了，便马上过来添加。在北印度可从来没碰过这种情形。

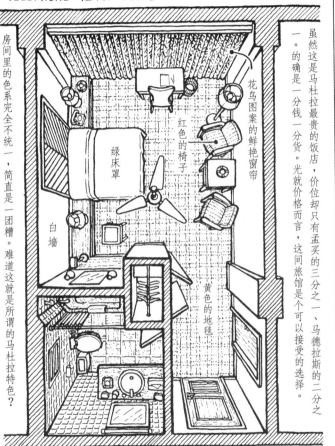

因为是这种价格，所以门、家具等均会嘎嘎作响。连在白天也不开冷气。我白天外出不待在饭店里，当然是无所谓啦；但可能是太兴奋、累过头了，在坐车兜风的隔天，头痛了起来，又想吐，终于倒了下去。我难得大白天睡觉；这时候便开始怀念高级饭店开冷气的奢侈了。

肚子饱了就把香蕉叶对折盖住食物，表示"吃完了"；不折半的话就会一直过来添。而只要将香蕉叶对折，就算还有剩菜也会收走。

不论是北方料理，还是孟买袄教徒装在银器里的豪华套餐都不错；但南方极富野趣的乡土风味我也吃得很满意。因为我不管人到哪里，只要发现觉得好玩稀奇的东西就乐和起来，不会去讲究坚持一定要如何如何，所以就没办法对料理有啥中肯的批评或比较。虽然我对食物的种种有强烈兴趣，但可以接受的味道范围很大，常常标准没个一定，称不上什么美食家，只能说是个贪吃鬼罢了。

不只对食物如此；像我迷密纳克西神庙迷得神魂颠倒，好像连吹着热风都可以感受到南印度的欢乐热闹——这股劲儿连自己看了都担心，是不是晒昏头了？

由于丰地安哭丧着脸说："两点到四点间想在阴凉的地方休息休息。"只好拜托饭店的人帮忙叫辆车包下来。因为原本打算到往返有三十八公里的近郊游览，对用脚踩的三轮车来说，这距离毕竟远了些。结果，停在饭店门口的车子前座上，竟然坐着应该在阴凉处睡午觉的丰地安，还一脸兴高采烈的样子。他露出洁白的牙齿得意地说："这司机是我好朋友。"

就这样，车子载着不畏炎热的三个人在卷起的尘烟中往目的地奔去。"我们马杜拉才是泰米尔文化的中心！"他们就说着这类自豪之语，一路上为我导游。

铁道之旅

我到南印度简直像为了"搭火车"似的,满心欢喜地到处搭火车。

我既没有相关的专门知识,也非什么铁道迷,却对铁道之旅兴味盎然。光看形形色色的乘客就够有趣了。尤其是印度火车乘客阶级之多样,堪称世界第一,更添旅途的乐趣。加上印度铁路轨宽种类、票价等级的复杂程度也是世界之最,而且现在还有蒸汽火车吐着烟,努力不懈地服勤呢。总之稀奇古怪的事非常多。

我曾经听说蒸汽火车头早已停产,当局正加紧以柴油与电力作为新的动力来源;不过五年前我来的时候,实在看不出有多大改变。虽说主要干线都已渐渐电气化,但就印度全国来说,有一半以上的火车头还是吐着烟奔驰在路上呢。

由于印度上等煤炭的产量极丰,就经济因素来看,似乎也还很难淘汰蒸汽火车。尤其在南印度，蒸汽火车可说是更加活跃。它们不但都一把年纪了，其中甚至还有生产于一九三〇年代的火车头。五十岁在蒸汽火车头来说已经算是相当高龄的了；但不知道为什么，它们看起来依旧威风凛凛，英姿焕发。

看着逼近眼前的巨大火车，自觉渺小的我不禁节节后退，

印度各地都有铁道博物馆。现在正在行驶的蒸汽火车早晚也会进入博物馆；但我觉得如果让它在某条路线继续营业行驶，以"动态保存"的方式来招揽海外观光客……

不知不觉回到了孩提时代。虽然长大后也曾搭过蒸汽火车，这时却仿佛回到那又害怕又兴奋、记忆非常鲜明的年代。就连大人曾经说过"煤烟会跑到眼睛里"、"脸会弄得脏兮兮的，所以讨厌火车"等等的话都依稀记得。

这里的"铁道之旅"从买预售票开始。首先是出门到车站去，查看想搭乘的班次是否尚有空位。车站里的告示牌会显示订位状况，客满时是红色，有空位是蓝色。不过，有时候也会有明明是蓝色、票却已经卖光的情形。告示牌不是电动的，站务员不定时出来改动标示，所以无法严格要求其正确性，也不能心急。

印度的蒸汽火车

一问印度人，不论大人小孩都回答"讨厌煤烟"。特别是小孩，觉得现代化的电气火车或柴油火车比会吐烟的蒸汽火车来得好。这是理所当然的。对他们来说，仍在印度全境奔驰的蒸汽火车早就已经看腻了，根本没啥稀奇；所以大概也很难了解观光客看到蒸汽火车时的浓浓"乡愁"。

虽然印度国家铁路局说："一九七二年终止制造蒸汽火车头之后，将致力于更新车厢，并迈向电气化。"事实上可没那么简单。印度的铁路总长超过六万公里，规模之大排名世界第四；加上印度这个国家办起事情向来不疾不徐。尤其是南印度还留有各种不同宽度的铁轨，因此至今还能在此充分体验"印度铁路"的原有风味。

柴油火车头

不是刻意要画；只不过想传达火车头不单指蒸汽火车头而已。

有些地方在宽轨中间还铺设着窄轨，两者并存。

车窗上的栏杆防止有人从窗户爬进去搭霸王车，还可防盗。公车的窗户上也有装设。

买预售票时，得先在申请表上填好姓名、年龄、性别、地址、目的地、等级、日期时间等等，然后排队等候。旅行者在地址栏里则填上饭店的地址。

等来到预售票窗口，把申请表递过去，这时售票的老先生会翻开至少有十厘米厚的簿本，全部仔细填写一遍，车票上也会用笔写上日期、时间、班次号码、座位号码、乘客姓名等。这种人工作业方式与电脑完全相反，道道地地的印度作风。我也不输他们，一样悠哉游哉地看着他们作业，这可是消除等待之苦的好方法。

"只是买张预售票，居然就得花上一个小时！"

火车站月台

若有人因此发火,那印度铁道之旅对他来说应该不会太愉快。毕竟不合脾性就不会觉得好玩,所以对于没有充裕时间的人,实在不推荐。

印度的车站非常混乱。无法想象怎么会有那么多的人,到处都是人、人、人。

日本的大都市在上下班高峰时刻也是人潮汹涌,但这里的情形又不一样。那种混乱只是一时的,不会持续一整天;但印度火车站的人潮简直像河流一般,让人动弹不得。每逢发车和到站时刻,人群多少会移动;但不会有忽然人变少的情形。有的人站着,有的人坐着,就是一直待在火车站里;人数之多,真是异常。

铁路乘客多，似乎和汽车不普及与印度人口多有关。

"因为人们在城市间移动全得靠铁路，所以才会这么混乱。"这是观光局的人的说法。

这我可以理解；但不懂的是为什么要一直等。在日本，只要事先买好票，开车前到车站的话，就可以搭上车了。

可是大部分的印度人却好像即使手上拿着票，也不确定自己能否上得了车。他们说"害怕晚到就会被取消"。头等车厢应该不会这样才对；但好像有时会发生让人料想不到、匪夷所思的状况。所以，"为了避免麻烦，最好的方法就是提早到达"。

我一边闪过坐在车站里的人、跨过睡地上的人，好不容易到了列车停靠的地方，开始找座位所在的车厢。在车门踏板附近的车身上贴着一张写有名字的纸片，看到上面写着 Mr. K. SENOH。

上车前，必须先让月台上的站务员查看车票，并核对过登记的本子，之后才能上车。

没有用电脑，却能在车厢上注明乘客姓名，站务员手上的登记本也记录正确，真让人觉得不可思议。

并且列车也准时发车，没出什么差错。

"印度火车的发车时间乱七八糟。"

常听人这么说，其实根本没那回事。除了雨季有时交通中断、或者到达时间延误以外，比起意大利来，可是准时多了。

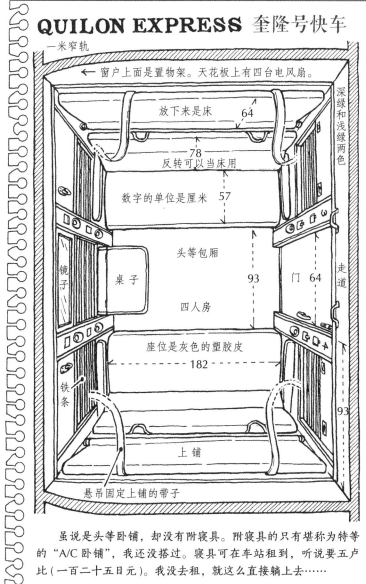

虽说是头等卧铺,却没有附寝具。附寝具的只有堪称为特等的"A/C卧铺",我还没搭过。寝具可在车站租到,听说要五卢比(一百二十五日元)。我没去租,就这么直接躺上去……

我一进入包厢，随即拿出卷尺来量尺寸。这辆火车行驶在宽一米、被称为"meter gauge"的窄轨铁轨上，最后会抵达一个轨宽增加六十七厘米又六毫米的车站。这辆车当然无法继续行驶，因此之后得换乘宽轨列车。

想到能有这种非常印度的体验，人还没从东京出发就已经燃起了熊熊的好奇心，兴奋不已。我迫不及待地画下车厢内的俯瞰图、记录尺寸。

虽说同废止蒸汽火车一般，将来会将四种宽度的轨道统一为宽轨，但这可是相当耗费金钱的大工程，真要全部完成，不知要等到什么时候哩。

除了复杂的轨宽系统之外，票价的制定也一派印度作风。车厢和其他国家一样有头等二等之分；列车也有特快、快车、普通车等种类，票价高低取决于等级和距离的排列组合；但最大的特征在于巨细靡遗的等级区分。

即使是头等车也有分别。某些特定班次的特快车以装设了淋浴间、厕所、桌子的豪华头等冷气车（A/C）为首，接着是下个等级的冷气车与没冷气的车厢。

二等则细分为六种。有冷气的坐席车厢类似飞机的经济舱，白天搭乘时相当舒适。卧铺车则分为有冷气的双层床、没冷气的双层和三层床；三层床的床板是木头的。二等车厢无论是否需要订位的坐席，都是坐久会让人屁股痛的木板长椅，所以票价当然便宜啰。

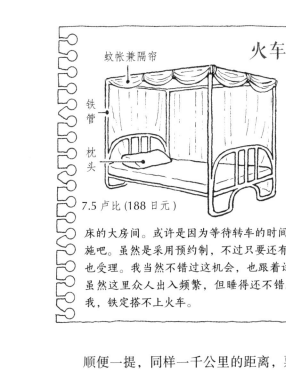

火车站内的休息室

各大车站内都有供旅客过夜的休息室,对深夜或清晨出发、抵达的乘客来说很方便。在转乘地方线的火车站里有标明"DORMITORY"的地方,正如字面上的意思,是里面只有一排排床的大房间。或许因为等待转车的时间太长,才会出现这种设施吧。虽然是采用预约制,不过只要还有空床,临时跑来登记的也受理。我当然不错过这机会,也跟着试试看睡起来舒不舒适。虽然这里众人出入频繁,但睡得还不错。要不是事先托人叫醒我,铁定搭不上火车。

蚊帐兼隔帘
铁管
枕头
7.5卢比(188日元)

顺便一提,同样一千公里的距离,票价可有天壤之别——最贵的要九千日元,最便宜的只要八百七十日元。因此选择后者是可以理解的。

我搭乘从马德拉斯发车的"奎隆号"快车,抵达奎隆站。时间是凌晨四点五十五分。

从这里开始,往南的铁轨宽度改变了。

为了等换乘的班次,便跟着睡眼惺忪的旅客一起下车,沿途得小心闪躲月台上或卧或坐的人群,才进得了头等车厢的候车室。室内格外安静,坐在椅子上的人也的确像是搭头等车的乘客,只不过看起来有点无趣。感觉自己好像走错了地方,有点不自在，便晃到月台上的小店靠着吧台喝杯咖啡。

　　咖啡跟米饭一样，也是会让人感受到南印度风味的东西。"茶"在北印度指的是红茶，到了南部则变成了咖啡——加了许多糖的牛奶咖啡。若是在东京，大概会嫌"太甜"而不喝；可是没啥原则的我，到了这里却觉得"好喝！"

　　昏暗的车站在泛着青白的微光中慢慢变亮；这时，宽轨的火车也威风凛凛地进站了。

　　我在从阿格拉到德里时曾搭过宽轨的泰姬玛哈陵快车。座椅的长度有一百九十五厘米，都可以拿来当床睡了。现在要搭的不晓得有几米？

　　对铁道没兴趣的人不管床宽几厘米都无所谓，看起来没啥差别的画看多了大概也很烦，所以已经把取材好的去掉大半没登出来；但还是请配合一下，容我再提一些些。

　　从特里凡德琅北上的列车也是宽轨。之所以会采用这种宽度的轨道，是因为英国殖民时期的提督说："宽广的印度大陆适合宽轨大列车！"然后就决定了。

　　的确与日本不同的广袤土地相当合适。但对我来说，有点太宽敞了。

　　搭头等车的好处是可以充分休息，不过已经习惯穷日子的我，画完素描马上就觉得无聊，心神不定，真苦恼。而坐二等车厢的夜车，黑漆漆的什么都看不到，紧紧抱着照相机睡也实在累人。考虑东考虑西，最后决定改搭白天的二等车厢订

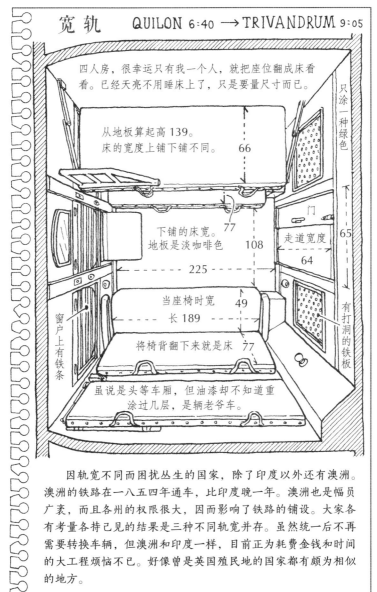

因轨宽不同而困扰丛生的国家,除了印度以外还有澳洲。澳洲的铁路在一八五四年通车,比印度晚一年。澳洲也是幅员广袤,而且各州的权限很大,因而影响了铁路的铺设。大家各有考量各持己见的结果是三种不同轨宽并存。虽然统一后不再需要转换车辆,但澳洲和印度一样,目前正为耗费金钱和时间的大工程烦恼不已。好像曾是英国殖民地的国家都有颇为相似的地方。

位席。

但是，木板长椅实在太硬了，屁股都痛到骨头里去了，只好站一下坐一下。有位老人家看我这模样，觉得不可思议，便把他的寝具借给我当坐垫。隔壁带着小孩的女人则从篮子里拿出油炸

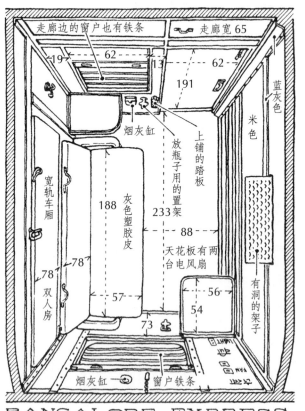

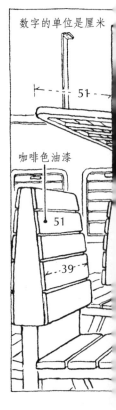

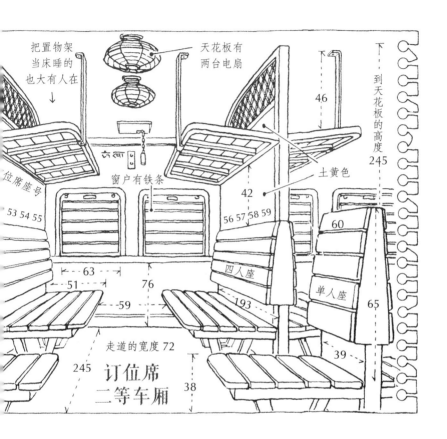

点心和橘子请我吃。

并不是因为这样就说搭二等车的人都很好,也有人觊觎我的行李。那也可以说是我让他有机可乘,才会诱发人家的行窃之心。开始作画没多久,就有一群人闹哄哄地围在我旁边。心想发生什么事了?原来大家非常惊讶我居然可以不画出人只画椅子。如果把人画出来,那椅子根本就完全挡住看不到了。因

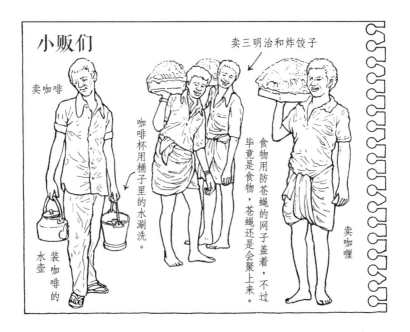

为那时车内客满,就不画人了。这张图可是大家帮忙量尺寸才得以完成的。

铁道之旅与飞机之旅不同的是,可以从窗户招呼小贩来买些东西吃,这点我很喜欢。在月台上的小店喝喝茶、吃吃东西也不错。日本的火车站也有书报摊、站着吃的饮食店、叫卖的小贩等等,但和印度的感觉就是不同。

头等车厢会有服务生来问要不要预约餐点和饮料;但向提着水壶卖咖啡的人买来喝,还是别有乐趣。所以我每每到站之后,就会从窗户伸手招呼小贩。

车内的电风扇不停地转,气候又干,有些日子并不那么

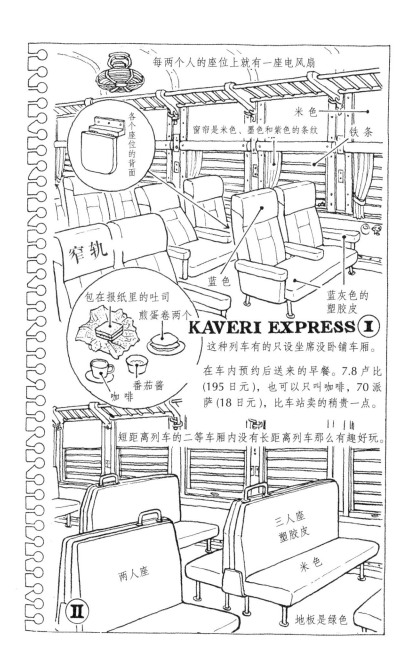

热，但还是老觉得口渴。所以一直在等火车靠站。四十派萨（十日元）的甜咖啡喝起来特别润喉美味。

　　肚子饿的时候，香蕉叶包的咖喱、炸饺子等也很好吃。我这个年纪一大把却还非常喜欢火车便当的男人，在印度来趟铁道之旅，可真是备感愉快啊！

　　不过，搭二等车的时候看到让我很讶异的事。想不到车内居然也有人提着水壶到处走动卖咖啡，连卖炸饺子的小贩都有，而且和乘客聊天说笑，热络到简直都快忘了做生意了。（可能头等车厢有规定不准小贩进入。）看来搭二等车的人们旅程比头等车厢乘客更愉快——这可是我个人的偏见？

印度大陆的最南端

我站在印度大陆的最南端。

眼前只有一片汪洋大海铺展开来。正前方是印度洋，左手边是孟加拉湾，右手边则是阿拉伯海。

一位曾经站在这海角尖端、可以说是印度痴的朋友，这样向我描述他当时的感动：

"站在印度最南端的那种真实感棒极了。而且这地方还是印度洋、孟加拉湾、阿拉伯海的汇合处……终于能够了解印度人为何将此地视为'圣地'了。黎明时自海面升起的朝阳，简直不像世间所见。而且日升日落都是在海面上的同一处，这更让人感动至极。"

"相同地点？"我惊讶地再问一次。

"没错，都是海面上同一个地方。"

"这不是很奇怪吗？就算是印度的太阳，我想也不可能从同一地方升落吧？"

"反正，你只要到了那里就懂啦！去瞧瞧吧！"

印度迷中常有这类人物，老让我不知如何应对。例如强调"瑜珈可以让人浮在空中一米高哟！"等等。

这种时候和这位相信"天动说"的男士争论也无济于事，反正只有自己去体验看看啰。所以我就和他一样站在印度的最南端，拜见令他感动莫名的日出。

太阳确实是从海面上露出脸来。不过，我却不觉得是什么"特别的日出"便是。

"这儿可是印度的最南端——印度洋、孟加拉湾、阿拉伯海合流为一的地方喔！和普通的黎明可是不同喔！"我试着搅动自己的心情，却一点儿也没有热血澎湃的感觉。这倒让我有点慌了起来。

若太阳真在同一地方落下去的话，我或许会觉得好玩，可是……

可惜，太阳是从右方突出的海角那一边落下去的。

当地人告诉我："日升日落的地点会依季节而改变。"应该是这样才对吧。毕竟太阳只有一个，不可能还有个为印度特制的太阳。

虽说对自然风景没多大兴趣，但若有人在其中活动，那可就另当别论了。我在马杜拉近郊已经探访过当地农村，但到了

地图上的名称是"科摩林角"。但由于岬角有供奉女神库玛里的神庙,所以在印度称为"卡尼亚库玛里"。

孟买
海德拉巴
马杜拉
马德拉斯
阿拉伯海
孟加拉湾
科伐兰海滩
科摩林角
印度洋

小船的帆当作防晒的帐篷用。
正在整理渔网的渔夫。

用圆木绑成的小船

　　朋友来的时候,大概太阳真的是从海面升起,也在海面落下吧。我想海平面上又没有记号可供参考,所以看起来好像是同一地点。粗心大意的我与神秘实在无缘;比起远方辽阔的大海,这儿的渔船造法还比较吸引我。
　　只是几根圆木捆起来的简单构造,竟然能够操作顺手还捕得到鱼。
　　与神明所创造的自然景观相比,我还是对人类生产出的东西比较有兴趣。
　　说到这儿,我对"尼亚加拉大瀑布"之类的也没啥感觉呢。

这附近，也一样租车绕它一圈。不过这回得注意点，可别又热到脱水。

来到印度喊"热啊！热啊！"就如同说"南极好冷"一般——又不是什么让人大感意外的事，没必要刻意提。心里虽这么想，还是忍不住哇哇叫。结果被司机先生取笑："印度真正的热可不是这样而已。现在才三月，刚要开始变热咧！"于是我就把"热"说成"冷"。司机先生听到这"冷＝热"的翻译，刚开始还笑得出来；但听多了就开始觉得烦，最后终于生气了。

赶紧反省自己的得意忘形，跟人家道歉。

就算对已经习惯炎热的印度人来说，天气热还是让人吃不消。不过，若能耐得住，炎热气候也是有好处的。这种风土特性从农业活动中也能看出来。

稻米一年居然可以三获，这在日本可是难以想象的事。而且收成都是在同一块田里，真是有趣。当地人大概完全不觉得这有啥稀奇。但日本人就会对此兴致勃勃。

下车正想拍照时，田里有个人眼尖发现我，大喊一声，结果其他人全往这边看。本以为他喊的是"不准拍！"没想到恰好相反。几近裸体的壮汉们急忙整理身上的腰布，一阵骚动，然后所有人笑嘻嘻地立正排成一列。好像是很少被拍照的样子。其实在日本，碰到电视采访便特意露脸的也是大有人在，所以印度人见到相机便排好队伍，也不是什么值得大惊小怪的

搬运

将割好就地摆在田里各处的稻子收集起来,堆成多座小山。

每个阶段的工作都是动员村里所有人,以人海战术进行。在这儿不必考虑「人事费用」。

搬运时把收割后的稻子顶在头上,从田里搬到路旁。这让人联想到蚂蚁搬运食物的景象。在路边堆得像山一样高,然后再以牛车运到村内。如果距离近的话,就直接由人搬运。

打谷与碾米（让稻谷从稻穗上脱落,再去壳就成为米粒。）

抓住稻秆往地面甩打；也有用踩用踏的。

稻谷抛向空中,让风吹走稻屑,以进行筛选工作。

"那没风的时候怎么办?"我问道。
"制造风就可以了啊!"对方一边回答我,一边用椰子叶编成的方形大扇子实际演练给我看。
日本以前也用这种工具,我试着画出以前的打谷机来说明,只是对方脸上没出现"原来如此啊"的表情。

南印度的种稻方式保留了早期原貌,简直像活化石一般。说不定日本弥生时代也是这么种稻的。从插秧到收成的整个过程中,唯一看得到的金属农具只有割稻时用的镰刀而已。

以地面的石头为臼,舂打去壳。

事。只是那副兴高采烈的模样，看了让我不禁心口一紧，觉得他们真的很淳朴。既不是期待收到小费，也没要求我将照片寄给他们；他们根本不会看到自己的照片，只是一心想要被拍而已。

一位看起来像是长老的人从田里走过来。

"可以帮大家照张相吗？"

"如果可以让我拍工作时的模样……"长老听懂了我的意思，走回去指挥他们："继续工作。"多亏他们的合作，让我拍到好照片。他们知道我拍好照之后，纷纷在胸前合掌，口中念着"纳都利"（泰米尔语"谢谢"的意思）。应该感谢的人是我才对，我也赶紧嘴里反复念着："纳都利。"

虽说"就算不靠机器，仅凭人类己力也能完成"，但如果能采用更有效率的方法，不也很好？我又开始鸡婆地东想西想了。但是，司机先生可不这么认为。他的说法是，"一旦机械化，工作可以很快完成，那失业人口就会大大增加。像现在大家都有工作的生活不是很好？再说，就算机械化，稻子也不会长得比较快，不是吗？"

印度人常会说些似乎颇富哲理的话。但就算要跟他们辩，若将印度的风土考虑进去，也辩不出什么结果来。的确，他们的想法不少是很有道理的。就以种稻来说吧，他们是站在自给自足的角度，确确实实地去做。不管情势如何变化也不为所动，可说是保持强韧的生命力。即使在就要来临的下个世纪里，他们或许也不会有什么大幅变动或改革，就这么活下去。不过，这些也是以人民的生活和经济成长为代价的。

今日的日本看起来正处于前所未有的繁荣之中，但若与印度两相对照，可以发现这番盛景其实是建立在多种外部因素彼此影响的微妙均衡态势上，而非出自一己的意志与坚持。印度这国家似乎给了我们一个揽镜自省的机会。

为了避免误解，有些事情可得交代。其实已经慢慢有些农村开始机械化了，印度政府对此也多所强调；特别是在北部地方。事实上，各地的农村景致都不一样，南北的气质差异颇大。或许因为北印度的发展以工商业为主，即使在农村里也可以看到很多有城市人气质的村民。说好听点，是敏捷且具行动力；换个角度来说，则是精明、警戒心高。相反，南印度则不论都市或农村都是悠哉游哉地生活，可能是受到以农产为主要产出的影响。我并非拿人相比；只不过我对南印度地方的人民比较有好感。

我就连欣赏建筑物的时候，也会被南方的质朴所感动。这里不论是民居或王宫，通通是木造建筑。尤其是卡尼亚库玛里北边四十公里处，被称为"帕德马纳普哈姆宫"的十八世纪王宫最吸引我！虽然规模不是很大，却能由此一窥特里凡可尔王朝的宫廷生活。里面除了神殿是石造之外，其余都是木造建筑。不仅屋顶呈现了喀拉拉地方建筑特有的斜度；墙壁上的精细雕刻、室内的家具、日用器皿、壁画等皆美不胜收，洋溢着印度最南端的文化气息。

　　光看地图，就可以想见将王宫从帕德马纳普哈姆迁到特里凡德琅的好处。后者地处西南海岸的平原区，距离阿拉伯海只有三公里远，不论就统治上或交易上来说均极具地利。而印度最南端的卡尼亚库玛里，也只在特里凡德琅东南方九十公里处。

　　现为喀拉拉州首府的特里凡德琅是一座充满南印度风味的热闹都市，共产党势力好像蛮强大的。与其他城市相比，不论是红旗的数量、游行或者演讲都明显多得多。喀拉拉州的教育程度高，天主教徒也多，好像与此也有些关联。

　　载我的司机在车子因游行而动弹不得时，完全不掩饰对游行群众的反感。一问之下，他才生气地回答："我是印度教徒！"政治和宗教对局外人来说都是很难理解的事，尤其两者有所重叠的时候，更显得复杂。照我的外语程度，只有越说越糊涂的份儿，而这种事又没法画出来的，所以就算感兴趣，也只有闭嘴一途了——这对我来说可是很罕见的。

　　司机很想早点把我送达位于科伐兰海滩的饭店。

　　其实，我本来打算在还不到饭店的地方就下车。因为行道树上挂满了热闹缤纷的电影海报，简直像日本七夕节的垂饰一般，就突然想去看电影。

　　最后还是断了这个念头，乖乖往饭店去。再说今天一整天也够累的了，还是稍事休息……

帕德马纳普哈姆宫

基于防晒及通风的考量，装设横条的木制百叶窗。

没上色的原木。

在干季雨季轮替的气候中，这栋已有两百多年历史的建筑保存状态依然良好。

一楼为"谒见厅"

十八世纪末，这个王朝迁都到北边五十公里处的特里凡德琅，便搬离此处。

司机先生不晓得是不是为了要平息我纷乱的心情，开始热心地介绍起科伐兰海滩之美。

"世界上没有比这里更美的海滩了。只要曾经在阿拉伯海边游泳边欣赏落入海面的夕阳，就离不开这里了啦！你如果回不了日本也无所谓吧？"他夸张地说道。

我算是那种与度假区没啥缘分的人，不过看在连印度通O先生也极力赞赏这里的份上，便预订了他所推荐的饭店。

我要投宿的饭店，盖在由特里凡德琅往南延伸的长达十五公里的海角上。车子在通过大门之后，还过了好一会儿才抵达饭店的玄关。就算这段路的车资跟距离比起来已经算是超值了，可也不便宜哦。出发前我曾对自己说："为了证明印度不是只有一种面貌的国家，对价格就不要太斤斤计较，连高级又高贵的饭店也住住看吧！"但天生小气的我终究还是很在意钱的问题。

海角的南侧与北边恰成对比，到处都是各国来的年轻人，非常热闹，而且价位便宜的小木屋四处林立。那边没有的水果摊这里也到处可见；由于是产地，各类水果均很便宜。说起来只是个简陋棚子的咖啡店里挂着五种香蕉，这可比饭店里的咖啡厅有趣多了。机会难得，我马上试吃五种香蕉，再喝杯咖啡，总共才花了三卢比（七十五日元），还不到饭店价位的十分之一。

我在海边遇见两位日本年轻人。高个儿戴着眼镜的那位笑

Kovalam Ashok Beach Resort
KOVALAM BEACH, TRIVANDRUM　Tel:3031

四百卢比（一万日元）。说贵是贵，还是服务态度等等，都在水准以上，是间很不错的旅馆。不论是房间的摆设、整体的雅静程度，方可以看到壮观的落日。是个适合情侣来的地方。

从阳台眺望，阿拉伯海一览无余；在椰子树梢的彼方可以看到壮观的落日。是个适合情侣来的地方。

天蓝色靠枕

打开就是阳台
蓝色

白墙

鲑鱼般的粉红

26℃

蓝色

No. 218

蓝色瓷砖

藤制家具

蓝色的门

以椰子纤维编成的踏垫 ↓

从海角的断崖往下走，北边一带都是饭店专用的沙滩。海湾上铺满白净的细沙。瞧瞧四周没人，索性脱个精光来趟裸泳，可是一个人实在蛮无聊的。什么都不想、呆呆地盯着海也看不了多久；我真是个不适合优雅度假法的男人。

着说:"在日本存够钱就来印度,到后来都搞不清楚哪边是自己国家了。"是位资深印度通。另一位是大学生,第一次来印度,待了三个礼拜了。老鸟说:

"印度这国家,如果不这么地毯式地好好走过一番,无法见到它的真面目呢。光就住来说好了,住高级饭店根本看不透印度!"

"可是……"那位大学生在身上到处搔着,说道:"住便宜的旅馆,身体会痒耶!"

"就是有这种搔痒的经验才叫印度嘛!"老鸟说得一副好像如果没被虫咬得满身痒的话,就不算到过印度似的。最后还

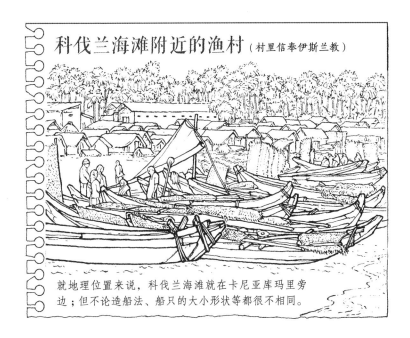

科伐兰海滩附近的渔村（村里信奉伊斯兰教）

就地理位置来说，科伐兰海滩就在卡尼亚库玛里旁边；但不论造船法、船只的大小形状等都很不相同。

再次强调："高级饭店是不行的！"

他们好像住在一晚二十卢比的地方。正想着可别问我住哪儿才好，老鸟便开口了："您住哪儿啊？"总不能扯谎吧，只好老实告诉他们住在崖顶的饭店。

"多少钱？"对方问道，我才回答："四百卢比。"老鸟马上脸就沉了下来。这也难怪，二十卢比和四百卢比实在天差地远。

大学生为了打破尴尬的沉默，便问道：

"那，这价位的房间怎么样？"

与其用嘴说，不如把我画的俯瞰图给他们瞧瞧，便将素描簿递了过去。他深感兴趣地从第一页开始翻阅,然后迸出这样的话来。

"我们也去住住这种饭店吧。而且那里应该没有臭虫。我这三个礼拜去的地方好像多给人'印度是贫穷肮脏'的印象。虽说旅费本来就不太多。"

大概是觉得被同伴背叛吧,老鸟愤恨地喊:"那些只属于特权阶级,根本不是一般的印度,也非实际状况!"

的确这样说也对。但我也生气了,说出好像很了不起的话:"这虽然不是印度的全部,可也是印度的一部分喔。就是有多种多样混合一起才叫印度,不是吗!"

在科钦吃鱼·观舞

"鱼咖喱就属科钦的好吃",在科伐兰海滩碰到的印度之旅的老鸟这么说,于是就到他介绍的饭馆去吃吃看。价钱是十卢比(两百五十日元)——若照他平常用餐的价位来看,应该算是蛮高级的食堂了。味道是不错啦,但不知道有没有特地介绍的价值。为什么呢?因为喀拉拉州又不是只有科钦临海,真要说起来,应该这一带不管哪里的鱼都很新鲜的呀。

还是问问科钦的人看看。结果他们也是自信满满地回答:

"就算是同样的鱼,还是科钦的比较好吃!"

不过这在日本好像也是常有的事。例如同一种螃蟹,依照捕获的地区不同,名称就有"松叶蟹"和"越前蟹"之分。若问哪种比较好吃,那可就太不懂人情世故了——当然是各说各话自称自家的好吃嘛。所以印度也是一样,问这种问题没啥意义。就算鱼本身的味道真有微妙差别,但已经煎过炸过,还以咖喱调味，对我来说也已经无从分辨了。

不过，有一点我蛮清楚的，那就是捕鱼法不同。此地独特的捕鱼法可是全印度闻名；就日本式来说，称之为"罩网"。渔网的实际尺寸相当大。这种网并不是印度自古即有之物，可能师法中国的捕鱼方式，所以被称为"中国渔网"。既然这是临阿拉伯海且出海口多的科钦的特色，举凡介绍科钦的海报或者传单，无不特别介绍这个参观重点，连市内观光都将之排入行程。我当然也去看了。

旅行团通常是搭船到海湾对岸参观名胜。这行程安排得不错，只不过让我有些内疚。之所以这么说，是因为这是印度政府观光局举办的，他们也在这里把我的事大大宣传过了，所以我一进到码头旁的办公室，马上就有人叫出我的名字，让我免费参加。

以"中国渔网"捕得的鱼马上就在后头卖了起来。活蹦乱跳的看起来好像很好吃。只不过我参加的是旅行团，总不能一路上拎着条鱼吧。鱼贩们热络地招呼我"买吧！买吧！""不能带着走啦！"回绝之后，想不到对方随即应声回答："在这里吃也可以哟！"是说真的还说笑啊？我好像又成为大家开玩笑的对象了。印度人不吃生鱼，应该不能当场就吃将起来吧。可是，好想吃啊。于是到附近咖啡店，画图问他们能不能帮我烤鱼。对方答应了，我便回露天鱼市场买了条竹筴鱼，二十五派萨（日币七元五十钱）。

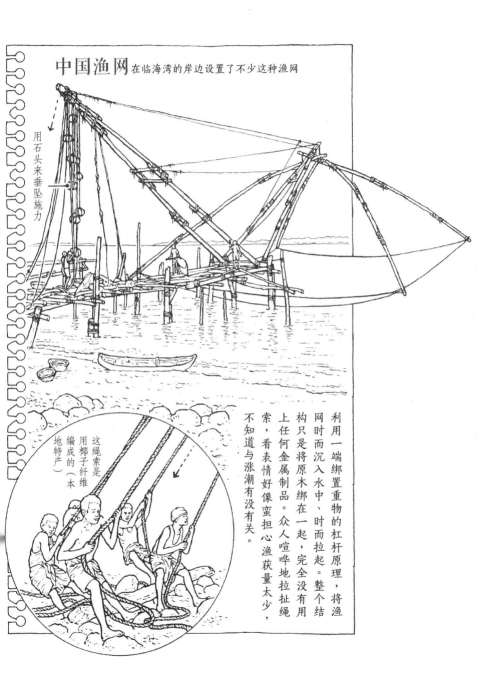

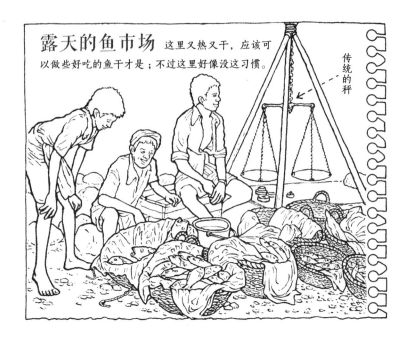

露天的鱼市场 这里又热又干，应该可以做些好吃的鱼干才是；不过这里好像没这习惯。

传统的秤

虽然听说"当地人也吃烤鱼"，但烧烤似乎不是他们常用的烹调手法。一般吃鱼是用炸的。我吃的烤鱼只抹盐而已，看到的人不禁大吃一惊。

好久没吃盐烤鱼了，真是美味得让人感动，心情也棒到最高点。待我发觉时，整团人早已不见踪影——糟糕，被放鸽子了。之前导游交代在这里休息二十分钟，没想到吃得太忘我，集合时间早过了。开始着急起来。记得下一站是"圣方济各教堂"，便赶紧追上去，最后顺利在教堂与旅行团的人会合。想想我还是比较适合独自旅行。

一对德国中年夫妇问我："你跑哪儿去了？"实在羞于回

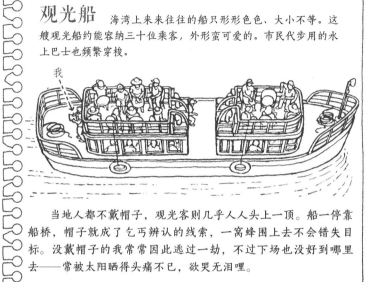

观光船 海湾上来来往往的船只形形色色、大小不等。这艘观光船约能容纳三十位乘客,外形蛮可爱的。市民代步用的水上巴士也频繁穿梭。

我

当地人都不戴帽子,观光客则几乎人人头上一顶。船一停靠船桥,帽子就成了乞丐辨认的线索,一窝蜂围上去不会错失目标。没戴帽子的我常常因此逃过一劫,不过下场也没好到哪里去——常被太阳晒得头痛不已,欲哭无泪哩。

答,不过还是老实说了:"跑去烤鱼吃啦!"他们一听便说:"我们也想吃!"这么一说,倒想起曾在慕尼黑的啤酒节吃过炭烤咸鲭鱼。德国人也吃烤鱼。

导游清了清喉咙的咳嗽声传来,我们三个人赶紧住嘴不再闲聊,并装出一副专心听他介绍的模样。

"葡萄牙人达·伽马一五〇二年来到科钦,二十二年后在此地过世,这就是他的坟墓。不过他的遗体已于一五三八年运回祖国,现在长眠于里斯本。"

听到这儿,有马上就离题的坏毛病的我,想起里斯本哲罗尼摩修道院内的达·伽马墓碑,然后就像在玩联想游戏一般,又

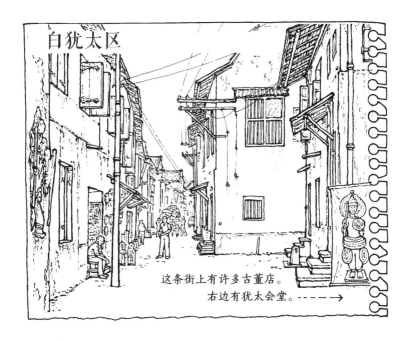

这条街上有许多古董店。
右边有犹太会堂。----→

想起当时探访葡萄牙渔村的景象。在房子前面马路上，用炭炉抹盐烤沙丁鱼，就跟日本一样。好吃极了，真怀念啊！

葡萄牙人以科钦为出入亚洲的重要据点，统治此地的时间也长达一百六十年，按理说应该会在当地留下盐烤鱼的烹调法才对。可是导游说："炸鱼的料理法才是从葡萄牙传来的。"这也没错；日文的"天麸罗"本就是源自于葡萄牙语。

圣方济各教堂由葡萄牙人兴建，至今仍留有当年的模样。现在是基督教教堂，不过据说最初是天主教堂，这是因为一六六三年荷兰人逐出葡萄牙人的势力，取而代之成为新的统治者。教堂建筑仍保持原貌，只是改变了用途而已。到了一七五

科钦近郊的水乡

九年则改由英国人统治。

换句话说,每当有外来势力进来争夺政权时,当地人也跟着卷入战火。

圣方济各教堂位于科钦要塞区(Fort Cochin);毗连的马坦伽利区(Mattancherry)有座"荷兰宫",是一五五五年葡萄牙人为科钦藩王所建,但后来的征服者——荷兰总督——也使用过,因而得此名称。之后又归还给藩王,所以里面留有印度神话题材的壁画、日常用品与装饰品等,不论就历史或美术而言,这栋建筑均饶富趣味。

就在荷兰宫旁边的白犹太区,曾经是犹太人聚居的区域。

村里小学生的欢迎阵仗（因为害羞而站得远远的、嘻嘻哈哈看热闹的孩子们）

当时犹太人避免与当地人通婚混血，固守自己的生活形态，所以被人特别称为"白犹太"。在这里至今依稀可见当年的痕迹。

时而在水上行驶，时而可以登陆漫游，如此独特的游船之旅实在有趣极了，所以到了下午我又想搭观光船了。从被称为"Jetty"的码头，早上九点半和下午两点半各有一班船出发；而且听说"下午的行程不一样"，那可就更不能错过啦。

"用餐之后，就到 Jetty 等！"

下船时导游这么叮咛我，便遵照他的指示，吃完饭后立即返回船桥。

可是左等右等，三十分钟、四十分钟过去了，还是没看到

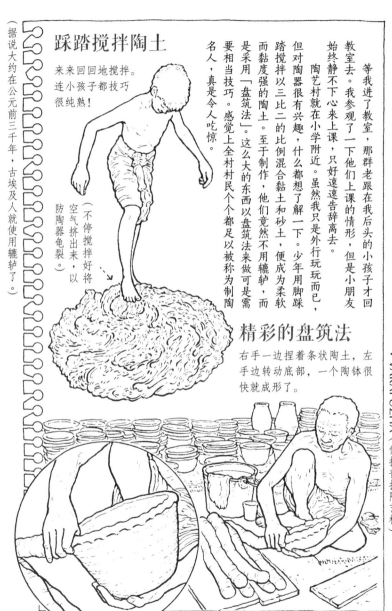

踩踏搅拌陶土

来来回回地搅拌。连小孩子都技巧很纯熟!

(不停搅拌好将空气挤出来,以防陶器龟裂。)

(据说大约在公元前三千年,古埃及人就使用辘轳了。)

等我进了教室,那群老跟在我后头的小孩子才回教室去。我参观了一下他们上课的情形,但是小朋友始终静不下心来上课,只好速速告辞离去。

陶艺村就在小学附近。虽然我只是外行玩玩而已,但对陶器很有兴趣,什么都想了解一下。少年用脚踩踏搅拌以三比二的比例混合黏土和砂土,便成为柔软而黏度强的陶土。至于制作,他们竟然不用辘轳,而是采用「盘筑法」。这么大的东西以盘筑法来做可是需要相当技巧。感觉上全村村民个个都足以被称为制陶名人,真是令人吃惊。

精彩的盘筑法

右手一边捏着条状陶土,左手边转动底部,一个陶钵很快就成形了。

▼VARAPUZHA(伐拉普扎陶艺村)

船的踪影，开始担心起来。有几艘船停泊在附近，这时突然有一个男子从其中一艘探出头来，"你在等什么啊？来接你的船好像早就走啰！""咦！真的吗？""当然啰。我这艘也是观光船，算你便宜，上来吧！你再等下去，船也不会来哟。"就在这么你来我往之间，突然看见一艘船正往这边驶来，而且有人从船上挥手。那位男子浑然不知，仍然试图以便宜价格说服我。就在这当儿，船从他的身旁滑进码头，男子一惊，像个恶作剧被揭穿的小孩，缩缩头耸耸肩，害羞地笑了起来。我则忍不住大笑出声。

科钦也是印度，也会有时间上没衔接好的情况；也会有开朗但又善于计算的人。

船上没别的乘客。

"今天真惨啊。从威灵顿岛发船，在码头等了半天，连半个观光客都没看到。所以这艘船只有河童先生一位乘客，算是您一个人包了。要去哪儿，听您吩咐。"

导游蒙哈先生如是说。我就老实不客气地提议看看：

"我想去参观小学和制作陶器的陶窑。"

蒙哈先生大概觉得这是小事一件，随即走到操舵室向驾驶告知去处。

从市区往北而行，水路越来越窄，两岸茂密椰林连绵不断，沿途有几户民居点缀其中，放眼望去一片恬静的南国水乡景致。有些村子采集椰子纤维加工，好制作床垫和绳索。船一靠近有小学的岸边，就看到栈桥上一群小萝卜头朝我们挥手。好像是刚放学正在等船。我一从船上下来，全都蜂拥而上跟在后头。到了小学后，正盯着窗外看的小学生一见到我便通风报信，于是只听"哇"的一声，一大群小孩从教室里冲出来把我团团围住。老师追赶着要他们回教室也完全没用。不晓得是因为学校少有观光客来访而觉得稀奇呢？还是嗅到了我同他们一样有小孩气息，所以没有拘束感？

"再不回去的话，会赶不上'卡塔卡利舞'演出哦。"

蒙哈走到操舵室提醒我。我正全神贯注在如何驾船上，完全没注意到已经快傍晚了。搞不好蒙哈其实是担心我的技术，才以此为借口阻止我继续下去吧！在印度驾船得有执照才行，明显地我已触犯法律了。只好意犹未尽地把船舵交还给驾驶，回到甲板上。

其实我来科钦不是为了吃鱼，最主要的目的是观赏喀拉拉州的传统艺术卡塔卡利舞。

还等不及船靠岸停妥我就跳到栈桥上，紧接着跑了起来。这都是因为蒙哈叫我："快一点！"

随便拦了一辆三轮摩托车，正在讲价的当儿，蒙哈也从后面赶了过来。

"他开多少？""说是十卢比。""开什么玩笑——十卢比？这距离才值三卢比不是！"

我在一旁听他和车夫你来我往喊价还价，清清楚楚地了解

到观光客和一般人价位的差异，有趣！

"不可以跟这位客人拿三卢比以上！"

导游一边叮咛车夫，一边要我赶紧上车。走了一段路之后，回头一看，他居然还在挥手。

"KATHAKALI" 上妆

卡塔卡利舞在一栋以椰子叶盖成的小屋里演出。因为听说是"文化中心",不知怎的就一厢情愿地想成是栋水泥建筑。其实椰叶小屋也很好呀,为什么会有这种念头呢。

在这里,开演前可以到后台去参观化妆的过程,也算是精彩节目之一,相当受欢迎。

据说卡塔卡利舞约从五百年前就一直流传至今。

好久没看到与自己职业相近的东西,兴奋极了。我虽然有容易兴奋的毛病,但这回的情况可是不同。

我时而拍摄化妆的过程,连剧团的组织、资料的配方、部化妆和日本歌舞伎的脸谱蛮像的,而且历史、特色等都一一询问。这种舞蹈的脸他们似乎也都知道歌舞伎。

(颜色为雨蛙般的绿色)

(黑色)　(红唇)

(眼白部分点上红色变成红眼睛)……

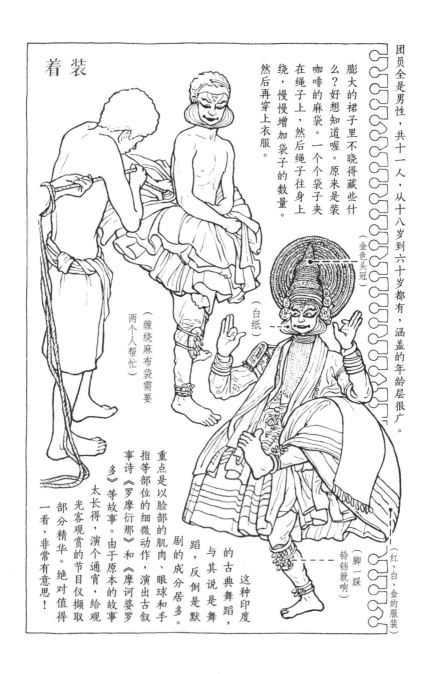

着装

团员全是男性，共十一人，从十八岁到六十岁都有，涵盖的年龄层很广。

膨大的裙子里不晓得藏些什么？好想知道喔。原来是装咖啡的麻袋。一个个袋子夹在绳子上，然后绳子往身上绕，慢慢增加袋子的数量。然后再穿上衣服。

（缠绕麻布袋需要两个人帮忙）

（白纸）

（金色头冠）

（红、白、金的服装）

（脚一踩铃铛就响）

这种印度的古典舞蹈，与其说是舞蹈，反倒是默剧的成分居多。重点是以脸部的肌肉、眼球和手指等部位的细微动作，演出古叙事诗《罗摩衍那》和《摩诃婆罗多》等故事。由于原本的故事太长得，演个通宵，给观光客观赏的节目仅撷取部分精华。绝对值得一看，非常有意思！

Cochin MALABAR Hotel

Willington Island, Cochin　Rs.225（约 5600 日元）

吃也吃了「科钦的鱼」，看也看了「名人制陶过程」和「卡塔卡利舞」，已经心满意足——更何况投宿的饭店可说是颇具风味。并非什么豪华旅馆：而是一栋一九三九年的建筑，有点老朽。但正因为如此，才更耐人寻味。

（床罩为黑白格子花纹）

（咖啡色地毯）

（复古式的浴缸）

从这扇窗可以看到落日。马尼拉湾、科伐兰海滩的夕阳都很美，这里的也毫不逊色。

加床时可用的床

落地灯

No.16

（涂了好几层白油漆且颇具古典风味的门）

（怎么看都觉得好像海滨饭店的钥匙圈）

好长的窄房间，忍不住又开始测量起来。宽三点七四米，长十点七米。

始于一八九七年的藩王宫
—— 迈索尔宫

一走出火车站大楼,与其说立刻拦到车,不如说是被逮到。坐上计程车告知目的地之后,车子一发动对方就问:

"要在这里待几天?我当导游绝对会让您满意的,而且很便宜哟!"

一听到我投宿饭店的名字,大概当我是只肥羊,露出很满意的表情来。

对于以开车为生的司机来说,一举逮到从火车站出来的乘客就好像是"中奖了!"吧。而他之所以会这么高兴,我在抵达饭店后才恍然大悟。真的是间非常富丽堂皇的饭店。据说迈索尔与海德拉巴都是数一数二的富裕藩国;光从我住的饭店就可以完全理解这点——看到这栋建筑物,"果然!"二字不禁脱口而出。东京也有取名为"宫殿饭店"的旅馆,但充其量也不过就是盖在皇宫前而已；这里的"宫殿饭店"可是名副其实以宫殿当饭店啊。

这栋建筑是藩王的离宫，建于一九三〇年代，历史并不是那么久远；但比起美国华盛顿特区的白宫等等，外形上好看许多。房间一共有五十八间，其中也有藩王和王妃的超级豪华房间。

可以想象这座宫殿曾经招待过多少贵宾、举办过多少极尽奢华之能事的宴会。印度的有钱果然是不可以常理论——如果有钱，就是极端富有。而和社会最底层的穷困至极的人正成对比，也有钱多到不知怎么花而伤透脑筋的人。

我对建筑物兴趣浓厚，连内部的各个角落都不放过，想仔细瞧瞧。一直亲切地为我介绍的经理说："先去藩王宫参观看看吧！这里简直无与伦比……"不消说，那里正是我来这城市的目的；但它的惊人程度超乎我的想象。

出了大门，看见送我来的计程车正等着。先前又没有预约，他却径自等了一个半小时，直到我出来为止。

一站在藩王宫前面，忍不住发出了"哗！"的惊叹声。

兼做导游工作的司机斯巴拉欧好像是这宫殿的主人，一派得意洋洋："怎么样？佩服吧！"

有钱人的住宅果然豪华！完完全全心服口服。若要将这座宫殿整个画下来，可是件"不得了的大工程"。但是，想要传达它的壮观程度，不画出来是不行的。和孟买的维多利亚车站一样，我都是从照片认识这些建筑的；但是，实际所见与先前得到的印象，完全是两码事。所以不论我如何详尽地画出这栋建筑，也比不上眼见实物的震撼力；但即便如此，我还是想试一试不同于照片的表达方式。

如果要画，就得正襟危坐彻底执行，连窗户的数目都要正确画出来——我又开始遐想了。想太多也是我的坏毛病之一，虽然时时自我警惕，但总还是克制不了。

"里面更惊人哦！"一听斯巴拉欧这么说，我开始有点担心了。

据说这座宫殿是一八九七年动工，花了十六年时间才落成。

也就是说，它是在英国统治时期建造的。而且盖这座宫殿的乌代亚家族，曾经一度步上灭绝之路，后来靠着英国以军事力量在背后拥立，才又恢复了政权。

至十八世纪中叶，一直统治着这地方的乌代亚王朝被臣子海德·阿里推翻，夺走王位和权力。阿里的儿子叫作提普苏丹，骁勇善战且颇具政治能力，不但建造了广大的要塞城市，更计划要拓展领土。但是由于与强大的邻国海德拉巴和马拉塔等藩国作战，又遭英军四度猛烈攻击，终于在一七九九年力竭沦陷，结束了半世纪的统治。在那之后，英国采取的政策是让原来的乌代亚王族子孙继承王位。

虽说是英国在后面撑腰，拍板决定王位去向，但迈索尔本身是个领土广大、财力雄厚的藩国。英国并未直接统治，而是

LALITHA MAHAL PALACE HOTEL

内部之美丝毫不逊于其壮丽外观。正面大厅的楼梯、彩色玻璃等都很美丽。虽然离火车站和市中心比较远，不太方便，但豪华美观可补其不足。

适合年轻人的饭店在市区就有，既便宜又方便，可是……

据说曾经有电影到此出外景，饭店的里里外外都入镜了。好像是富家男女之间的爱情戏。附带一提：因为仍然只有特定阶层的人才看得到电视，电影便成为印度最受欢迎的娱乐活动。印度每年摄制的电影数量比日本还多，据说是世界第一。

迈索尔宫（MYSORE PALACE）

当地的人称之为"藩王宫"

承认其为半独立的国家；加上相互之间关系紧密，才有高人一等的成就。英国对建造如此豪华的宫殿没啥意见，反倒蛮欢迎他们将钱用在这方面。

原来真如饭店经理所说，游憩用的离宫和这座宫殿的确有天壤之别。

现在这里当作州立博物馆对外开放，是重要的观光资源。室内金碧辉煌的景象非言语所能形容——从欧洲特地运来的彩

色玻璃，到处使用的象牙装饰，金光闪闪的梁柱和门等等。还是非画不可。

可是当我一拿出素描簿，警卫立即飞奔过来，气势汹汹地说：

"没经过允许不能画！"

"那么照相可以吗？"

"照相也不行！"

这时候又有几位警卫围过来,情势变得颇为险恶。而最初怂恿我偷拍没关系的斯巴拉欧,不知何时已经不见踪影。大概因为他经常要带客人来这里,所以尽量避免和警卫发生冲突。

不过,我可没那么容易死心。

"许可证在哪里拿得到?"

"先到外面办公室去。在那里申请,文件上让主管签名同意后再来。不过可能得花上好几天时间,今天是不可能拿到的。"

看来手续蛮麻烦的,但也别无他法。离开宫殿到外面去,这时斯巴拉欧一脸很不好意思的样子,从柱子后走出来。

"大概要花上好几天,还是放弃吧!"

他一直催我改变主意,一副想要赶快载我到其他地方的样子。不过我抱着姑且一试的心情,一个人走到办公室去。

"把原因和会见主管的申请书填好名字给我!"这种时候就很官僚。之后,一位男士从房间走出来要我进去,大概就是我求见的伟大主管本人。他好像听到我说"为了要将这座宫殿介绍给日本,所以想画下素描"。

"要素描、拍照都可以。"随即在文件上签名。果然还是要主动争取。本以为会被很官僚地回绝,没想到忽然获得通融而顺利解决,这点也非常印度。

原本还要到其他地方去的,结果却在藩王宫待了一整天,使得斯巴拉欧颇为失望。我便安慰他说:"明天一定出远门

藩王宫里面的一间厅室

见我手里挥舞着许可证返回,警卫都非常吃惊地举手敬礼。看到他们态度骤变,不禁笑了出来。这房间的天花板镶嵌着彩色玻璃,柱子和墙壁清一色是金色和土耳其蓝。

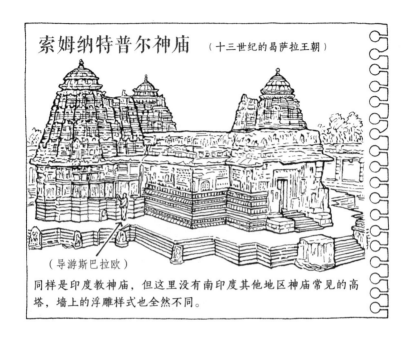

索姆纳特普尔神庙 （十三世纪的曷萨拉王朝）

（导游斯巴拉欧）

同样是印度教神庙，但这里没有南印度其他地区神庙常见的高塔，墙上的浮雕样式也全然不同。

啦！"请他先回去。他大概是怕我临时变卦，所以虽然约的是下午一点碰头，他却隔天一早就把车子停在饭店门口等着。

上车前得先谈好价钱。跑完所有我想去的地方，总计一百三十公里，得花上八小时，最后讲妥的车资是两百卢比。我怕杀价杀过了头，便提议："如果导览得好，另有小费。"他也高高兴兴地爽快答应。

"迈索尔比较凉呢。"我说。

"因为位于海拔七百米的德干高原上，所以虽然同样是南印度，这里全年都很凉爽，根本不需要冷气喔！"

斯巴拉欧自傲地解释。

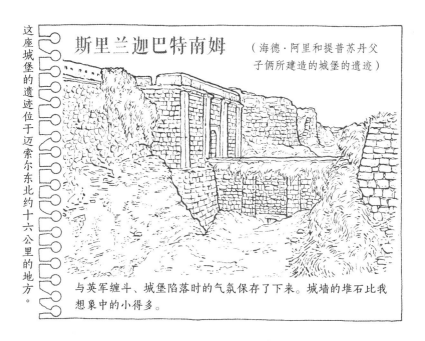

斯里兰迦巴特南姆（海德·阿里和提普苏丹父子俩所建造的城堡的遗迹）

这座城堡的遗迹位于迈索尔东北约十六公里的地方。

与英军缠斗、城堡陷落时的气氛保存了下来。城墙的堆石比我想象中的小得多。

说是凉爽，但少说也在三十度以上。

我原本有点担心，不知道受不受得了整天和这种老是认为"迈索尔的所有都是印度第一！"的人同行。可是聊了一会儿之后，才发现他的确是一位学识丰富的导游。印度的有趣之处在于无论何种阶层，总会有令人佩服不已的人士。

索姆纳特普尔神庙孤零零地耸立在迈索尔东边三十七公里小村落旁的原野上，规模不大却颇具工整均衡的独特之美。

为了确实得知建筑的大小，我请斯巴拉欧站在前头，他顺便指着壁面说明雕刻的细部。但我这方面的知识尚属贫乏，实在难以理解他讲解的内容，真是不好意思。

虽说"德干高原气候凉爽",但太阳依旧火辣刺眼,果然还是印度气候。车子里的坐垫简直像在燃烧一般,烫得受不了。尘土干得就像微粒子般漂浮在热气中,我们往下一站斯里兰迦巴特南姆前进。

斯巴拉欧对我说:"与索姆纳特普尔神庙相比,我想你会比较喜欢下一个。"并且频频留意我的反应。他好像误以为我对神庙不感兴趣吧。

"别担心,你是非常棒的导游。一定会得到小费的。"

一听我这么说,他的心情好上加好,还提供附加服务,唱起歌来娱宾。车里越来越热。有点后悔实在不该让他太兴奋的。

斯里兰迦巴特南姆城堡废墟在正午的寂静中,细诉着四次与英军激烈战斗的历史。我静静地来回踱步着。

日本人有"同情弱者"的倾向,而这里似乎也有类似的情感。斯巴拉欧就是其中一位,他是"阿里和苏丹父子"迷。

提普苏丹的夏宫后来改为博物馆,到了那里他开始很热心地解说。

"英国虽然提出了保证领土完整的条件,他们父子俩还是战到最后,在城内壮烈牺牲,真不愧是男子汉大丈夫。后来英国让乌代亚家族继任,并将迈索尔的领土原封不动交给藩王,因为那是之前对阿里和苏丹父子所提出的条件,总不能食言。迈索尔得以维持富裕的景况,事实上都要归功于战死的阿里和苏丹父子。"

是真是假我也无从辨别；但从当时的历史背景来看，好像更复杂些——似乎有英国、法国隐身其后，彼此较劲争战的感觉。

这点我当然没有告诉斯巴拉欧，他的想法如此根深蒂固，没有容纳异议的余地。

"接着要介绍的水库是迈索尔的藩王在一九三二年所建造的，不过这也应该算是阿里和苏丹父子……"

他一边开车一边做这类介绍，我想我还是别表示太多意见才好。

水库位于迈索尔北方十九公里处，是截断考韦里河筑堰而成，名为"克利斯纳拉迦·萨嘎尔水库"。这座水库对于提供迈索尔南部农业灌溉用水以及电力颇有贡献，至今世人对其功绩仍抱持着很高评价，可见藩王不是只会建造华丽宫殿的享乐主义者。

水库下方有一座名为"布林达凡"的水之庭园，整顿得非常好。宽广的庭园里，有阶梯状层层流下的瀑布、各式各样的喷水柱；水雾喷飘在空中时，画出一道彩虹。在这片干燥的土地上，喷水显得更加美丽，让人神清气爽。我想，假如我从日本出发后直接来这里的话，或许就无法理解印度人对这座庭园的爱恋之情。黄昏时分吹来的风清爽舒适，心情也跟着轻飘飘的；七点钟点亮的灯饰使水之庭园更加美不胜收。

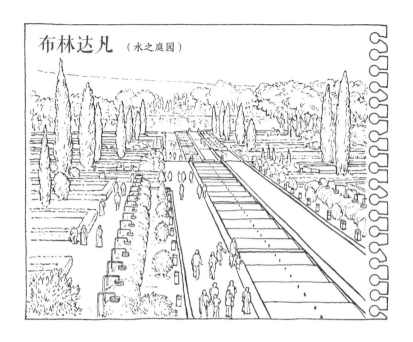

布林达凡（水之庭园）

见我这么高兴，斯巴拉欧说要让我看一样更漂亮的东西，便折回迈索尔市区，把车停在宫殿前。我一进门不禁发出"哇！"的一声，惊艳不已。

昨日白天看到的宫殿在点点灯泡的装扮下，以完全不同的风味呈现眼前，所绽放的光芒真是美丽无比！

"灯饰并非每晚都点的，河童先生运气好。只有星期日晚上和祭典时才点灯，今天刚好是星期日。我从早上就一直在想，行程最后要不要带您来宫殿前看哩！"

怎么样，服气吧！对方得意洋洋地笑着。

服了。心里早就想着："真的服了你了。"

藩王宫的夜景

"导览得不错吧？"

他问道。

"是啊！很感谢你。"

不过我好像有点答非所问。赶紧补上一句，

"四十卢比算是我的一点心意。"

"如果可以再加个十卢比，那我也会很感谢您的……"他接话道。

对方也不是省油的灯——这种事如果不你来我往一番的话，就不好玩了。对方应该也知道我不是肥羊吧。

"交易的部分算是结束啦。接着我要到堂兄弟家去吃饭，要不要一起去?"

对方虽这么说,可是他的家人我一个也不认识,妥当吗?心里交战不已。

"河童先生不就是朋友嘛!"对方很热情地劝邀。

我蛮想去瞧瞧,但最后还是按捺下来了——我会这样可是很稀奇的。倒不是因为客气,而是突然想起我房间的俯瞰图还没画。虽然轻轻松松就可以画完,但蛮花时间的。加上明天还得往邦加罗尔去……

于是向斯巴拉欧说明原因,道谢婉拒了。

分手时他又露出一脸谈生意的表情,

"那,到火车站还是搭我的车啰?几点来才好呢?"

不忘加问这么一句。

我快饿昏了,赶紧冲去旅馆的餐厅。刚好有旅行团衣着正式热热闹闹地用餐。高高的天花板,室内的装潢摆饰、梁柱和墙壁清一色地为土耳其蓝和白色系,整个感觉蛮对的。

料理嘛,还没好到让人感动的地步,不过现场的西塔琴演奏得不错。

白天还在想说"旅行还是一个人比较好";没想到善变的我一到这种地方用餐,居然会颇为稀罕地喃喃自语:"唉,有时会想跟人边聊天边吃饭呢。如果对方是个让人心神荡漾的美女,那就更好啦……"可能是因为不习惯住在皇宫般的饭店吧。

始于一八九七年的藩王宫——迈索尔宫 | 275

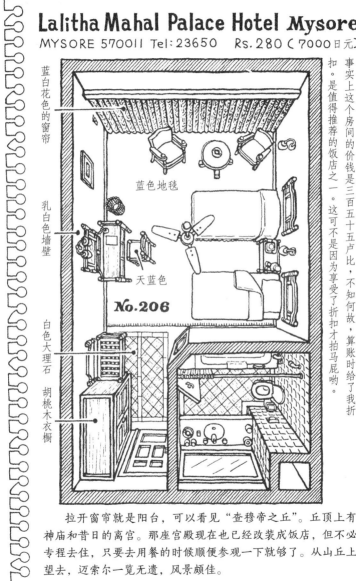

拉开窗帘就是阳台，可以看见"查穆帝之丘"。丘顶上有神庙和昔日的离宫。那座宫殿现在也已经改装成饭店，但不必专程去住，只要去用餐的时候顺便参观一下就够了。从山丘上望去，迈索尔一览无遗，风景颇佳。

烈日下的耆那神庙

来到邦加罗尔,会有人这么说:

"感觉比迈索尔凉爽吧。因为这里比迈索尔还高上两百米呢!"

没错,早上六点左右的时候,外面气温约二十四摄氏度,的确蛮凉爽的。可是,一到了正午,气温就急速上升,下午三点已高达三十六度,比前几天待在迈索尔的时候还高出三度呢。或许当年印度各地的气温都有所变化吧。

温差多少对我来说并无意义,所以便问道:

"除了凉爽之外,这城市还有什么特征啊?譬如说,有没有不可错过的历史性建筑?"

无论到哪里,一进旅馆我最先问的就是这些。不过,这次遇到的这位站柜台的美女,可是很自豪地答道:

"这是座比迈索尔还新的城市,所以没有什么老旧建

卡纳塔喀州议会大厦的壮观外貌

对邦加罗尔的民众而言,这是一栋足可引以自豪的建筑。就因为这一州有钱,所以兴建了宏伟巨厦。屋顶上立着象征印度的三头狮子。这栋一九五六年兴建的建筑同时也是州政府之所在。

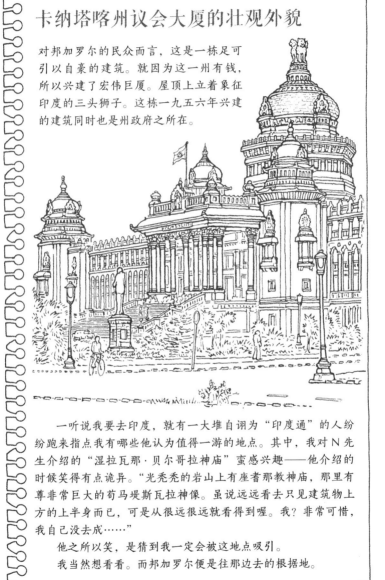

一听说我要去印度,就有一大堆自诩为"印度通"的人纷纷跑来指点我有哪些他认为值得一游的地点。其中,我对N先生介绍的"湿拉瓦那·贝尔哥拉神庙"蛮感兴趣——他介绍的时候笑得有点诡异。"光秃秃的岩山上有座耆那教神庙,那里有尊非常巨大的苟马堤斯瓦拉神像。虽说远远看去只见建筑物上方的上半身而已,可是从很远很远就看得到喔。我?非常可惜,我自己没去成……"

他之所以笑,是猜到我一定会被这地点吸引。

我当然想看看。而邦加罗尔便是往那边去的根据地。

筑。像州议会的建筑就很气派哟！毕竟邦加罗尔是个现代都市嘛！"

看来，若想探访历史古迹的话，来这儿可就大错特错了。

要说老建筑，大概只有十八世纪兴建的藩王宫殿算得上；而且规模很小，就造型、艺术表现来看，也不是非去不可。兴建这栋宫殿的就是迈索尔的藩王——在斯里兰迦巴特南姆城塞与英军战至身亡的提普苏丹。他垮台后，迈索尔领土被纳入英国的势力范围，但是英军没把部队驻扎在迈索尔，而是配置到邦加罗尔。邦加罗尔是从那时候开始急速开发的，因此在这里不太感受得到印度风貌。印度独立之后，邦加罗尔成为迈索尔州的首府，而身为行政中心，便更朝着现代化都市迈进。虽然一九七三年州名改为卡纳塔喀，这里仍为首邑，持续发展。这里有宇宙研究所、地域开发研究所等机构，呈现印度新的一面——不过我是抵达后才知道的。若是早点得知，就会多待些时间了。

我会来这里是有别的原因的。

迈索尔没有机场；而邦加罗尔不仅有机场，陆路交通也便利，因此以这里为旅游据点的观光客比较多。又因为这里有到迈索尔区域的观光巴士，观光客会聚集至此。而且也有符合州邑等级的气派饭店。

湿拉瓦那·贝尔哥拉神庙离迈索尔较近，但我同时想参观曷萨拉王朝时的印度教神庙群，便来到邦加罗尔。

我问饭店里的旅行社办事处,结果若包车照我打算的行程跑,居然要一千两百卢比。换算成日币可是三万元哩。听到这报价我都快昏倒了。

"太贵了!那我搭巴士去。"

"巴士可没法游遍您想去的地方喔!再说,全程有四百七十公里,这价钱绝对不算贵啦!"

"不是一千卢比的话,就算了。"

我才回到房间,电话就打来了。

"OK,给您特别折扣。明天早上六点在玄关会合出发。全程得花十小时以上,所以……希望出发前能先付五百卢比给司机。"

虽说来到印度之后,渐渐养成了早起的习惯,不过大清早五点半就得起床,还是很痛苦。我一边揉着惺忪睡眼到了旅馆大厅,昏暗的玄关有个壮汉陡然拉开大门,大声喊道:

"早安!先生!"

那声音劲道太强,吓得我人都跳了起来。而且,一想到接下来的十个钟头都要跟这大声公一起,我很难得地心情忧郁了起来。

"我叫威斯瓦,是您今天的导游。我老板交代要先收五百卢比。"

说着手便伸出来。看这情形,他不仅嗓门儿大,做事也一板一眼。

"剩下的五百卢比，回来的时候缴就可以了，请付给饭店的旅行社办事处。"他强调。

想想，这金额对我来说可是为数不小；但对对方来说，更是笔巨款吧。

车子一离开饭店，他就说：

"到湿拉瓦那・贝尔哥拉有一百四十公里，您就趁晨间凉爽先歇一下，这趟旅途可不轻松喔。"

原本已做好心理准备，一路上得同这大声公闲聊；后来发现其实威斯瓦是很安静的。真是抱歉了。

我在山脚脱下凉鞋寄放。不论是印度教、伊斯兰教或耆那教，进寺庙的时候都得脱鞋袜；不过这整座山都是神圣的寺庙，所以在山脚下就得脱掉。我对要脱鞋脱袜是没啥异议，但有一点我和印度人大大不同，这就让我手忙脚乱了。想要光脚走在阳光直射的岩山上，我的脚底可是修行尚浅。沿途喊着："好烫！好烫！"边跳上阶梯；走了十步就受不了，只好将素描簿丢地上垫着，让脚底凉一下，然后再喊着"好烫！好烫！"继续往上跳，就这样跳几步歇一下跳几步歇一下，好不容易才上到山顶。沿路我还边数有几层阶梯，这比起耆那教徒戒律森严的苦行，简直是有过之而无不及啊。印度人平常不穿鞋走路惯了，脚底板厚得像鞋底一样，所以好像无法理解我为何有此怪异举动。

这么说起来，难怪有人看到我晒得红肿脱皮的手臂会误认

湿拉瓦那·贝尔哥拉村

"苟马堤斯瓦拉"

据闻宝石商中约半数都是耆那教徒,人口比为两百比一,蛮显著的。

"河童先生,湿拉瓦那·贝尔哥拉村到了哟!"

听到声音张眼一望,果然看到岩山顶冒出一座裸体石像的上半身。这是耆那教的第二代教主,苟马堤斯瓦拉的神像。

耆那教和佛教差不多都发轫于公元前六到前五世纪之间,但不同的是,耆那教不曾传布至印度境外,所以对日本人来说蛮陌生的。

耆那教最大的特征是完全不杀生。因为有不论是多小的生命都不准杀害的教义,因此耆那教徒均不务农,怕会伤害土里的小虫。

因此,耆那教大半信徒都经商,经济环境宽裕的人很多;印度民族的资本有大半都掌握在他们手中……

被称为温德雅基利（雷神山）的岩山

这里的景观和巨石四处散落的海德拉巴又不一样。就只一座巨岩便这么庞大，看起来相当有震撼力。山顶上的半身神像看起来蛮好玩的，不过要走上去恐怕不容易。

岩山陡坡上的一节节阶梯连绵不断，直通往山顶。到底有多少阶啊？

这次的行程没能去到的西印度北部山区，有许多耆那教的神庙群……

从对面山丘上所看到的全貌

很想看温德雅基利岩山的全貌,便爬上对面的岩山。不过登山前和威斯瓦起了点争执。"我想在那边的山脚下车",我一说出口,他好像以为我搞错了,坚决地说:

"不是那座山啦!"并且不太高兴的样子。最后终于让他了解了我的意图,但……

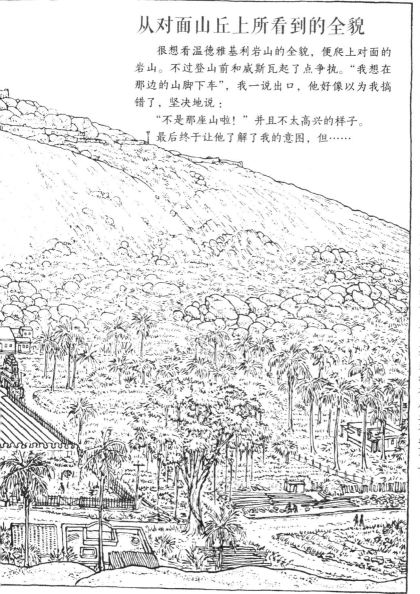

耆那教徒认为山是永恒而神圣的地方。因为有这种宗教观,许多耆那教神庙盖在山顶上。

我得了皮肤病，对我甚表同情；还有人亲切地拿药给我擦哩。

只有肤色已经跟印度人一样黝黑得不分上下，但脚底板可还嫩得多啦。

从上面下来擦身而过的人以及从后面追过我的人都觉得很不可思议，纷纷停下来问我到底怎么了。好不容易数了这么多阶，被他们一问全都搞混啦，实在伤脑筋，不禁叫出声来：

"啊呀！数到哪里都忘了啦！"

没想到有个年轻人笑着伸出手来向前一指，原来好几个地方都有用油漆标上数字，表示阶梯的数目。

难不成连印度都有像我这种会去数阶梯的人？还是耆那教有类似"百次参拜"（编注：日本佛教或神道教信徒，在本堂或拜殿与"百度石"间往返百次以拜求祈愿之习俗）的仪式，需要上下楼梯？像这种比较复杂的问题通过画也没法儿问清楚，只好就此打住。

最后终于到达苟马堤斯瓦拉神像脚边，一共走了六百一十八阶。我的脚底也已经烤得像半熟的牛排一样——这种玩笑可不能对印度教徒或行素食主义的耆那教徒说。其他外国观光客不晓得情况如何？当天放眼望去，却连半个也没看到。或许大家在山脚下一看就觉得"这铁定上不去！"而纷纷打了退堂鼓。我自己也是上山的时候还可以忍受，但想到下山时还得再烤一次，就不禁打了个冷战。还是等傍晚再下山吧。

苟马堤斯瓦拉神像的脚边有连腰布都没缠的裸僧在修行，

荷马堤斯瓦拉神像　用整块石头雕出来的

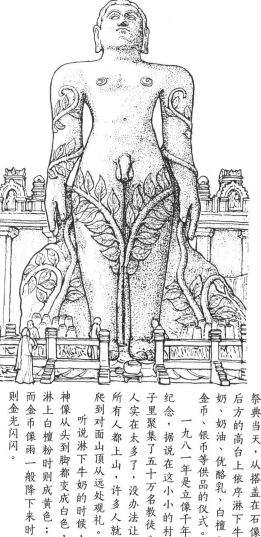

我狠狠踩在神庙里日阴处的石块上，边冷却脚底板，边抬头仰望这座石像。十七米高的裸体像就这样坦荡荡光溜溜地立着。石头表面相当平滑，看起来像新的一样；实际上这可是在十世纪时所立。石像的表面之所以光滑亮丽，或许是每十二年就全身美容一次之故吧。所谓的美容，是指在祭典当天，从搭盖在石像后方的高台上依序淋下牛奶、奶油、优酪乳、白檀、金币、银币等供品的仪式。

一九八一年是立像千年纪念，据说在这小小的村子里聚集了五十万名教徒。人实在太多了，没办法让所有人都上山，许多人就爬到对面山顶从远处观礼。听说淋下牛奶的时候，神像从头到脚都变成白色；淋上白檀粉时则成黄色；而金币像雨一般降下来时则金光闪闪。

与神像一模一样一丝不挂，好像是"无所有"的教义的极致表现。

除"不杀生"外，耆那教尚极力提倡"无所有"。不但连小虫子都不可杀害，私利私欲也被视为"恶"。他们节制自己的物欲，过着相当简朴的生活。

据说印度的耆那教徒占总人口百分之零点四八，约有两百万人。虽然照比例来看仅是极少数，但由于讲求信用，许多教徒在商场上很成功，赚了不少钱。可是因为"无所有"的教义，他们毫不吝惜地将收入捐给神庙。

无论哪里的耆那教神庙都非常壮观，那都是源于信徒热诚的信仰之心。

若从我们日本人的宗教观来看，会很惊讶他们可以自发地遵守严格到难以想象的戒律。生存的原点截然不同。

位于邦加罗尔的宇宙研究所或地域开发研究所等机构的研究，好像也与日本人所想的"研究开发"有着根本上的差异。

由于没有亲自造访那些机构，只好依据传闻了。听说他们抱持"使用当地的东西，以最少的能源促进工业化"的想法，因此尽量避免耗费巨资从外地进口能源。

举例来说，什么"产生牛粪沼气的设备"、"无火烧砖法"或"脚踏式打谷机"等等——连我一听都会想说那是啥研究啊。不过，在印度，据说这类的研究开发计划不仅有一流学者投入，连政府都很认真推展。

贝鲁尔的千纳科夏瓦神庙

与迈索尔近郊的索姆纳特普尔同样是曷萨拉王朝的印度教神庙。公元一三一三年,为纪念曾是耆那教徒的曷萨拉王改信印度教,而在曾为首都的该地建造这座寺庙。

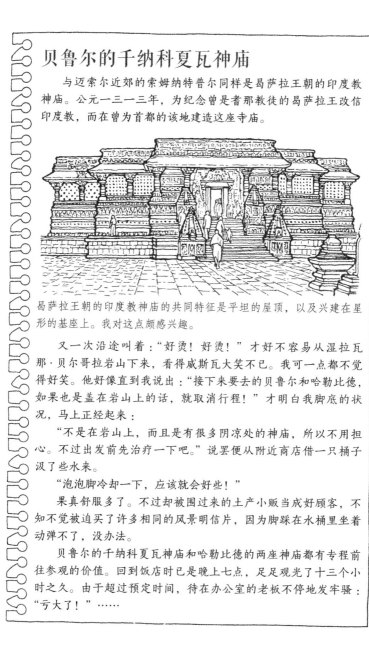

曷萨拉王朝的印度教神庙的共同特征是平坦的屋顶,以及兴建在星形的基座上。我对这点颇感兴趣。

又一次沿途叫着:"好烫!好烫!"才好不容易从湿拉瓦那·贝尔哥拉岩山下来,看得威斯瓦大笑不已。我可一点都不觉得好笑。他好像直到我说出:"接下来要去的贝鲁尔和哈勒比德,如果也是盖在岩山上的话,就取消行程!"才明白我脚底的状况,马上正经起来:

"不是在岩山上,而且是有很多阴凉处的神庙,所以不用担心。不过出发前先治疗一下吧。"说罢便从附近商店借一只桶子汲了些水来。

"泡泡脚冷却一下,应该就会好些!"

果真舒服多了。不过却被围过来的土产小贩当成好顾客,不知不觉被迫买了许多相同的风景明信片,因为脚踩在水桶里坐着动弹不了,没办法。

贝鲁尔的千纳科夏瓦神庙和哈勒比德的两座神庙都有专程前往参观的价值。回到饭店时已是晚上七点,足足观光了十三个小时之久。由于超过预定时间,待在办公室的老板不停地发牢骚:"亏大了!"……

WEST END HOTEL No.1810
RACE COURSE ROAD, BANGALORE—560 001

450卢比打折后360卢比。(约9000日元)

白墙

25℃

电视

绿色和黄色的条纹床单

室内装潢感觉蛮时髦的。藤椅、绿花黄花图样的窗帘、黄铜框的灯和镜子等等，有种不刻意的讲究，不错。

虽然大楼里的本馆也有房间，不过他们给我位于本馆外的独栋小屋。约有十栋两层楼的楼房散布在宽广庭院各处，与大楼里的房间迥然不同，可以享受度假气氛。问题是离地面近，也更接近大自然，所以蚊子特多！

很久没有听到蚊子夜访时发出的声音了；习惯了奢侈旅行后变得有点不堪一击，对于嗡嗡的振翅声和被叮咬后的搔痒，彻彻底底投降。最后还是忍不住，半夜请人拿蚊香来。虽然心想这样就没办法再与蚊子为友了……但还是想好好睡个觉。

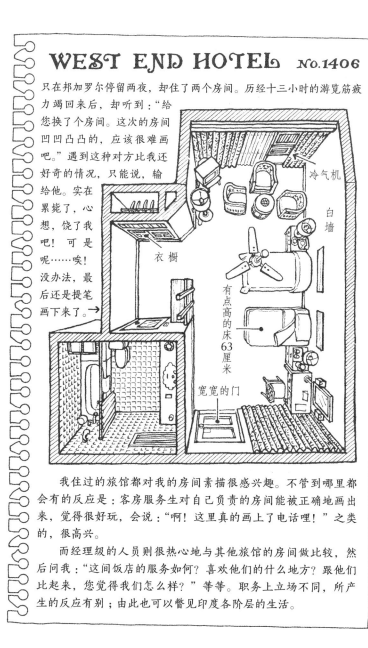

WEST END HOTEL No.1406

只在邦加罗尔停留两夜,却住了两个房间。历经十三小时的游览筋疲力竭回来后,却听到:"给您换了个房间。这次的房间凹凹凸凸的,应该很难画吧。"遇到这种对方比我还好奇的情况,只能说,输给他。实在累毙了,心想,饶了我吧!可是呢……唉!没办法,最后还是提笔画下来了。→

（图中标注：冷气机、白墙、有点高的床 63厘米、宽宽的门、衣橱）

　　我住过的旅馆都对我的房间素描很感兴趣。不管到哪里都会有的反应是：客房服务生对自己负责的房间能被正确地画出来,觉得很好玩,会说:"啊!这里真的画上了电话哩!"之类的,很高兴。

　　而经理级的人员则很热心地与其他旅馆的房间做比较,然后问我:"这间饭店的服务如何？喜欢他们的什么地方？跟他们比起来,您觉得我们怎么样？"等等。职务上立场不同,所产生的反应有别；由此也可以瞥见印度各阶层的生活。

他们相信，比起需要电力的机械、电子工学或探索宇宙等等，这种研究对居住在地球上的大半人口而言还比较有帮助！他们认为，就算得到了日、德、美等国以先进技术生产的机械也没什么用；而且就长远来说，也不见得有利。无论别人怎么认为，他们找寻适合自己的东西，相信自己觉得合理的事物与信念，不为眼前一时的利益和方便左右。

总而言之，价值观是不一样的。那样的"世界观"实在很难与其一较上下。如果可以的话，我宁可躲开这种严格的自我质疑。

因为我是那种无法放弃便利机械和舒适生活的人，这种事冷不防地端到眼前，对我来说，印度真是个严厉的国家啊。

发现于一八一九年的印度奇迹

我只是像诵念咒文般地喃喃重复着"阿旃陀""埃洛拉",就会一下子心儿扑通扑通跳,整个人兴奋起来。我特喜欢阿旃陀被发现的经过,简直就像个对自己喜爱的故事百听不厌的幼儿。

故事发生于一八一九年。地点则在奥朗加巴城以北一百零四公里的德干高原,一处岩壁连绵不断的悬崖边。那附近有老虎出没,一位专程为猎虎而来的英国军人约翰·史密斯,从悬崖上发现有头大老虎伏在下方。他按捺住急躁的心情,架起了枪扣下扳机,可惜没命中。受惊的老虎随即往悬崖跃下,渡了河消失在爬满藤蔓的岩壁之间。

史密斯为找寻老虎的踪影,拿起双筒望远镜眺望对岸悬崖,不意看见茂密的藤蔓间隐隐约约露出了好似石头建筑物的部分。但他再仔细观察四周，只见藤葛丛生的断崖而已。

由于见到了奇怪的东西，史密斯一直无法释怀，于是便将整个经过告诉了非常要好的海德拉巴藩王。藩王听了之后说：

"或许那是很久很久以前留下来的石窟也说不定。传说德干高原上有雕凿悬崖而成的石窟寺院，只是到底位于何处，至今仍然不得而知。如果那就是传说中的石窟寺院的话……好，那我们就把岩壁上的藤类给铲掉瞧瞧。"

说罢立即出动大批人马进行清除作业。有钱的藩王做起事来的确不同凡响，眼看着一大片茂密藤蔓就快被铲干净了，崖壁变得光秃秃的。最后在崖壁半腰发现了石窟，而且还不止一两座，数一数竟然有二十七座，是个规模非常庞大的石窟寺院群。

由于约翰·史密斯没射中老虎，而发现了今日印度足以夸耀世界的古迹。

该石窟寺院是公元前二世纪到八世纪之间的遗迹；就学术上来说，再也没有比它更重要的了。

"您氏"导游的大名是K．坎恩。据说他的日语只跟印裔老师学过两个月，"之后都是自修"，但他会的词汇还不少，说得蛮不错！只是嘴里老挂个"您"字。似乎是因为某个来过这里的日本人教他："若加上'您'字，就会变成是有礼貌的说法。""我没有字典。因此有日本人来了的话就可以好好学习。"他学日语的热诚让人敬佩，我决定帮帮他。

饭店大门前演奏迎宾乐的乐师

饭店大门前一有车子抵达就会突然开始演奏，但只要确认客人进入大厅后便马上停止。那种瞬间改变的默契真是令人叹为观止啊。

神色一本正经地演奏手风琴的少年，听说只有八岁。

在我素描的时候不能停下来，蛮过意不去的。

　　埃洛拉也有和阿旃陀一样的石窟寺院群，只是人们更早前就已知道，所以没有那种戏剧化的发现过程。不过听说埃洛拉也非常值得一看，期盼快点儿见着的我居然一夜难眠。

　　若要探访阿旃陀和埃洛拉两处遗迹，以奥朗加巴为根据地最适合了。

　　饭店的车子来接机，而且还是贵宾级的接待，颇让人坐立难安。抵达饭店玄关，车门一打开就有笛子、大鼓、手风琴盛大演奏印度音乐，脖子也被挂上花环，相当夸张的欢迎仪式。

　　"怎么回事啊？"我大吃一惊。不过听说这里不论谁都是同样待遇，这才安下心来。

　　到柜台办好住宿手续后，有位男士靠过来："三十分钟后有班观光巴士要出发，我可以用日语为您导览。"原来是印度观光局的职员，也是往阿旃陀观光巴士上的导游。他说话时还使用敬称"您"字，真让我有些惶恐。

我被安排坐在导游旁边，因此立即开始日语课程。第一步就是建议他把"您"字省去。到阿旃陀的三小时车程变成一趟扎扎实实的日语特训。我已经有点累了，他可是一点都不累的样子，而且对车内其他客人也没有丝毫怠慢，一边工作一边学习……短短时间内就有了惊人进步，佩服佩服。和他比起来，我的英文程度真是马虎，只能唬唬人！

他用日语告诉我有关阿旃陀的故事，其实该说谢谢的人是我。在叙述约翰·史密斯发现阿旃陀的故事时，他告诉我"枪手"一词在北印度语里是"sikari"，让我颇为吃惊。

"没错，猎人叫作'sikari'，打猎称为'sikari'。"

我之所以会吃惊，是因为在日本的东北地方，把到山里打猎称为"matagi"，其领袖则称为"sikari"。由于日语中有不少词汇源于南方语言，其实没什么好觉得意外的；不过当我听到"sikari"一词时，还是着实吓了一大跳。

我为了探访"matagi"而前往东北地方的时候，曾经询问当地人为什么神枪手叫作"sikari"。对方只说："啊，从以前就这样叫了，我也不知道为啥。"最后还是没能弄清楚。没想到，来到阿旃陀以后居然会在不经意间得知答案。

现已不复存在的"matagi"是一种独特的狩猎团体，绝对不会单独行动。因为猎场在积雪很深的深山里，为了保护生命安全，成员必须严格遵守"matagi"特有的山规。其中有一条为"山语"，亦即只有打猎时才能使用的语言，下了山回到

走到第七窟前

我　坎恩

孟买的「象岛·石窟院」也有相同的轿子。

　　巴士在石窟所在的岩山下一停妥，卖土产的小贩全都蜂拥而上。坎恩先生喊着："待会儿！待会儿！"护着我们杀出重围，嘴里还不忘说明："遗迹里既无饮料也没厕所，要去的趁现在快去！坡路距离很短，但脚力不行的人可以在这里雇轿子。"

　　"我终于来到阿旃陀了！"兴奋的我脚步不断加快，没一会儿工夫就把大家抛到后头去了。坎恩开我玩笑说："请您帮我们导览导览吧！"

　　我也不甘示弱："那个'您'字呢，您就把它给省了吧。"说笑之间就到了以壁画闻名的第一窟。凿石挖通的石窟院里昏暗阴冷，经手电筒照明后浮现的壁画与日本法隆寺的"金堂壁画"颇为相似。看着"菩萨像"，一股熟稔怀念的感觉油然而生，看得入迷。原来这里就是源头啊。石壁上涂着混合了牛粪和稻壳的泥土，接着又抹上石灰，最后才在上面作画。

　　红色黄色的颜料原料来自砂土，绿色是植物的叶子，黑色则是木炭；至于蓝色好像是从波斯进口的。

村里就禁止使用。例如"熊 =itazu"、"生起营火 =agarakasu"、"火 =igusi"、"家 =ikane"、"恐怖 =saji"等等，都是些根本不像日语的词汇。我对语言学完全外行，但我想说不定还有很多保持了原貌的未曾演变的词语残留下来。

一抬头就可以看到的岩盘层断面，沉积得相当厚实。现在游客走的阶梯和水泥路都是石窟群发现后才铺设的，以前根本没有。当时好像是从下面的河滩直接上上下下。若由今观之，此地着实交通不便，在坚硬的石头上用凿子雕刻也是件非常辛苦的事……不过选在这里也是有好处的。例如，就算在炎热季节里，石窟里依旧阴凉，并且雨季时可避豪雨；而又因为远离人烟，不论是修行或顶礼膜拜举行仪式或冥想，都能不受干扰。

进到里面，原本以为会看到又深又大规模惊人的石窟，没想到都是些小品，还有雕到一半中途停止的半成品，形形色色。

虽然各窟的规模或形态等各有不同，但仍有一共通点，就是把修行礼拜用、具有寺庙功能的"礼拜窟"与僧侣生活居住的"僧院窟"区分开来。二者的差异很清楚。僧院窟里并列着僧侣的个人房，其中有以岩石雕成的长方形卧床，可以想见很久很久以前僧侣的寺庙生活。

礼拜窟中则有舍利塔，一看就知道是礼拜的地方。在日语里，舍利塔音译为"卒塔婆"（编注：即中文里的"浮屠"），象征

阿旃陀的石窟
从第六窟到第十三窟
（箭头指的是第十窟）

印度全国好像约有一千两百座石窟，其中的一千座集中在岩盘地层多的西印度……

第十窟里有游客的涂鸦，其间有约翰·史密斯留下的纪念签名。

蛮想去史密斯发现老虎的地方站着看看。导游坎恩先生反对："爬上去很辛苦的，现在又那么热，算了吧！"还消遣我："难不成河童先生是来猎虎的？"最后以开玩笑的口吻叮咛："用餐休息时间是一小时。记得在开车前回来，小心别被老虎吃掉喔！"

供奉"佛舍利"的佛塔。

据说"去了阿旃陀,从舍利塔一眼就可看出佛教建筑形式的演变,以及宗教随时代改变的轨迹"。经过印证,果然没错。

在公元前的小乘佛教时代,舍利塔只是座圆塔,表面没有任何装饰,造型相当简单普通。当时佛像尚未成为膜拜的对象。第九窟和第十窟就是在那个时代建造的,是相当珍贵的礼拜窟。

之后到了大乘佛教时代,舍利塔的正面开始雕有巨大的佛像,并且开始膜拜佛像;石窟内部的墙壁和柱子,也都以浮雕或壁画装饰得相当华丽。好几百年之间的演变,从毗邻的石窟中就可以一目了然,真是令人感动,叹为观止。大乘佛教时期的代表作是第十九窟和第二十六窟。

阿旃陀的各座石窟虽然都以号码来称呼,但这与各自的开凿年代并没有关系,只是很单纯地从前面开始依序编码而已。

而那只老虎所隐入的第十窟,正是阿旃陀最古老的窟院。天花板很高,住起来大概很舒服吧?

没吃午饭肚子饿扁了,匆匆忙忙买了香蕉在晃来晃去的车上充饥。

"看到老虎了吗?"许多人这么问我,我就开玩笑地回说:"有,看到老虎的足迹一直延续到第十窟。如果你们一起来的话就看得到呢……"刚刚在餐厅吃中饭时,大家好像有谈论到我的事,还笑了一阵。坎恩似乎以为我对"老虎"非常有兴趣是因为年轻的关系。"五十三岁",说了不信,直到我拿出护照给他看才吃了一惊:"哇!真的耶!"都已经这把年纪了,还因为老虎的事惊动大家,真有点丢脸。坎恩知道我回国要写本印度游记后,突然谈起正经话题来。

"刚刚去的阿旃陀只有佛教的石窟;待会儿要参观的埃洛拉,则不仅有佛教寺院,还有印度教和耆那教的神庙,这是埃洛拉的有趣之处。若要谈及原因,这乃由于自八世纪以降,佛教在印度衰微了——毕竟佛教教义对很多人来说很困难,而且还必须以梵文学习。至于新兴的印度教就比较简单,信徒便日渐增加。而且,印度教供奉许多神明,只要你喜欢,想拜哪几位神明都没问题,在这点上也相当自由。连佛教的'释迦牟尼佛'都被纳入成为印度教神明之一——也就是说,佛教徒改信印度教后依然可以拜'佛'……新兴的印度教可说是来者不拒全部OK,十分方便,因此,在有各色人等一起生活的印度,它的势力便逐渐强大。从埃洛拉就可以清楚看到这点。埃洛拉的佛教石窟是在五到七世纪兴建的。不像阿旃陀的佛窟属公元前二世纪到公元一世纪左右的小乘佛教时代;埃洛拉的石窟成于大乘佛教时代。"

他口中接二连三迸出"小乘佛教"和"大乘佛教"等艰深日语词汇。

"最初埃洛拉只有佛窟;公元八世纪到九世纪间开凿了印度教石窟;接下来在九到十世纪之间,耆那教的石窟也一一出

阿旃陀全景 （河沿岸五百米的范围里有许多石窟）

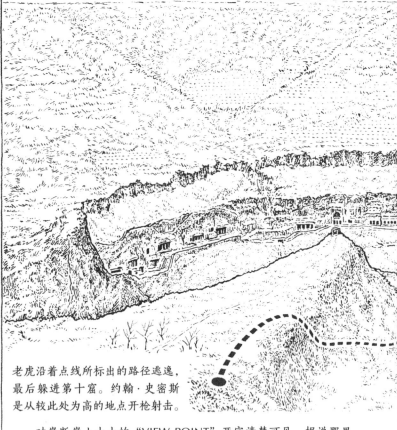

第十窟为公元前二世纪的遗迹：右边的第九窟是公元前一世纪留下来的，左右并列着五到七世纪的石窟。

老虎沿着点线所标出的路径逃逸，最后躲进第十窟。约翰·史密斯是从较此处为高的地点开枪射击。

对岸断崖上大大的"VIEW POINT"两字清楚可见，据说那里便是约翰·史密斯发现阿旃陀的地点。抬头一看好像不很远，但开始登顶没多久就气喘如牛。这与我听说来回要四十分钟、急着赶路也有关系，但没料到这么辛苦。不一会儿就觉得口干舌燥，却没带常用的水壶。在湿拉瓦那·贝尔哥拉时，由于是跳着上山，中途水壶的背带断掉摔坏了。没水虽然难受，但走这趟很值得。

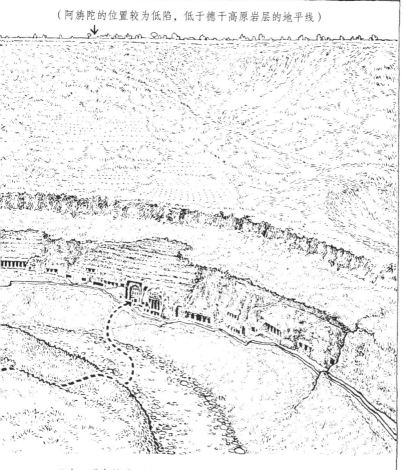

（阿旃陀的位置较为低陷，低于德干高原岩层的地平线）

蜿蜒呈马蹄形的河川名叫「瓦谷拉」，在马拉塔语中是「老虎」的意思。至于命名时期则不详。

"哦，原来就是从这里开凿的！"沿途边欣赏绝妙景色边喃喃自语。沿着弯弯曲曲的山崖凿成的石窟群一览无遗。我试着想象当时这里爬满藤蔓的景象；还有，当时河里应该有水吧？我到的时节是干季，所以河里一滴水都没有……

这回也是又拍照又素描，差点错过巴士。后来像那头老虎般往下急奔，终于赶上。到了小商店，一口气连灌三瓶叫作"雷米加"的饮料。

现。所以到埃洛拉去可以一次看尽这段历史。"

光是听到这番说明,就让我心痒痒的。

埃洛拉和阿旃陀不同,石窟前就有广场,巴士可以直接停到那边。一下车就让人"哇!"地惊叹连连。阳光的角度与亮度也很棒。

坎恩说:"埃洛拉面西,所以午后是最佳参观时机。"原来如此。

据说凯伊拉萨纳达神庙于公元七五七年动工,和日本的"奈良大佛"算同时代——不过凯伊拉萨纳达神庙可是历经两百多年才落成。整个工程规模大到让人简直要昏倒,真亏他们想得出来。无论是下令建造的拉斯特拉库塔王朝的克利斯纳王,或擘画设计的建筑师通通无法亲眼见到神庙完工时的宏伟堂皇;进行碎石、雕刻作业的石匠也一样。代代相传,得一直接力到第四或第五代,才终于有今天所见之规模。

在巴士里也有人喟叹:

"来不及见到自己的作品完成便撒手人寰,实在遗憾啊!"

我的看法或许武断了些;但我可不这么认为。搞不好对神庙完工后的模样最有具体想象的人,就属那些每天手拿凿子铁锤敲敲打打的石工?我是这么觉得。他们的脑海里应该早已浮现出雄伟壮观的神庙了。只不过,实际上完工后的景象和脑海里所描绘的是否相同,那就另当别论了……拿我自己的工作为例:我也是在下笔前,白纸上就已经浮现出作品完成后的样

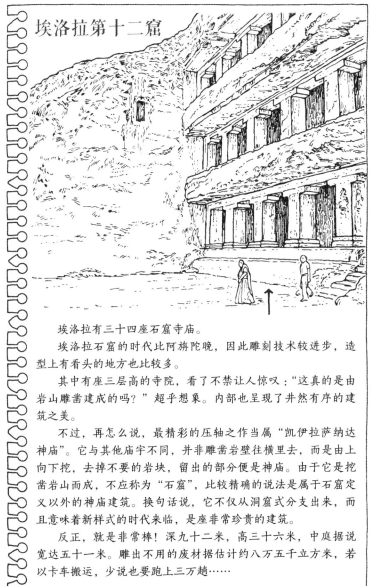

埃洛拉第十二窟

埃洛拉有三十四座石窟寺庙。

埃洛拉石窟的时代比阿旃陀晚，因此雕刻技术较进步，造型上有看头的地方也比较多。

其中有座三层高的寺院，看了不禁让人惊叹："这真的是由岩山雕凿建成的吗？"超乎想象。内部也呈现了井然有序的建筑之美。

不过，再怎么说，最精彩的压轴之作当属"凯伊拉萨纳达神庙"。它与其他庙宇不同，并非雕凿岩壁往横里去，而是由上向下挖，去掉不要的岩块，留出的部分便是神庙。由于它是挖凿岩山而成，不应称为"石窟"，比较精确的说法是属于石窟定义以外的神庙建筑。换句话说，它不仅从洞窟式分支出来，而且意味着新样式的时代来临，是座非常珍贵的建筑。

反正，就是非常棒！深九十二米，高三十六米，中庭据说宽达五十一米。雕出不用的废材据估计约八万五千立方米，若以卡车搬运，少说也要跑上三万趟……

埃洛拉的凯伊拉萨纳达神庙

现在看到的是岩石本身的颜色,不过从前好像涂饰得五彩缤纷。想必极为绚烂才是。

第十六窟（印度教神庙）

公元七五七年开工，九五七年落成。其间也曾改朝换代，但工程仍旧持续下去，不曾中断。

子,连外形都历历在目。

至于他们的劳动条件如何,不可考。我想精神上应该不会有太大压力吧。反倒是看着工程只能一点一滴进行、每天焦急不已的藩王,或许还比较辛苦。

说到藩王,奥朗哲布曾经君临此地。他可是莫卧儿帝国的皇帝,也就是兴建泰姬玛哈陵的萨·加罕的儿子。奥朗哲布还身为皇子的时候,曾担任德干高原一带的总督。但他的行事作风与其父迥异,和当地的印度教徒处得不融洽、与伊斯兰教徒走得很近,而且经常与周围的藩王发生争战。打个没完的仗消耗了大笔军费,再加上他父亲建造泰姬玛哈陵时挥霍巨款,使得国库日渐空虚。奥朗哲布日后发动政变,幽禁他的父亲、杀害两位兄长,自立为莫卧儿帝国第六代皇帝。可是,由于德干高原地区反莫卧儿帝国的印度教徒组成游击队,三番两次起而叛乱发动攻击,奥朗哲布不得不多次远自德里率领大军至此镇压。他完全无意与对方和谈,而长期远征的结果是奥朗哲布终于疲于奔命,最后病殁。

现在成为前往阿旃陀、埃洛拉中继站的奥朗加巴,就是他在国势鼎盛时期以自己的名字所命名的。

奥朗加巴西北方二十六公里、距离埃洛拉四公里处有个叫作库尔达巴的村子。地名以"巴"(bad)字作结的都是伊斯兰教徒较多的地区;这一带到处都是带有"巴"字的村镇。导游坎恩先生也是伊斯兰教徒。

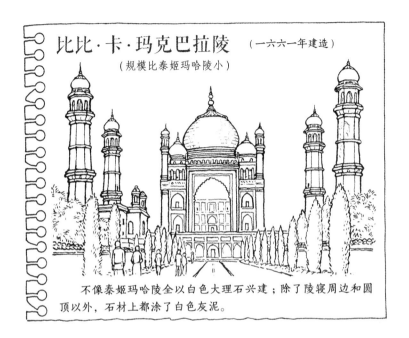

比比·卡·玛克巴拉陵（一六六一年建造）
（规模比泰姬玛哈陵小）

不像泰姬玛哈陵全以白色大理石兴建；除了陵寝周边和圆顶以外，石材上都涂了白色灰泥。

库尔达巴好像是伊斯兰教的圣地，周围有奥朗哲布下令兴建的城墙，村里的一角则有奥朗哲布墓。虽说是皇帝的安息之处，却只是一方以白色大理石镂雕围墙圈起来的墓地，小到连个壮观的屋顶都没有。这是依照他的遗言，建得相当简朴。

附近另一座建筑也引起我的兴趣。它被称为"德干之泰姬玛哈陵"，实际上也与泰姬玛哈陵十分相似，是奥朗哲布为祭祀他最心爱的皇妃拉比亚·杜拉妮所建。以勇猛好战闻名的他，会把大笔钱花在战争上，其他方面则相当节省；除了清真寺之外，在他手中兴建的有优美造型的建筑，就只这一座。但是，为何要模仿他父亲所建造的泰姬玛哈陵呢……奥朗哲布一直对父亲抱持着反抗心态，照理说应该强烈挞伐泰姬玛哈陵才是，没想到却加以模仿，实在讽刺啊。从这座陵墓可以看出他们父子间如戏剧般的爱恨情仇。到最后他还是没能超越自己的父亲吗？

奥朗加巴西边十三公里有一座杂草丛生、名为"道拉塔巴"的废墟，是前往埃洛拉途中巴士会停下来参观的景点。城里有忍者屋一般的设计；从历史面来看也蛮有趣的。正如其名所示，"道拉塔巴"为穆斯林统治的地区，但听说最初并非如此。

这座城堡建于十二世纪后半叶，曾为信奉印度教的雅达伐王朝首都，繁荣一时。

不过该王国于十三世纪末被伊斯兰教消灭后，本地区就一直没有脱离伊斯兰势力控制。信奉伊斯兰教的各朝名称列出来不太有趣，但还是写一下：自"奇利基王朝"起，"托格鲁克王朝"、"巴夫马尼王朝"、"阿马德纳葛王朝"，之后是"莫卧儿帝国"，奥朗哲布死后被称为"尼萨姆王朝"（即"海德拉巴王国"），诸王皆为穆斯林。

自古便认为："控制此地就能掌握德干地区。"至于为什么会对这地区如此执著，仔细想想，这附近既生产织品，亦以宝石的加工集散地闻名；还有商人远从欧洲等地来此经商，是个繁荣富裕的地方……

听说道拉塔巴就是"富有之都"的意思，是十四世纪托格

发现于一八一九年的印度奇迹

Rama INTERNATIONAL HOTEL
R-3, CHIKALTHANA, AURANGABAD
Tel. 8241/8340

400卢比算我300卢比（7500日元）。双手合十的标志表示这间饭店属于WELCOMGROUP。

米色系配上淡咖啡色花纹

橘色

米色壁纸

已经脱线的补丁

No.319

（忘了测量这房间的温度）

德干高原曾发生过激烈的攻防征战，那段历史在炽烈艳阳下更令人震撼。向往已久的阿旃陀和埃洛拉可说是此行的重点，也已经亲眼得见。那份兴奋在回饭店后仍久久不退，不禁在房间内踱起了方步。跨越千年的时间之流刻画在阿旃陀的岩壁上；而在埃洛拉的凯伊拉萨纳达神庙，我则见识到渺小人类所完成的"宏大事业"。

说到凯伊拉萨纳达神庙，甘吉普拉姆也有一座同名的神庙。埃洛拉那座兴建的时期，正是脱离石窟时代的起始；之后则以堆叠石块的方式建造，甘吉普拉姆的凯伊拉萨纳达神庙便是依此形式所建。我翻开素描簿重新观看这些神庙。

鲁克王朝的穆罕默德所命名。这位藩王可能是太过热衷于追求财富，脑筋变得怪怪的，居然跟人民提出超乎情理的要求："首都设在德里太远太不方便了，迁到这里来吧！"命令德里居民迁到此地。这还不打紧，他竟然要人民徒步一千一百二十公里前来。在那次大迁移中，不知有多少人累倒路旁，命丧黄泉。迁都失败的穆罕默德，七年后又下令将首都移回德里。当权者一旦疯狂起来，不管是哪个时代，倒霉的永远是老百姓。

之后，道拉塔巴的城主虽有更迭，但他们皆费尽心力巩固此城防备，由此可看出对这片土地的执著重视非比寻常。

想要进入城内，首先得下到护城河底，再爬阶梯上来，然后挤过像洞穴般的小门。这项设计的目的在于一旦有敌人入侵，只要打开城堡里的水库闸门，让水灌入护城河就可将之冲倒溺毙。此外，还从巨岩中开凿出螺旋状阶梯，内部漆黑一片，这样就可以趁敌人爬得昏头转向之际，从上方淋下滚烫的油或扔下大石头。有如此设计和机关的城堡应该攻不下来吧？此地还是曾经陷落。人外有人，天外有天，进攻的一方可也不是省油的灯。

湖上王宫饭店

在印度观光局印制发行的宣传小册子《西印度》里，有个标题是"浮在湖面上的宫殿"，下面有这么一段描述：

"乌代蒲位于孟买和德里之间海拔七百六十二米的高原上，从孟买搭飞机前往约需两个半小时。

"乌代蒲有辽阔无边的草原、清新澄澈的空气，全年气候温和宜人。由于有以上优点，十七世纪时藩王在这里建造了离宫。浮在湖面上的白色宫殿现今已改营旅馆，正是'湖上王宫饭店'。随着朝夕光线变化，沐浴在晨曦与暮色下的纯白建筑，闪烁着粉红和金色光辉，色彩千变万化，俨如仙境一般。这间饭店是度蜜月的绝佳选择。"

读到这样的介绍词——并不是受"仙境一般"的词句蛊惑——便无论如何都想住住看。再加上印度"前辈"N先生又以意带挑拨的笑容说出这样的话："那间旅馆非常棒！不去住住看，会后悔喔。"

当然，我一定会去住，所以早在出发前就已经透过印度航空帮忙订房，而且为了保险起见，在孟买时还去了趟印度观光局的办公室，请他们再次确认无误。感觉上这趟去乌代蒲，好像全为了住这家饭店似的——事实上也的确如此啦。反正，它是我无论如何也想住住看的旅馆之一。

但是，就在出发往乌代蒲的前一天，印度观光局突然发了一封措辞似乎另有意涵的通知到我在孟买住的旅馆。

"请到了当地后再度确认！"

由于一直听说那是间订房不易的旅馆，心里有股不妙的预感。

一出了乌代蒲机场，我就直奔饭店。说是直奔饭店，但因为它位在湖中，所以也只能从码头打电话过去确认。不出所料，对方的回应是："是的，我们的确收到了您的订房要求。不过，我们并未回复您 OK。"

为了投宿湖上王宫饭店而特地前来的观光客似乎不少。其实我也是其中一员……今天也是，有来自法、德、美的观光团。不知道是否因为如此，我的预约才被取消。

这饭店特别受女性欢迎，像伊丽莎白女王、贾桂琳·欧纳西斯等世界名人都曾住过，可说是一间梦幻旅馆。不过，我也没资格笑人家俗气；我自己想投宿的动机也没多伟大。事实上，"007"詹姆斯·邦德在电影《八爪女》里大展身手的舞台

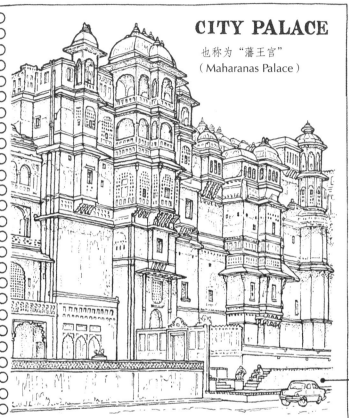

CITY PALACE
也称为"藩王宫"
（Maharanas Palace）

以花岗岩和大理石建造的宏伟宫殿。即便在有众多宫殿的拉加斯坦州里，这座宫殿的规模也足以傲视群伦……

这儿相当于从前的停车场。登上象背的地方。

怎么会有这种离谱的事！
"不行的话，不是应该早点说吗？"
"接下来三天通通客满，实在没有房间给您。"
在电话中逼问也于事无补，柜台人员好像也蛮困扰的："我们经理现在不在……要两小时后才会回来。"
没办法，这种时候，只有亲自前往、当面跟对方谈判。既然决定了，我就利用空当到湖畔的藩王宫参观参观。这里虽然名为"城市宫殿"，但其实比较像城堡。从瞭望塔往下看，果然"湖上王宫饭店"看起来就像浮在水面上一样。

　难得时间如此充裕，于是便打开素描簿画了起来。简直像在描绘梦中情人一般，心儿扑通扑通直跳。
　纯白的身影倒映在湛蓝的水面上，真像位习惯异性奉承爱慕的美女。那副满不在乎的表情虽说让人有点恼怒，但，还真是美啊。
　"什么'欢度蜜月的绝佳饭店'！蜜月旅行来这种地方，铁定要离婚的啦。回去之后面对现实，落差太大根本没办法处得好嘛！最美好的回忆大概就只剩蜜月时投宿的这家饭店吧。哼，一定是这样！"边画边自言自语说些有的没的，还扯上一点都没关系的新婚夫妇，看来我的精神状态不太稳定。反省。然后，决定了。
　既然如此，那就来模仿拉丁情人的口吻，一个劲儿地倾诉我对她有多着迷，否则也没其他办法。
　抵达码头搭乘饭店的交通船时，船夫老爹问我：
　"订好房间了吗？"

"没,不管他,反正到那里再说!"说罢即请对方开船。饭店码头最右侧有石阶,我一下船就爬上阶梯直驱饭店柜台,展开厚颜无耻的说服战。

我将素描簿摊开在柜台上,让经理和其他职员瞧瞧我画的"湖上王宫饭店"全景,并且夸张地说道:

"为了投宿这家饭店,我可是特地远道从日本来的喔!如果只画到饭店的外观就回去,实在很遗憾。我真的很想画画房间内部的陈设!"

一群人聚过来,看到这张旅馆的素描都惊讶不已,连经理的态度都明显有了转变。他考虑了一会儿,回答我:"能不能请您明天再来一趟?我们想想办法!"

正是印度；片子在这附近地区拍摄，湖上王宫饭店也在片中出现过。我回日本后看了那部电影，除了职业病作祟之外，最终原因还是想了解什么地方是以何种方式拍摄下来，算是马后炮型的兴趣吧。

明天应该可以慢慢欣赏湖上王宫饭店；不过眼前的问题是，今天晚上住哪儿？我心里正盘算着要投宿哪家饭店，上岸时却看到从机场载我过来的司机居然还在那儿候着。他好像看透了我的心思："您如果想住宫殿式的饭店，这附近就有一家，而且还很便宜哟！"

这提议实在来得太巧了，所以虽然半信半疑，还是请他载我去。该栋建筑就在"城市宫殿"下方。就宫殿来说规模小了些，比较像是间行宫，但招牌上的确也写着"RANGNIWAS PALACE HOTEL"的字样。这是一八三五年建造的迎宾馆，而且不折不扣是一座藩王下令兴建的宫殿。

和湖上王宫饭店相比，当然是判若云泥；但如果是看看宫殿之间的差异，应该蛮有趣的，就决定来住住看。里面也没有一般饭店的柜台，只在玄关摆了张台子，而且不见半个人影。司机不停按喇叭，过了好一阵子才有位老爹从庭院角落的小屋出来。"现在床位都满了，只剩一间最好的房间，价钱比较高，可以吗？"既然他强调"贵"，便有心理准备，结果却只要一百二十五卢比（三千一百二十五日元）。这可是到目前为止我住过最便宜的房间了。我问正在庭院草皮上玩的年轻人房价多

RANGNIWAS PALACE HOTEL Tel:3891

截至目前为止最便宜的一间，才 3125 日元。而且是住过最宽敞的。这房间的确是这家旅馆里最贵的；不过其老旧与破败也与房价成正比。墙面各处不是龟裂就是掉漆，看来老板在取得这栋建筑之后就直接营业，没有先整理。但换个角度来看，由现今模样可想见当年情况，很有参考价值。饶富趣味的房间。

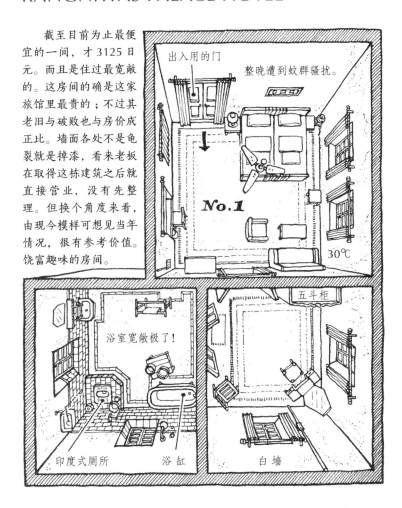

晚上有一大群年轻人跑来我房间，几乎把每个角落都看个透。我也跑去参观他们的大通铺。宽敞的大房间里只摆了十张床，行李就堆在床下。其中一位年轻人笑着说："相机之类的就抱着睡。身上带着贵重物品的家伙，要付的住宿费恐怕一晚不只十五卢比呢。"

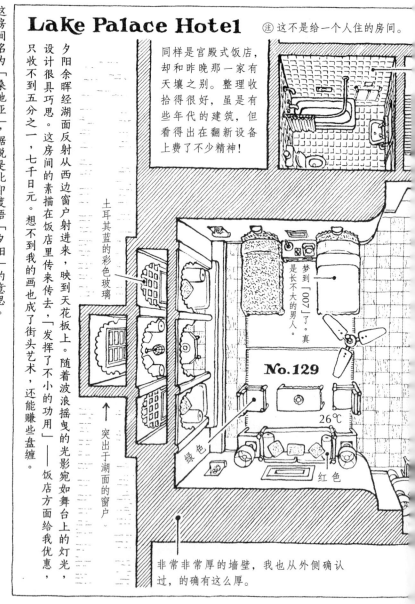

Lake Palace Hotel

注：这不是给一个人住的房间。

同样是宫殿式饭店，却和昨晚那一家有天壤之别。整理收拾得很好，虽是有些年代的建筑，但看得出在翻新设备上费了不少精神！

夕阳余晖经湖面反射从西边窗户射进来，映到天花板上。这房间的素描在饭店里传来传去，"发挥了不小的功用"——饭店方面给我优惠，只收不到五分之一，七千日元。想不到我的画也成了街头艺术，还能赚些盘缠。

这房间名为「桑地亚」，据说是北印度语「夕阳」的意思。

土耳其蓝的彩色玻璃

↑ 突出于湖面的窗户。

绿色

No.129

梦到「007」了。真是长不大的男人。

26℃

红色

非常非常厚的墙壁，我也从外侧确认过，的确有这么厚。

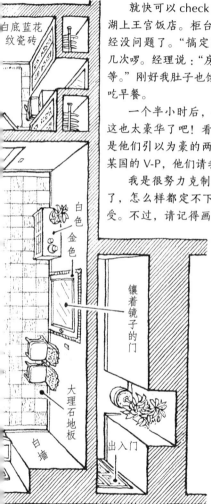

这扇门外就是喷水池中庭,对面是另一间套房。

就快可以 check in,但实在是等不及了,决定前往湖上王宫饭店。柜台的职员很热情,大概是因为房间已经没问题了。"搞定!"在印度,反正就是不死心多试几次啰。经理说:"房间还没整理好,请您先喝杯茶等一等。"刚好我肚子也饿了,便到有喷水池的中庭伴着鸟鸣吃早餐。

一个半小时后,他们领我到房间去——这这这……这也太豪华了吧!看得我差点跌倒。一问之下,得知这是他们引以为豪的两间套房之一。较大的另一间正住着某国的 V-P,他们请我委屈点住这边。

我是很努力克制自己,但我实在和这房间太不搭轧了,怎么样都定不下心来。"请您慢慢品味藩王般的享受。不过,请记得画下这房间的素描哟!大家都很期待您的画作。"经理说罢即走出门去。

要画这房间不难。问题是,住一晚不知得花上多少钱?这才让人担心。经理要我"慢慢品味藩王般的享受",但这房间实在是豪华得吓死人,装潢摆饰无不让我惊叹连连,哪能有什么藩王心情。加上对房价在意得要命,说什么"藩王般的享受",不可能啦!

最后还是忍不住去问价钱。

"那是一晚一千五百卢比的房间。"简直是晴天霹雳——一个晚上要日币三万七千五!

柜台职员说:"没别的房间了。价钱的事您就别担心了。"话虽如此,但还是……

少，回答是："大通铺里的简便床位，十五卢比（三百七十五日元）。"他们一听我的房间要一百二十五卢比："那一定是藩王的房间，可不可以让我们瞧瞧？"对学生来说，这房间就像是高山岩缝里迸出的一朵鲜花，高不可攀。

《007》电影中出现的镜头不晓得是在饭店的什么位置拍摄的？请教饭店的人，结果回答是：

"万一詹姆斯·邦德发起飙来，把饭店给毁了，那可糟啦。所以拒绝让他们在里面拍摄。"

真是让人沮丧的答案——不过，很可以理解。我也算是电影幕后工作群的一员，对这方面非常了解。外观应该是实景，室内场面便大多搭布景。这样在拍摄时不论是摄影机的位置或打光等等，都可以比较自由没有限制。加上动作片拍起来破坏力十足，更常搭景。不过，听说《007》的确有蛮多外景是在这地区拍的。

这饭店南边的湖上有另一座宫殿，听说电影也曾在那里拍摄，便雇了船去瞧瞧。

该小岛叫作"贾格·曼帝尔"，在历史上也有些名气。这里的主角又是那位建造了"泰姬玛哈陵"的萨·加罕。他在还是皇子的时候，由于忤逆父皇加罕基而被追杀，逃来此地藏身岛上。后来他扳倒父亲成为第五代皇帝，没想到他的儿子奥朗哲布也是反叛他而夺了帝位。虽说历史总是重演，只不过父子相残似乎成了莫卧儿帝国历史的一部分。

湖上王宫饭店　321

Lake Palace Hotel　No.102

绿色花纹的窗帘。从这扇窗户可看到东边的湖面。

橘色沙发椅垫

白墙

绿色床罩

橄榄绿

在湖中建宫殿已是蛮后来的事。而摇身一变改为饭店后，也仍然是本城珍贵的观光资源。

我一走出房间，就有人问：「这次要画哪里呀？通通可以让您参观哟！」既然如此，就请他们让我瞧瞧那间大套房。果然比我的房间大，叹为观止。由于是边间，有两扇大窗可以看到湖面，而且房间里居然有秋千。一个晚上要一千八百卢比（四万五千日元！）。这种房间只要像参观博物馆般，看看就够了。

在饭店玄关有穿着纱丽的美女为每位住客献上花环。（这家饭店也是属于 Taj 集团）

这回意外住进套房；若是普通情况，不晓得会让我住什么样的房间？蛮想知道里面的摆设和价位，于是又请饭店介绍了。这房间三百五十卢比（八千七百五十日元），这我就住得起了。光看房间内部，实在感受不到宫殿般的气氛；不过若到中庭或顶楼散散步，或是到沙龙去悠哉地喝杯茶，就可以和其他客人一样充分享受奢侈的宫廷气氛了。

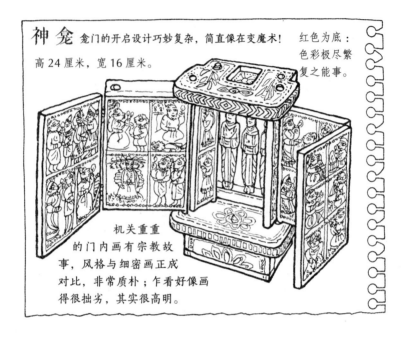

神龛 龛门的开启设计巧妙复杂,简直像在变魔术! 红色为底:色彩极尽繁复之能事。
高 24 厘米,宽 16 厘米。

机关重重的门内画有宗教故事,风格与细密画正成对比,非常质朴;乍看好像画得很拙劣,其实很高明。

乌代蒲也与莫卧儿帝国有很深渊源。从乌代蒲搭火车往东约四小时,有处被称为"企投尔葛"的废墟,曾是信奉印度教的梅瓦尔王朝之都。当时北方的德里有信奉伊斯兰教的莫卧儿帝国,梅瓦尔王朝正好碰上莫卧儿帝国扩张版图,因此厄运不断。莫卧儿的第三代皇帝阿克巴曾三次猛攻此地,企投尔葛于一五六七年陷落。顺带一提,阿克巴就是萨·加罕的祖父。

被阿克巴打败的梅瓦尔王——乌代·辛格于是迁都,新都即为乌代蒲。他以自己的名字来为此城命名。"蒲"(pur)在北印度语里是指"城市"。就如地名有"巴"(bad)的多属伊斯兰教的范围,有"蒲"则属于印度教圈。后来,该王国被迫

细密画工坊的画师

我对印度独特的细密画颇感兴趣；在孟买博物馆的细密画展区就耗上大半天，到了乌代蒲也在「城市宫殿」的「细密画馆」停留很久。我自己的画也是偏精细；但和印度的细密画一比，实在是小巫见大巫。

虽说比不上博物馆级的杰作，但现在仍然有人以古典技法描绘细密画。摹仿百年名作高价卖给观光客的案件时有耳闻；但其中有些画得极好，可以说是即便被骗也不算吃亏。我当然很想看看绘制过程，刚好有机会造访街上的一家工坊。那位画师一听说我也会画画，反倒对我发生兴趣，提议"那你画画看！"就教起我来了。底板是象牙薄版，以各种颜料描线，笔毛则采自松鼠尾巴。运笔难度颇高。对方不停地奉承："画得真是好啊！"结果，被迫买下画在纸上的细密画。对方是给了折扣，不过……

誓言效忠莫卧儿帝国,但逃过改名的命运。

据说乌代·辛格是位不简单的人物;这座水量丰沛的湖泊就是由他堰川筑成。因有此湖,乌代蒲至今仍受惠不少:除了创造出足为观光胜地的优美景致外,即便在旱季时也能确保水源无虞。

本篇可说是从头到尾与"旅馆"有关。乌代蒲吸引观光客的不外湖泊与宫殿;其中最被标榜的就属"湖上饭店",连印度观光局的小册子都大肆介绍,所以也没办法。另外还有间饭店,就像我头一晚住的那间一样,原为迎宾馆,也号称"Palace Hotel",临法铁·沙迦尔湖。该湖位于"湖上王宫饭店"所在的皮丘拉湖北方,但即便我生性好奇想来个"宫殿比较",可是若连那间都去住,就太离谱啦。

在街上晃了晃,发现这里的古董店比其他城市来得多,美术工艺品也很丰富,光看就很乐。

其实我来乌代蒲的目的,除了旅馆以外,还有一样,就是买印度教的神龛。我在各地都有看到,但听说都是乌代蒲生产的。来这儿一瞧,果然不愧是产地,古董店四处林立。有的看起来年代久远;也有让人看了不禁生疑的仿古货。好玩的是,每家店定的价格差非常多;例如有间要价两百五十卢比(六千二百五十日元),结果我在第七家以六十卢比(一千五百日元)买到,高兴极了。回房间后想到就拆开把玩一番,痴痴地笑。

粉红城市斋蒲尔

※

印度教徒不造坟，当然也不盖陵寝之类的建筑。可是，在斋蒲尔却有信奉印度教的"卡查瓦王族"的陵寝，而且还不只一座，历代藩王都有，集中在一处。建筑风格则受伊斯兰教影响。若说这片土地属于伊斯兰文化圈，那就另当别论；但在印度教地区会有陵墓，实属罕见。

至于为什么印度教徒会盖陵墓呢？要解开谜题倒不难，这和此国的地理位置以及和邻国间的势力消长很有关系。

卡查瓦王国兴起于十一世纪，定都安贝尔，然后慢慢在斋蒲尔一带扩展，曾经繁荣一时。到了十六世纪，卡查瓦的北方出现了势力陡然大增的异教徒国家——莫卧儿帝国。这个信奉伊斯兰教的新兴国家一出现，周围各国开始恐慌，特别对那些紧邻莫卧儿的国家来说，这问题更是严重。

他们所面临的抉择是，到底要拒绝强国统治，还是臣服于它?除了这两条路以外,他们没有其他选择。

最后,卡查瓦王国选择避免战争,誓言效忠莫卧儿帝国。而且不仅仅是服从,还在政治上高度参与配合,甚至担任莫卧儿帝国的将军之职,积极给予协助。

另一方面,就莫卧儿帝国阿克巴皇帝的立场而言,能与邻近的印度教强国维持友好关系,也是有利之事。

阿克巴对印度教势力的态度是怀柔抑或强硬,现在已不得而知;不过他扭曲了严格的伊斯兰教义,创造出混合伊斯兰教和印度教的新型宗教,表示他并不排斥印度教。而卡查瓦王国也为了国家安全,多少往伊斯兰教接近,放宽自己的宗教观,因此才会留下类似伊斯兰"陵墓"式的建筑。或许这是"战国"时代的生存之道吧!

若说卡查瓦王国性情温和,非好勇斗狠的民族,其实恰恰相反,他们可是属于以"勇猛"闻名的拉吉普特族。

那些在企投尔葛城悍然拒绝莫卧儿帝国招降、顽抗到底的"不怕死的印度教战士",就与卡查瓦一样属于拉吉普特族。

虽然这个民族时时对周遭环境保持警戒,但当莫卧儿帝国出现时,他们并非一面倒地以武力对抗,反而以柔软的身段应对,这种政治判断力正是决定国家兴亡的关键所在。乍看似乎屈居臣下,可是卡查瓦王国从十一到二十世纪均处于繁荣之中;而身为君主国的莫卧儿帝国则是十六世纪崛起、十九世纪灭亡,相较之下更为短命,甚是讽刺。

卡查瓦王国历代藩王陵 "盖伊托" 在斋蒲尔北郊

莫卧儿帝国的加罕基没有实现为自己建陵寝的梦想；阿克巴皇帝的墓地也蛮质朴的……

以白色大理石建造、极尽雕刻装饰之能事的陵寝有好几座排列一起。不过，并不是什么大规模的建筑群。

看过这座特殊的陵墓，总觉得比较强的一方其实是卡查瓦王国，而非阿克巴皇帝。首先，前者将自己女儿嫁给阿克巴，缔结姻亲关系。这位公主生下男孩，后来登基为帝，就是加罕基。从最后的结果看来，卡查瓦王国实在是深谋远虑；而且他们始终让莫卧儿帝国对其忠诚之心深信不疑。不过，对于莫卧儿代代之间的父子纠葛，卡查瓦王国却始终置身事外，未受波及。更让人惊讶的是，他们对权力消长嗅觉敏锐，经常在巧妙的时机往新政权靠拢；因此虽然效忠莫卧儿帝国，却不会成为命运共同体，随之衰微。即便在英国统治时期，卡查瓦王国对状况的判断和因应都是超群出众：当佣兵蜂拥而起反对英国时，他们选择站在英国那一方，镇压暴动，并因此功劳而拓展了版图。

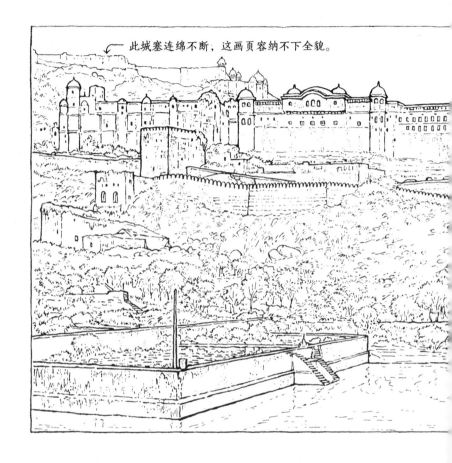

↳ 此城塞连绵不断,这画页容纳不下全貌。

既然来到斋蒲尔,首先当然是参观具有象征意义的"陵墓",接下来则造访昔日的都城安贝尔。

计程车司机先生说话了:

"来斋蒲尔参观一般都是从市内的宫殿开始,您的行程完全相反嘛!"

心里虽然觉得他蛮啰唆的,但还是说些话安抚安抚他。

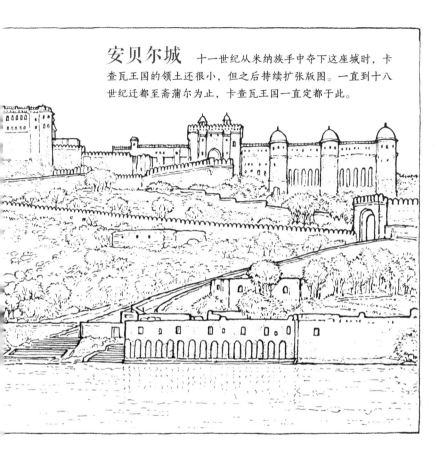

安贝尔城 十一世纪从米纳族手中夺下这座城时,卡查瓦王国的领土还很小,但之后持续扩张版图。一直到十八世纪迁都至斋蒲尔为止,卡查瓦王国一直定都于此。

"市内观光等一下一定会去。"

或许他的盘算是——照印度观光区惯有的模式——先载我到闻名的"风之宫殿"参观,然后再带我去特约土产店吧!

安贝尔离斋蒲尔市区十一公里,蛮远的。

开到一半,有人在路边举手招呼,车子突然停下来。心想该不会发生什么事了,结果车门突然打开,那位陌生男子钻了进来。听他们俩的对话,好像原来就认识的样子。

他们对我连个解释都没有。虽说付钱包租这辆车的人是我,但他们好像根本不把这种事放心上。照他们的想法,反正是往相同方向去,多载一个人又何妨?后来我也渐渐了解印度式的合理主义,只不过,这点也会依那个人所属的阶级而有很大差异。

城墙下聚集着象群——"安贝尔著名的大象计程车"。我想起一位朋友 I 君说的话:

"我不要什么土产;只要你搭搭看大象,然后告诉我感想。"

最多可坐四人,一律四十卢比(一千日元)——只坐一个也是四十,好肉痛啊!决定杀价看看。嘴里喊着:"好贵好贵!"作势准备离去,结果老爹拉住我手腕:"载到城堡上方,便宜啦!""便宜"还用日语说哩。接着还说:"你,藩王。"

连四十卢比都要砍,应该没这种藩王吧!

杵在那里等了一会儿,就是不见其他客人上门。但老爹可没露出着急想降价的样子。即使是印度,还是有些东西不让人出价的。例如食物一般来说就不给杀价。或许大象计程车也是?

心想,难道没办法省些钱吗?于是开始找可以分摊的对象。大概等了十分钟吧,有辆计程车载来了带着小孩出游的一家子。既然搭的是计程车,看来有机可乘了。我赶紧跑过去

安贝尔的"大象计程车"

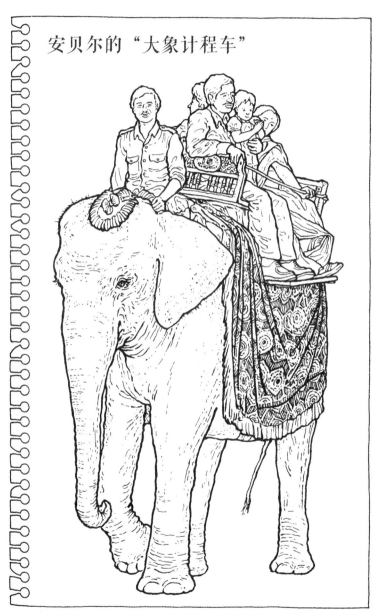

大象身躯庞大理所当然；但，看到还是很惊讶：「大象，真大啊！」

搭讪。

"搭大象要四十卢比，但我出十卢比，你们就只要出三十，意下如何？"交涉马到成功。因为小孩子想搭大象。看来我已练就了厚脸皮旅行术。

不过，搭乘大象实在不是件舒服的事。不仅超乎想象地高，而且晃得很厉害，我想讨厌地震的人大概会受不了。像从前不是有轿子？坐轿子也没舒服到哪里去。骑马也很耗体力。看来是习惯与否的问题。

从前的人真能吃苦耐劳，佩服佩服。

藩王也是乘这种又摇又晃的大象四处巡视。莫卧儿帝国的奥朗哲布等帝王骑着大象长途跋涉远来至此，太厉害了。

虽然我有看到新事物就一头栽进去的毛病，但在这儿，也是怎样都培养不出藩王的心情。设想自己是个驯象师时倒还蛮有感觉的。

光自远处眺望，就可以清楚感受到安贝尔的宏伟壮观；但临城由下方仰望，泰山压顶般的气势更是令人震慑。

每次抬头看到城堡感受都不一样，那是因为我坐在大象背上，整个人摇摇晃晃。爬上坡道，穿过巨大的城门，来到一座宽阔的中庭，周围的建筑据说是作为守卫室或厩房之用。中庭一角有座石造高台，大象就蹲列在那里让乘客下来。乌代蒲的城市宫殿里所陈列的画作中，似乎也有类似这样的高台；藩王应该也是从那里登上象背吧。

城堡内有寺院、谒见厅、藩王的寝居等等，有许多房间保持原状存留至今，很可以想见当年作为首都时的盛况。

从城堡望向四方，可以看到万里长城般的城墙连绵不绝，每隔一段就有一座瞭望塔，可知建造时以攻防为主要考量。就城塞发展史来说，安贝尔算是典型的"中世纪城堡"。无论欧洲或日本，中世纪的城堡多建在山上，以收易守难攻之效。随着时代变迁，城堡的坐落位置移往平地，功能也从实战逐渐朝宫殿、装饰性高的方向发展。毕竟战争形态已有改变，加上居住山间的确有许多不便之处。

这里也不例外：由于山上城堡里巷道狭窄，后来便迁都到平地。

时为一七二八年，斋·辛格二世在位。斋蒲尔的"斋"字就是来自这位藩王的名字，整个意思是"斋的城市"。新都斋蒲尔跳脱发展受限的山区地形，辽阔的平原为城市规划带来自由幻想的空间。现为城墙环绕、被称为"旧市街"的区域就是当时的市区，棋盘式的道路平整宽广，可见当时对城市的规划有其章法且眼光远大。

据说这蓝图由斋·辛格亲自描绘。这位藩王不仅拥有军事战略方面的长才，也是个精通天文、数学的学者，而且还是位不简单的政治家。虽然此城现貌并非全出自他手，尚有后继的代代藩王持续建设；但毫无疑问地，据以发展的起始概念十分杰出，奠定了良好基础。

再者，就视觉上来说，斋浦尔的街道相当美观，人称"粉红城市"，建筑物真的一片粉红。那是因为采用红色系石材，而且大家皆特意配合涂上颜色，让整个街道的色调统一。

一进入斋浦尔市区，计程车司机突然变得很热情，话多了起来。

"这城市的宝石、象牙、大理石工艺、金饰等等可是印度最棒的喔。我可以介绍便宜店家，要不要去看看？"

说得没错，斋浦尔的确是传统工艺重镇并因而繁荣。不过这些东西如果是在博物馆里我还会去瞧瞧，对于购买就完全没兴趣，只有对司机先生说抱歉了。于是以坚定的口吻回道：

"我只想买城市宫殿和风之宫殿，其他什么都不买哟！"

没想到却被对方反将一军：

"那宫殿不卖的啦。可是，如果您那么想买，倒有卖大理石雕的模型，我带您去。"

看样子我的玩笑一点也不管用。很久没碰到这种观光地特有的强迫推销法了，所以没三两下就阵亡了。

不过，这城本身还是有值得欣赏之处，不会让人后悔来一趟。每本旅游书都提到的东西在这里就懒得抄了，反正王宫是奢华至极。不过与迈索尔的藩王宫还是有所不同，这里的灿烂明显受了莫卧儿帝国的影响。

为了与山上的旧都有所区别，这里的宫殿称为"城市宫殿"。它的前方有座公园，里面立着一些三角形、圆形等造型

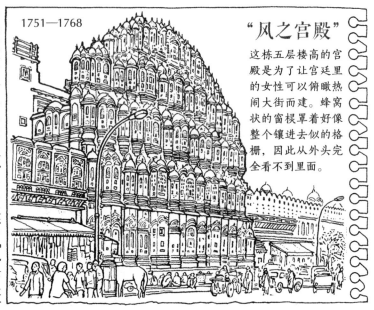

"风之宫殿"

这栋五层楼高的宫殿是为了让宫廷里的女性可以俯瞰热闹大街而建。蜂窝状的窗棂罩着好像整个镶进去似的格栅,因此从外头完全看不到里面。

1751—1768

整座建筑并不深,所以非常通风,因而被称为「风之宫殿」。

  奇特的东西,司机先生说那是"疆塔·曼塔"。再听下去,才知道原来是"天文台",斋·辛格二世在自修天文学时命人建造的。

  "不看的话就白来斋蒲尔了。"

  就算是这样,但我对这方面实在所知甚少,所以只是听了嗯嗯点头虚应一番,到底有啥伟大,完全没感觉。就连听到三角形表示斋蒲尔的时间和纬度、圆形则是为了观测太阳的轨道等,也还是意兴阑珊。倒是藩王只凭从外国书里读到的知识就命人造了这些东西,他这股热衷劲儿我还比较有兴趣。数了数,他一共在十四个地方造了这种设施。

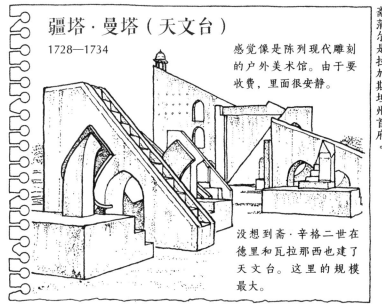

疆塔·曼塔（天文台）
1728—1734

感觉像是陈列现代雕刻的户外美术馆。由于要收费，里面很安静。

没想到斋·辛格二世在德里和瓦拉那西也建了天文台。这里的规模最大。

斋蒲尔是拉加斯坦州首府。

接着往城市宫殿去。正抬头仰望王宫时，有位年轻人走近搭讪：

"我是日语科的学生，可以用日语导览，很便宜！"

我问他："多少钱？"他笑笑说："十五卢比，折合日币三百六十元。便宜吧？我叫新力。"导游证上果真写着"mohan singh soni"，二十二岁。

那就拜托新力老弟导览城市宫殿。他好像看我感兴趣的部分与一般观光客不同，便问我从事哪个行业的？

"本行是舞台设计师，但现在是为了写旅游报道而到处走。"一听我这么说，新力老弟便留上心了：

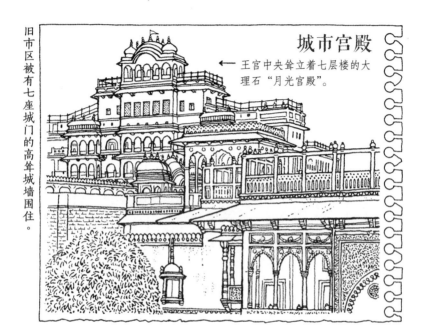

城市宫殿

← 王宫中央耸立着七层楼的大理石"月光宫殿"。

旧市区被有七座城门的高耸城墙围住。

"那你会不会在斋蒲尔的城市宫殿部分写说,遇到一位叫新力且会说日语的导游?"

接着又问:

"要找日本客人该注意些什么?我真的很想学习。"

我又开始鸡婆起来,连这方面也要给人指导一番。

"老说便宜!便宜!只会导致反效果。因为啊,印度到处都有人这么喊,所以根本没人信这套。而且如果太紧迫盯人,日本人反而会有戒心。还是温和地介绍、给人一股安心感,来得有效果些。"

不晓得是真希望从我这里学更多,还是别有目的——他提

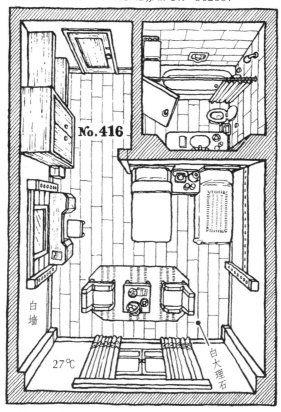

Mansingh Rs.350（日币 8750元）
SANSAR CHANDRA ROAD, JAIPUR—302001

No.416

白墙

27℃

白大理石

他送给我他弟弟画的「黑天神」——虽然我称赞了他弟弟对待绘画的真诚，不过，感觉像是特产店里摆出来的画作。

　　新力老弟笑笑说："今天只有您一位客人，收入十五卢比。""咦！那一个月的收入大约有多少啊？""五百卢比吧。"但好像已经算是不错的职业。"我想到日本去半工半读学日文，不知道有没有好方法？"虽说对方颇为热心，让人也蛮有好感的，但还是没办法不负责任地说出"那就来日本吧"，便跟他说明这不是件简单的事情，对方听了有点灰心。其实不只是新力老弟，我在各地也碰到了不少想到日本闯一闯的年轻人。

出要求:"晚上到你住的饭店拜访行吗?我想让你看看我弟弟的画!"来了来了!我起了戒心,但又对他会画画的弟弟蛮好奇的,最后还是告诉他饭店名字。

他果真准时带着弟弟来访。他弟弟说自己二十岁;之后可能是因为害羞,始终沉默不语。

飘雪的斯利那加

搭飞机前往此行的终点,斯利那加。

飞机降落后,门一打开,机舱内马上灌进一股寒风,而且还卷着片片雪花。"咦!"我惊叫一声,却瞄见空姐们早在纱丽上罩了毛衣。心想,幸好把寄放在德里饭店的毛衣、外套和长裤都带来了。记得离开东京时,朋友O氏说:

"如果要去斯利那加的话,最好带着御寒衣物去。那时候说不准还蛮冷的哩。"

听从了友人建议是正确之举。其实,打包的时候我心里还嘀咕:

"要去那么炎热的印度,真需要准备冬衣吗?"

一方面觉得行李增加很烦;但最后还是将羽绒夹克和长裤等全部卷一卷给塞进去了。想想,如果当初没带这些衣物,怕冷的我可能马上就感冒了。再次体会到,印度真是辽阔呀!昨天还热得我头昏脑胀，这里却是一片残冬景象。

其实，日本也有些地方到了四月还会下雪，更何况这儿是喜马拉雅山麓的喀什米尔地区。所以就算在四月中旬下场雪也不是什么奇景。反倒是对此大惊小怪的我搞不好还比较奇怪吧。

这次旅行是二月底的时候从德里开始。那时的德里比我想象中来得冷，记得我还为了是否要买件喀什米尔毛衣而在那儿犹豫老半天，结果居然忘了这回事。那是因为我在印度南部晃了一个半月，再回到德里已经是四月中；再加上南印度各地的气候只有大热小热之分，所以不知不觉又陷入"印度到处都很热！"的单纯想法。

"印度并非只有一种面貌的国家！"

沿途虽然常常感受到这点，不断体认到印度的多样性，可是出其不意受到白雪冲击，还是让我大吃了一惊。从德里搭机来不过一个小时。

看来，大概是时间所带来的距离感让我忘了印度在空间上的辽阔吧。

正要外出时，饭店柜台的一名男性职员对我说：

"您如果要买东西，旅馆里的商店有很多物美价廉的货色哟！想买地毯的话，我可以帮忙砍价。现在外面正下着雪，冷得很，您就不用特地出去了。"试图拦住我。

"我只想看看编织地毯的作业情形，完全没打算买。"

Hotel Oberoi Palace №.116
SRINAGAR(KASHMIR)Tel:75641,75642
Rs.630.25（日币15756元）含晚餐、早餐及税金。（只住宿则 Rs.425）

在日本，为了表现从北到南，有「由北海道到冲绳」的说法；据说在印度也有类似的讲法：「从喀什米尔到卡尼亚库玛里」。我一边感慨「终于从南方来到北方了」，一边欣赏看起来不像印度的皑皑雪景。既然来到斯利那加，当然得住住世界少见的「屋船」。不过在那之前，我有间旅馆想先住住看，那就是藩王的夏宫「宫殿饭店」。这间旅馆虽然有名，但不晓得是否因为正逢淡季，一百零五间房间只有十二位客人投宿。

虽说都叫「宫殿」，宫殿也还是有豪华朴素之分。因为斯利那加是避暑胜地，反正不怕没客人，所以只管能住多少人就行了？这旅馆给我这种感觉。实在没办法跟人推荐说：「住住看！」

好像建于一九二一年⋯⋯也不算历史久远，可是走廊已有漏雨的痕迹，感觉蛮寒酸的饭店。

▲很宽敞的房间！不过，就只是宽敞而已。

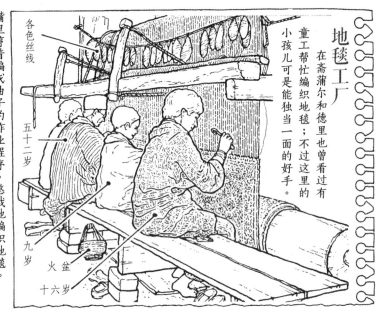

地毯工厂

在斋蒲尔和德里也曾看过有童工帮忙编织地毯；不过这里的小孩儿可是能独当一面的好手。

各色丝线

五十二岁

九岁

火盆

十六岁

嘴里哼着编成曲子的作业程序，悠哉地编织地毯。

为了让他相信我的话，足足花了十分钟。

脱困后，我坐上停在饭店玄关前的计程车，请他载我去地毯工厂参观。

厂房入口立着一块大招牌，写着"继承波斯两千年历史的传统艺术！"这间规模不小的工厂是栋两层楼建筑，一楼分成许多作业区，数数的曲儿此起彼落。听说有的地毯一张得花上近一年的工夫。尤其是丝毯，简直像艺术品，美不胜收。参观完会把客人带到二楼去推销——就像其他地方一样——差点就招架不住。

"你刚刚不是说很美吗！"

夏·哈玛丹清真寺

这间清真寺混合了各种建筑样式,实在有趣。有西藏、尼泊尔的佛教、印度的印度教和伊斯兰教等等,透露出这里是各种文化汇集交流之处。

造型颇富特色的尖塔、整座皆为木造,在在让人感受到喀什米尔的地方色彩。

本城居民绝大多数信奉伊斯兰教,到处都有清真寺,颇为显眼。

据说信奉各教的人数比例为:伊斯兰教百分之八十二、印度教百分之十一、锡克教百分之五、基督教百分之二。

在雪地里踩下足迹,很乐,结果被人问说:"你是第一次见到雪吗?"还建议我:"这附近就有滑雪场,要不要去瞧瞧……"斯利那加一般到了这时节应该已经融雪了,不过听说:"近年来气候变得越来越怪异。"

紧迫盯人死咬不放，真费了不少工夫才脱身。参观工艺品的制造过程很有趣，但后半段可就麻烦了。在这点上，还是看风景好，至少不会老叫人"买啦买啦！"

在斯利那加，除了地毯外，我也想参观喀什米尔刺绣和纸浆制品的制作过程。尤其是后者，我不只想看，还想买呢。我会这样可是很稀奇的。因为除了比其他工艺品便宜之外，最主要是用纸浆做成的各种小东西色彩艳丽、笔触细腻，不多加雕琢的风格很吸引我。在德里或其他城市都买得到，不过还是想在原产地买。

"我想买纸浆做的小东西……"才一开口，计程车司机就说：

"那得搭乘 Sikara 去。我在这儿等。"

"Sikara"就是"小船"，在北印度语里指的是"狩猎"，不过到这里却是"小船"的意思。好像原本是波斯话，后来透过此地被北印度语吸收。"小船"和"狩猎"有什么关系，不清楚；会不会是利用小船捕鱼的意思？等回日本再查查看。我一边东想西想，人已上了小船准备渡湖。

飞舞的雪花落在湖面，瞬间静止后转眼就融化消失，我好像看到什么稀奇的东西，瞧得入神。又被人问了："你是第一次看到雪吗？"只有回以苦笑。不过才四十五天的旅程，大概是对又干又热的天气厌烦了吧，不禁喃喃自语："还是有水好！白雪好美呀！"

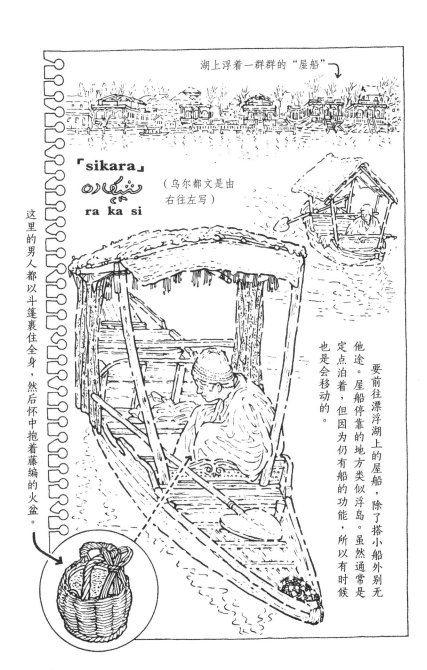

斯利那加有三座水量丰沛的湖泊，其间有河川与几条细细的水道交错连结。最大的达尔湖长八公里宽五公里。这些湖泊实是堰川而成，从前范围更大，整个盆地都是湖泊。

小船像水蜘蛛般穿梭在湖面上，载送日常用品。其中也有卖纪念品给观光客的小船会忽然划近。只听见覆着白雪的彼岸传来船桨划水的声音，不一会儿便看到小船出现。究竟打哪儿冒出来呢？真是不可思议。这些小贩将船打横紧贴着泊住，随即热络地做起生意，不断伸手递出些首饰、水果、果汁等。

小船的船夫单用一把心形的桨便可自由划水。看起来蛮简单的样子，实际操作之后，发现出乎意料地难，怎么划就是无法直线前进，最后还被取笑。

小船在一户临细长水路的人家门前一停好，门马上打开，有人从里面飞奔出来，简直像事先联络好似的。进入阴暗的房里，有位师傅正用细细的笔在描绘精致的图案。这儿也是招待周全；当然，之后也被招呼到隔壁的卖场采购一番了。

我决定退掉"Oberoi Palace Hotel"的订房，移到满心期待的"屋船"去。

饭店的柜台人员吓我：

"夏天还好，不过现在屋船可是很冷哟！"

试图阻止我提早搬出去，但我还是……

小船摇摇晃晃地划向屋船；一靠近便看到烟囱正冒着烟，可见有暖炉，安心了。旅游服务中心的人说：

"那艘屋船简直就像藩王宫！"

这里的人不管描述什么马上就冒出"藩王"二字，我已经不太相信了；但是，这船从外观看来，的确蛮豪华的。招牌上也写着"Palace"。不过，那应该只意味着这儿有"王宫般的奢华"吧！

像我预约的屋船邻近并列着其他船只，每一艘的名字都有"Palace"。

一位来过印度的朋友告诉我："屋船真的很棒！"但到底哪里棒，他也说不具体真切。待我亲眼见到，真的吓一跳。从玄关开始就让人惊叹连连：这船即使自称"王宫"，也不会让人有上当受骗之感。比我前一天住的王宫饭店还像王宫呢。

打开彩色玻璃门进到里面，就看到一对中年男女坐在起居间的沙发上，面对火炉。这对夫妻是奥地利人，住在维也纳，长久以来一直梦想到印度旅行。总算一偿夙愿，应该很满足吧，便问问他们的感想。没想到居然是这种回答：

"好不容易来到印度，居然还是一片白雪，要看雪，奥地利一大堆，看到人发腻哩！"

看来心情不太好。

原来他们三天前就打算从斯利那加飞往德里，然后到阿格拉附近玩玩再回家；没想到班机因为下雪停飞，便一直被困在这里，只好待在屋船的火炉前打发时间。载我来的飞机也是因为下大雪，到现在还没办法飞回德里，停在停机坪上。

屋船的玄关 （全部由原木雕成）

每艘船的雕花样式皆不相同，便请他们带我去参观其他屋船。结果却被问：「是不是想在日本仿造一座呀？」

玄关的门上装着五颜六色的彩色玻璃

"行程都被打乱,时间越来越少;等到可以离开这边的时候,差不多就得回国了……怎么连印度这地方也下雪啊!"

两人频频叹气。想不到同样是下雪,每个人的感受却如此不同。我想最好不要在他们两人面前说些"雪中的斯利那加也不错!"之类的话。

这里的确如旅游书上所说"凉爽的夏天有如人间乐土";不过这下雪的季节可就另当别论了。

就连对雪有诸多不满、抱怨连连的奥地利夫妇,都对屋船的细致华丽和舒适服务颇为满意。船内的壁面全以原木铺设,大厅和餐厅的墙壁更有精致的镂空雕饰;天花板上则悬挂着水晶吊灯。看到微微晃动的吊灯,这才想到此房间也是船上的一室;之前几乎忘了自己身在湖中。

"这种屋船是什么时候兴起的?"

没想到它的历史并不久远,不过起源于英国统治时期。英国人想到此避暑,须取得藩王许可才能建造别墅,想不到竟遭藩王回绝。藩王可能是考虑到一旦答应借地,最后可能无法收回,所以才予以拒绝吧。英国人没办法,只好将湖上的船只当作避暑别墅。英国人把船造得像藩王的豪华游览船一般,极为华丽舒适。等到他们撤离此地之后,这些船就当作旅馆来经营,称为"屋船"。

漂浮在湖面上的屋船并非都是豪华型,而是有各种等级;听说还有那种"一晚十五卢比"的廉价屋船。

总算天气转好、视野清楚了,便登上达尔湖畔的山丘,俯瞰斯利那加全景。湖面上的屋船历历可见;另一边,喜马拉雅山脉西侧群峰则近在眼前。由地形即可得知,此地自古便是印度大陆的西北大门、东西交通往来的要衢。这里自公元前三世纪的阿育王时期起佛教盛行;七世纪以降,开始由信奉印度教的王朝统治。到了十四世纪穆斯林入侵,成为伊斯兰世界的一部分。十六世纪,以德里为中心的莫卧儿帝国将位于北方的此地纳入版图,并且定为夏都。在印度的西北部地区,无论走到哪里都看得到莫卧儿帝国的历史;例如这里的湖畔就有几处被称为"莫卧儿庭园"的景点。去那里一看,庭园里满是白雪,

House Boat KARNAI PALACE

附早中晚三餐才 Rs.220(日币 5500 元)。

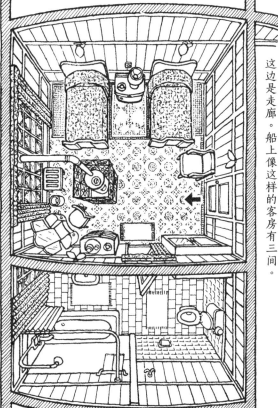

壁面全部是原木木板，床罩和窗帘都是有刺绣的喀什米尔毛毯，充满当地风味。

暖炉里堆着粗大的柴薪，相当温暖舒服。怕冷的我担心半夜会被冻醒，于是睡前添了许多柴火，被窝里也放了个热水袋，暖和地睡了个好觉。

这边是走廊。船上像这样的客房有三间。

雪停了，那对奥地利夫妻离开后，屋船就只剩我一个客人。担任客房服务的阿济斯老弟也成了我的专属服务员。例如一察觉我起床便马上前来敲门添柴，要不然便是："大厅已经暖和了，用餐之前可以在那里喝杯茶。"等等。

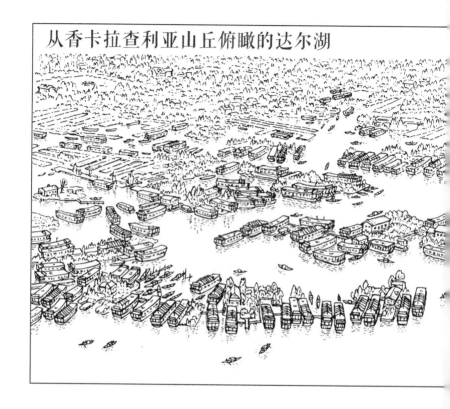

从香卡拉查利亚山丘俯瞰的达尔湖

没半个人影,非常寂静。售票的老爷爷冷得缩着身子:"五月再来看吧!花开得很漂亮,夏天也不错哟!"说完还让我免费入园参观。

要再来这里可不是那么简单,不是说来就来得了的。

不只是这里;不管到过印度几次,也没办法说对印度已经有个大抵的认识。政治就甭说了;宗教、语言、风俗习惯等等,都有太多面向无法一概而论。就拿斯利那加来说,在魅惑

听说屋船大概有三百艘。(这里只画得下一百八十二艘)

观光客的美景背后,其实有"印巴国境问题"的纷争。印度和巴基斯坦独立时,喀什米尔的藩王是印度教徒,民众却大半信奉伊斯兰教,因此归属问题一直无法尘埃落定;直到一九四九年停战为止,不知流了多少鲜血。

我只是一个偶然到访的旅人,没办法看到那么深,那已经超过我所能理解的范围了。

但是,光从片段窥见,旅人仍旧可以了解到一些事情。那就是"若不承认彼此的差异,就没法生存下去"。

听来或许夸张了些;现在全球都面临"如何将无法统一的东西同纳一处"的困境——而在印度,我觉得正可具体而微地看到这道课题。

回到东京,正是樱花盛开的时节。

后记

"印度这国家嘛……"不是三言两语就能说清楚的。

"实在是太辽阔了!"这不但是我亲身走过的感想,而且根据一九八二年的国势调查,印度有七亿一千一百六十六万人,相当于全世界人口的六分之一——这数字不仅大到无法体会,也超乎想象。其中有各种民族,每个地区的语言也不尽相同,甚至全然不同,实在是个不可思议的国家。

第一次看到印度的纸钞时,光是知道面额以十四种语言标明就够让我讶异了;而且这还只是官方语言而已,实际上使用的语言更多得多。加以细分的话,据说有一千六百五十二种,知道这件事又让我吃了一惊。

印度人信仰的宗教也种类繁多。印度的宗教不像日本的那么便宜行事——婚礼在基督教会举行,年初开春到神社参拜,葬礼则采佛教仪式……在印度,人们恪遵各自的宗教信仰,谨守戒律地生活。

当然,在辽阔的印度,每个地区的历史和文化也各有不同。

面对这样一个国家,仅是一介过客的旅人当然无法了解全貌。我最初到访印度是一九七八年,第二次前往是五年后的一九八三年,两次都只停留了一个半月。想当然耳,这不是什么"看遍印度"之旅。不过,时间虽然短暂,我还是从印度之旅中感受到许多。打个比喻,就算是从钥匙孔窥视也可以……

对我而言,会让我说出"这就是印度!"且留下深刻印象的一点便是:每个人自然而然地认为"彼此有差异是件天经地义的事"。但也不是说他们就会轻易同意对方、进而被同化,或没有任何异议。

换言之,纵使民族、语言和宗教不同,既然成为一个国家,那么若是扼杀不同意见,或者将之排除,便无法共存。如果这么做,就会招致激烈反弹。因此所有人便抱持着各有的差异,不相互排挤压迫。我想,或许他们从长久以来的历史纠葛中学习到"互不侵犯"。

问印度人有关印度的事情——即使是同一件事,也常得到各式各样的答案;所以会让人搞不清楚何为真。其实,这并不代表他们的回答不正确,每个答案都是真实的。答案的差异乃源于每个人的生活环境、所在地区,或是宗教观各不相同。其中也有近似瞎掰的,我想,那不过是个人见解罢了。

日本人一般的想法通常与其他人差不多,所以大致上猜得出来,也不太会碰到极端不同的意见。因此,对于社会议题和事件等的感想或关心点也差不了太远。看起来每个人都走相同路线的日本人到了印度,之所以会受到极大的文化冲击,我想也是基于这个原因吧。

有些日本人多次走访印度,久了就一脸对印度知之甚详的表情:"印度啊,就是……"虽然向他们请教颇有恍然大悟、获益良多的情形,但提问的人最好心里要有"那或许不代表印度的全部……"的想法比较妥适。毕竟印度并不是这么单面向的国家。

"在印度拿起饼干往嘴里塞的时候,黑色饼干会突然变白——之所以黑,是因为饼干上头停满了苍蝇,吓死人啦!"

这类笑话是很好笑;不过是否正确描述出印度这国家的面貌,我觉得有待商榷。就某些情形来说,这或许是真的,也的确说得没错,只是……

说到这里,想想或许自己在这些报道文章里也犯了同样毛病,真是惶恐。其实那些都只不过是一个叫河童的人,在短短旅程中"窥看印度"所得的感想而已,希望各位理解见谅。

而书中依旧照我一贯风格,把看到或感受到的事物,用传达给亲朋好友的心情尽可能呈现出来——文字无法表达就画,图画无法呈现的就以文字描述。全部用手写也只是想让人有亲手奉上的感觉,仅此而已,别无他意。

我第一次造访印度时,正逢甘地夫人落选。再访时她已再度登上总理之位,贯彻她强烈的政治主张。等到出版这本书的此刻，她已被暗杀不在人世了。像这些，都让我觉得非常像是在印度会发生的事情。

同一个人，无论经过多少年都会有不变之处；但同时也会有激烈变动的部分。我觉得印度就是这样。

今后印度将会变得如何？这种事情，像我这样的人是无法预见也无法论断的。不过我觉得，认为"答案不只一个"的印度人所选择的道路，或许足以暗示世界的未来。因为印度所面对的各种问题，与全球的问题在本质上是相同的。

因此，对我来说，"现在是印度的时代"。

最后，这本《窥视印度》终于集结成书，要感谢的人太多太多了。

首先，感谢六年来长期提供版面让我连载的《话の特集》杂志总编辑矢崎泰先生；连载中始终让我可以愉快工作的井上保先生；为了这本书而从连载时便老是得面对我的拖稿、又要激励我持续下去的新潮社出版部水藤节子小姐，以及在取材和执笔方面提供许多宝贵意见、我所敬重的"印度先进"们。还有，承蒙关照的印度观光局相关人士，以及在印度遇见的许多人，我衷心感谢你们的协助。

一九八五年春
妹尾河童

Simplified Chinese Copyright © 2015 by SDX Joint Publishing Company.
All Rights Reserved.

本作品中文简体版权由生活·读书·新知三联书店所有。
未经许可，不得翻印。

Originally published in Japan by SHINCHOSHA, Tokyo. Chinese translation rights (simple character) arranged with SHINCHOSHA through Hui Tong Copy Right Agency (Japan).

本书译文由台湾远流出版事业股份有限公司授权使用。

图书在版编目(CIP)数据

窥视印度/(日)妹尾河童著；姜淑玲译．—3版．—北京：生活·读书·新知三联书店，2015.6 （2022.3重印）
（妹尾河童作品）
ISBN 978—7—108—05294—0

Ⅰ.①窥… Ⅱ.①妹… ②姜… Ⅲ.①游记-作品集-日本-现代 Ⅳ.① I313.65

中国版本图书馆CIP数据核字(2015)第060867号

责任编辑　樊燕华
装帧设计　优　昱　张　红
责任印制　董　欢
出版发行　生活·讀書·新知三联书店
　　　　　北京市东城区美术馆东街22号
邮　　编　100010
网　　址　www.sdxjpc.com
图　　字　01-2009-4217
经　　销　新华书店
排版制作　北京红方众文科技咨询有限责任公司
印　　刷　山东临沂新华印刷物流集团有限责任公司
版　　次　2004年10月北京第1版
　　　　　2009年10月北京第2版
　　　　　2015年6月北京第3版
　　　　　2022年3月北京第21次印刷
开　　本　889毫米×1194毫米 1/32 印张11.375
字　　数　93千字　插图62幅
印　　数　113,701—116,700册
定　　价　38.00元

(印装查询：010—64002715；邮购查询：010—84010542)